MEURTRES À KINGFISHER HILL

Sophie Hannah est née en 1971 à Manchester. Diplômée d'espagnol et de littérature anglaise, elle a enseigné à la Manchester Metropolitan University's Writing School avant de créer en 2019 un master d'écriture de romans policiers et thrillers à l'université de Cambridge. Après plusieurs recueils de poésie récompensés par de nombreux prix (dont le Prix du festival Daphné Du Maurier), elle se tourne vers l'écriture de thrillers psychologiques, qui deviennent des best-sellers traduits en quarante langues et dont certains ont été adaptés à la télévision. Elle a été choisie en 2014 par les héritiers d'Agatha Christie pour écrire les nouvelles aventures d'Hercule Poirot.

SOPHIE HANNAH

Meurtres à
Kingfisher Hill

TRADUIT DE L'ANGLAIS PAR FABIENNE GONDRAND

ÉDITIONS DU MASQUE

Titre original :

THE KILLINGS AT KINGFISHER HILL
Publié par HarperCollins*Publishers*.

© Éditions du Masque, département des Éditions
Jean-Claude Lattès, 2020, pour la traduction française.
Tous droits réservés.
ISBN : 978-2-253-07949-1 – 1re publication LGF

Pour Jen, une nouvelle dédicace
pour fêter sa réincarnation
en fan d'Agatha Christie.

1

Midnight Gathering

Lorsque cette histoire commence, il n'est pas minuit, mais 2 heures moins 10 l'après-midi du 22 février 1931. Le sentiment d'étrangeté se propagea à ce moment-là, tandis que M. Hercule Poirot et l'inspecteur Edward Catchpool (son ami et votre fidèle narrateur pour les besoins de cette enquête) se tenaient parmi un groupe clairsemé de trente inconnus – pas trop serrés les uns aux autres, mais formant néanmoins un petit attroupement – dans Buckingham Palace Road à Londres.

Ledit groupe, composé d'hommes, de femmes et d'un enfant (un nourrisson que sa mère portait dans une sorte de paquetage qui lui donnait des allures de momie), s'apprêtait à embarquer pour un voyage que je trouvais déjà fort déconcertant. J'étais pourtant loin de me douter à quel point il allait se révéler rocambolesque.

Nous étions rassemblés le long de l'autocar qui devait nous conduire depuis Londres à la célèbre propriété de campagne de Kingfisher Hill, près de Haslemere dans le Surrey, un écrin de nature loué pour son exceptionnelle beauté. Si les passagers s'étaient présentés très en avance, aucun n'avait été autorisé à monter à bord. En vertu de quoi, nous frissonnions dans la froidure de février, à battre la semelle et à souffler dans nos mains gantées pour tenter de nous réchauffer.

Certes, il n'était pas minuit, mais c'était ce genre de journée d'hiver dépourvue de lumière dès l'aube, et qui en reste privée tout du long.

L'autocar comptait suffisamment de sièges pour transporter trente passagers. Nous serions néanmoins trente-deux en tout à effectuer le voyage : le chauffeur, l'enfant emmailloté tout contre sa mère et, assis de part et d'autre du couloir central, le reste d'entre nous – sans oublier un représentant de la compagnie routière.

Tandis que je claquais des dents, Poirot à mes côtés, je fus frappé de ressentir plus d'affinités avec le nouveau-né qu'avec qui que ce soit d'autre. Sur les trente-deux membres de notre équipage, trente connaissaient parfaitement les raisons de leur déplacement ce jour-là. Poirot était de ces heureux élus. Le chauffeur du véhicule, de même, savait ce qu'il faisait là : il faisait bouillir la marmite – motivation de taille s'il en est.

Le nouveau-né et moi étions les seuls à ne pas avoir la moindre idée des motifs de notre voyage imminent à bord de cet autocar aux couleurs criardes et, de nous deux, un seul déplorait cet état d'ignorance. Je ne connaissais que le terminus : Kingfisher Hill, une propriété privée de quelque quatre cents hectares en pleine campagne, dotée d'un club de golf, de deux terrains de tennis et d'une piscine conçue par l'illustre architecte sir Victor Marklew, dont le bassin proposait ses eaux chaudes tout au long de l'année.

Seules les personnes les plus nanties pouvaient prétendre à une maison de campagne en plein cœur du domaine calme et arboré de Kingfisher Hill, ce qui n'empêchait toutefois pas les Londoniens de tous horizons d'en faire l'un de leurs sujets de conversation de prédilection. Pour ma part, je me serais vraisemblablement fait une joie de franchir pour la toute première fois de ma vie les grilles de ce lieu béni, si Poirot n'avait pas insisté pour me cacher les raisons de notre visite. Mais en l'état, le sentiment d'être encore plus que de coutume tenu dans l'ignorance m'irritait par trop. Peut-être étais-je en route pour faire la connaissance d'une future reine, qui sait ? À Scotland Yard, on disait souvent que les habitants de Kingfisher Hill étaient pour la plupart des personnalités royales et des aristocrates. Or, sous les auspices de Poirot, rien ne paraissait impossible.

L'autocar démarra promptement à 14 heures, et je dirais que les événements qui se déroulèrent avant que le chauffeur ne lance son « Mesdames et messieurs, en voiture ! » d'un ton enjoué ne dépassèrent pas une quinzaine de minutes. Par conséquent, c'est sans crainte de me tromper que je peux situer à 2 heures moins 10 le moment où je la remarquai : la femme triste au visage inachevé.

Autant en profiter pour vous dire que mon premier choix de titre pour ce chapitre n'était autre que « Un visage inachevé ». Poirot le préférait et protesta contre sa modification.

— Catchpool, vous avez tendance à user d'un esprit

de contradiction des plus illogiques, dit-il en me fusillant du regard. Pourquoi attribuer à ce chapitre de la plus haute importance un titre qui va semer la confusion? Il ne s'est rien passé de notable à minuit, pas plus ce jour-là qu'un autre! Il faisait parfaitement jour lorsque nous avons attendu dans un froid à pierre fendre, sans que personne ne se donne la peine de nous expliquer pourquoi les portières de ce char à bancs ne pouvaient nous être ouvertes.

Poirot s'interrompit, les sourcils froncés. J'attendis qu'il démêle les deux fils distincts d'agacement qu'il avait malencontreusement tissés dans sa tirade.

— Il n'était absolument pas minuit.

— Et je le précise dans mon…

— Oui, vous le précisez en effet. Tel est votre devoir, n'est-ce pas? Vous avez inventé de toutes pièces, sans nécessité aucune, le besoin d'affirmer immédiatement qu'une situation particulière ne s'appliquait pas. C'est illogique, non?

Je me contentai d'acquiescer d'un hochement de tête. Je me gardai bien d'énoncer la réponse que j'avais à l'esprit, qui risquait de me faire passer pour un poseur. Poirot a beau être le meilleur détective au monde, il reste peu rompu à l'art de la narration sous forme écrite et il lui arrive, très ponctuellement, de se tromper. La notion de «plein jour» ne rendait pas justice à l'après-midi en question, comme je l'ai déjà dit, et «minuit» – non pas l'heure mais le mot –, est bien au contraire en lien direct avec l'affaire qui nous préoccupe. Si les mots «Midnight Gathering», autrement dit «rassemblement de minuit», qui paraient la couverture d'un livre, n'avaient pas retenu mon attention avant notre départ ce jour-là, il est possible que personne n'ait jamais su qui était responsable des meurtres de Kingfisher Hill.

Mais je vais trop vite en besogne. Retournons à ce froid après-midi de février. Contrairement à Poirot, je comprenais la cause de notre attente, malgré le vent implacable qui nous soufflait droit dans la figure. Comme souvent chez l'être humain, la cause n'était autre que la vanité – en l'occurrence, la vanité d'un certain M. Alfred Bixby. En qualité de propriétaire de la toute nouvelle compagnie de transport Kingfisher Coach Company, Bixby souhaitait que chacun de nous contemple la beauté de l'autocar qui s'apprêtait à nous véhiculer. Depuis que nous étions arrivés sur les lieux, il était resté à nos côtés, comme mû par une force gravitationnelle. Il était si fier de compter le grand Hercule Poirot parmi ses clients qu'il était prêt à faire fi de tous les autres. Je ne pouvais, hélas, me prévaloir de tirer parti de la situation, ma proximité avec mon ami m'assurant de devoir endurer chaque mot qui lui était personnellement adressé.

— N'est-il pas magnifique ? Bleu et orange tel le martin-pêcheur[1] ! Brillant de mille feux ! Regardez-moi ces lignes ! Un bijou. N'est-ce pas votre avis, monsieur Poirot ? Il n'a pas son égal sur la route. Le nec plus ultra du luxe ! Admirez ces portières ! Elles s'emboîtent à la perfection. Une prouesse de technologie et d'ingénierie. Regardez donc !

— C'est très beau, en effet, acquiesçai-je, conscient

---

1. « Kingfisher » en anglais. *(NdT.)*

que nous ne pourrions monter à bord qu'après avoir admiré le véhicule à satiété.

Poirot, peu disposé à feindre l'approbation, émit un bruit de gorge rauque.

Bixby était un homme mince aux traits anguleux, dont les yeux exorbités vous regardaient fixement. Lorsqu'il avisa deux femmes emmitouflées de leurs bonnets et de leurs manteaux qui avançaient de l'autre côté de la route, il attira notre attention sur elles en beuglant brusquement :

— Ces dames arrivent trop tard ! Ah, là là ! Elles auraient dû réserver leurs places. Si vous souhaitez voyager avec la Kingfisher Coach Company, il ne faut rien laisser au hasard, sans quoi vous ferez chou blanc. Ah ! Navré, mesdames !

Les deux femmes, qui l'avaient forcément entendu, poursuivirent leur route d'un air résolu, sans aucune espèce d'égard. Si Bixby ne les avait pas interpellées, elles auraient à peine remarqué notre présence. La Kingfisher Coach Company ne les intéressait pas le moins du monde, pas plus que son ambassadeur bleu et orange à quatre roues. Le comportement franchement désespéré et peu digne de Bixby me fit me demander si son entreprise était aussi prospère qu'il s'acharnait à nous le faire entendre.

— Vous avez vu ça ? M. Bixby a été contraint de refuser deux passagères, affirma un homme à côté de moi à son compagnon de voyage.

— Et comment, si elles arrivaient à l'improviste ! répliqua l'intéressé. Il a bien dit que tout le monde était là, après avoir coché nos noms sur sa liste, n'est-ce pas ?

14

Je ne comprends pas que les gens ne s'organisent pas à l'avance.

Dans l'état d'irascibilité qui était le mien ce jour-là, je m'agaçai de ce que la supercherie grossière de Bixby avait déjà réussi à berner deux personnes.

Toutefois, je hochai la tête de concert en émettant des murmures admiratifs, que j'espérais intercaler aux moments adéquats, tandis que l'homme détaillait les origines de son entreprise : comment la plupart des gens étaient incapables de prendre l'initiative et d'imaginer une chose qui n'existait pas déjà… comment lui-même possédait un bien foncier à Kingfisher Hill, issu des bénéfices d'une précédente entreprise, l'incommodité à rallier Londres malgré la relative proximité géographique… comment il convenait de surmonter sa peur, et ce malgré l'état catastrophique des économies nationale et mondiale…

Je me souviens d'avoir songé : «Ma foi, si Alfred Bixby est propriétaire d'une maison à Kingfisher Hill, alors cet endroit n'est pas la chasse gardée des membres de la famille royale et de l'aristocratie», quelques secondes à peine avant de remarquer une femme qui se tenait à l'écart de notre groupe et dont le visage trahissait une expression horrifiée, après quoi toutes mes autres considérations s'évanouirent.

«Un visage inachevé», murmurai-je par-devers moi. Personne ne m'entendit. Alfred Bixby était occupé à infliger à Poirot la liste des nombreuses défaillances de Ramsay MacDonald et de son «gouvernement de fripons et de dépravés à la botte de la Russie» et son flot de paroles avait noyé mon grommellement.

La femme en question devait avoir une vingtaine

d'années. Elle portait un élégant bonnet vert et un manteau assorti par-dessus une robe aux teintes passées, presque incolore, qui donnait l'impression d'avoir été lavée plus de cent fois. Quant à ses chaussures, elles étaient éraflées.

Elle n'était pas à proprement parler ingrate, mais sa peau pâle semblait exsangue et tout chez elle dégageait la même impression : comme si quelqu'un s'était interrompu avant d'ajouter les finitions qui lui auraient conféré une physionomie plus conventionnelle. Ses lèvres fines et décolorées semblaient s'abîmer dans son visage et ses yeux faisaient penser à deux trous noirs dans le sol. D'une manière générale, ses traits manquaient cruellement de relief et demandaient à faire ressortir leurs délinéations enfouies.

Cependant, cette description est secondaire. Car c'est son air effrayé qui me fascina autant qu'il m'alarma, comme si elle était tout à la fois écœurée et malheureuse au plus profond de son être. C'est à croire qu'elle venait tout juste de vivre le plus épouvantable des chocs. Les yeux écarquillés, elle fixait l'autocar avec un regard de forcenée que l'association particulièrement fâcheuse de ces nuances de bleu et d'orange ne suffisait pas à justifier. Si le véhicule n'avait pas été un objet inanimé, j'aurais pu penser que pendant que nous étions tous occupés ailleurs, cette femme l'avait vu commettre un crime d'une barbarie sans nom.

Isolée à la périphérie de notre petit attroupement, elle semblait voyager seule. Je me portai à sa rencontre sans l'ombre d'une hésitation.

— Excusez-moi. Pardonnez mon intrusion, mais

vous semblez avoir subi un vilain choc. Puis-je vous être d'une quelconque aide ?

Son expression horrifiée marquait si profondément ses traits que je ne songeai pas un seul instant m'être imaginé un problème qui n'existait pas.

— Non, merci, répondit-elle d'une voix distraite et lointaine.

— Êtes-vous bien sûre ?

— Oui. Je… Oui. Merci.

Elle s'éloigna de quatre ou cinq pas pour se rapprocher de l'autocar.

Comme je pouvais difficilement insister pour lui venir en aide si elle s'y refusait catégoriquement, je retournai auprès de Poirot et d'Alfred Bixby, tout en gardant un œil sur son attitude, qui me sembla de plus en plus agitée. Elle entreprit de marcher en décrivant de petits cercles tout en remuant les lèvres en silence. À aucun moment elle ne se départit de son effroyable expression, pas une seule seconde.

Je m'apprêtais à interrompre le monologue de Bixby et à attirer l'attention de Poirot sur le sujet de mon inquiétude lorsqu'une femme sur ma gauche lança d'une voix forte aux accents dédaigneux :

— Vous avez vu la jeune femme là-bas ? Mais que diable peut bien être son problème ? Sa mère a dû la bercer trop près du mur.

La mère du nouveau-né emmailloté étouffa un cri d'indignation et étreignit son enfant contre sa poitrine.

— Inutile d'être désobligeante, mademoiselle, observa un vieil homme dont l'objection déclencha un murmure général d'assentiment.

Seuls restèrent indifférents à cette agitation la femme au visage inachevé et Alfred Bixby, lequel continuait à abreuver Poirot de paroles, bien que ce dernier ait cessé de l'écouter.

— C'est vrai qu'elle a l'air perturbée, commenta quelqu'un. Nous devrions vérifier que son nom figure bien sur la liste des passagers.

La suggestion déclencha un déluge de commentaires.

— M. Bixby affirme que nous sommes au complet.

— Dans ce cas, qu'est-ce qui l'empêche de nous ouvrir les portes ? Chauffeur ! C'est bien vous, le chauffeur, n'est-ce pas ? Pouvons-nous monter à bord ?

— Je suppose que si son nom est sur la liste, elle n'a pas pu s'échapper d'un asile d'aliénés, quoique son comportement indique le contraire, affirma la femme sans-gêne de sa voix sonore.

Elle aussi était jeune – environ le même âge que la femme au visage inachevé. Sa voix détonnait singulièrement avec la malveillance de ses propos. En effet, elle était étonnamment mélodieuse et féminine – avec un timbre clair, lumineux, presque chatoyant. *Si le diamant avait le don de la parole, il aurait la même voix*, songeai-je.

— Ce monsieur est allé lui parler il y a quelques secondes à peine, avança une vieille dame en me désignant d'un geste accusateur avant de se planter devant moi. Que lui avez-vous dit ? La connaissez-vous ?

— Pas du tout, répliquai-je. J'ai seulement remarqué qu'elle semblait souffrante et je lui ai demandé si elle avait besoin d'aide. Ce à quoi elle a répondu «Non, merci».

18

Soucieux d'attirer derechef notre attention sur la prunelle de ses yeux, Alfred Bixby intervint :

— Et à présent, mesdames et messieurs, le moment ne serait-il pas venu de dévoiler l'intérieur luxueux de ce joyau flambant neuf ? Il me semble que si, ma foi !

Tandis que plusieurs passagers se ruaient en avant pour enfin réchapper au froid, je m'effaçai sur le côté et j'observai la femme au visage inachevé : elle recula devant les portières ouvertes de l'autocar, comme si elle craignait de se faire avaler toute crue. La voix de Poirot s'éleva derrière moi.

— Allons-y, Catchpool. J'ai respiré suffisamment de votre air anglais pour le reste de la journée. Oh – regardez donc la pauvre demoiselle.

— Mais bon sang, que lui arrive-t-il, Poirot ?

— Je l'ignore, mon ami. Il n'est pas impossible que ses facultés mentales soient atteintes.

— Je ne pense pas. Quand je lui ai parlé, elle m'est apparue saine d'esprit et lucide.

— Dans ce cas, son état s'est détérioré depuis.

Je retournai auprès d'elle.

— Je suis sincèrement navré de vous déranger une fois encore, mais êtes-vous bien sûre et certaine de ne pas avoir besoin d'aide ? Je m'appelle Edward Catchpool. Je suis inspecteur de police à Scotland Yard et…

— Non ! s'écria-t-elle avec un rictus qui tordit ses lèvres. Je ne veux pas le croire. C'est impossible !

Elle s'éloigna de moi à reculons et percuta la mère qui serrait l'enfant dans ses bras. À part moi, elle ne semblait plus voir ni rien ni personne. La première fois que je lui avais adressé la parole, son angoisse était telle qu'elle ne m'avait pas véritablement prêté attention. Et voilà qu'elle semblait désormais entièrement obnubilée par ma présence.

— Mais qui êtes-vous ? demanda-t-elle. Qui êtes-vous, en vrai ?

Poirot vint à ma rescousse.

— Mademoiselle, je peux vous assurer que c'est la vérité. L'inspecteur Catchpool et moi voyageons ensemble. Je suis M. Hercule Poirot.

Ses mots eurent un effet immédiat sur la jeune femme. Son comportement changea du tout au tout. Elle regarda autour d'elle et, pour la première fois, sembla se rendre compte que son attitude avait attiré la curiosité des badauds. Elle baissa la tête et répondit dans un murmure :

— Pardonnez-moi, inspecteur. Bien entendu vous êtes celui que vous dites. J'ignore ce qui m'a pris.

— Qu'est-ce qui ne va pas ? l'interrogeai-je sans ménagement.

— Rien. Je vais très bien.

— J'ai du mal à le croire.

— Si j'avais besoin d'aide, je le ferais savoir, monsieur l'inspecteur. Je vous en prie, ne vous inquiétez pas pour moi.

— Très bien, conclus-je non sans éprouver un certain mécontentement. Si vous voulez bien vous donner la peine ? proposai-je en désignant l'autocar.

J'étais curieux de voir si elle allait adopter une attitude plus pondérée. Malgré son comportement fantasque, je ne doutai pas un instant de sa bonne santé psychique. Elle ne souffrait d'aucune déficience mentale. Le problème était d'ordre émotionnel.

— Je… vous…, balbutia-t-elle.

— Rejoignons donc nos places, suggéra Poirot d'un ton ferme. Vous et moi, Catchpool. Cette jeune dame souhaite qu'on la laisse tranquille.

À ces mots, la femme au visage inachevé parut nettement soulagée ; les voyant tous deux de mèche contre moi, je m'avouai vaincu. Après avoir laissé nos valises avec les autres bagages, Poirot et moi montâmes à bord et elle se retira. Peut-être son nom ne figurait-il pas sur la liste des passagers d'Alfred Bixby et qui sait, peut-être n'avait-elle jamais été en partance pour Kingfisher Hill. À bien y réfléchir, elle ne semblait pas même avoir de bagage, ni porter le moindre cabas ou sac à main. Peut-être s'était-elle glissée parmi nous pour échapper à quelqu'un. Puisque je n'aurais jamais le fin mot de l'histoire, je décrétai qu'il était vain de s'étendre en spéculations.

Une fois à bord, je constatai que la plupart des sièges étaient inoccupés. L'explication était simple : plusieurs passagers étaient restés en arrière pour ne rien rater de ma conversation avec la jeune femme. À présent que mon interrogatoire était terminé, les températures glaciales se rappelaient au bon souvenir de tout un chacun. Je sentis les passagers s'entasser impatiemment dans le couloir derrière moi.

— Allez, en avant, marmonna l'un d'eux.

— Oui, dépêchez-vous, insista Poirot.

Obéissant à son exhortation, je remontai le couloir lorsque soudain je me coupai dans mon élan. Du coin de l'œil, je venais d'apercevoir un livre ouvert sur l'un des sièges, la couverture vers le haut, de sorte que son titre était parfaitement visible. Était-il possible…?

Derrière moi, tous, à commencer par Poirot, poussèrent une exclamation d'exaspération lorsque je reculai d'un pas – obligeant ce faisant les autres passagers à m'imiter – pour pouvoir examiner de plus près l'ouvrage en question. En effet, je m'étais trompé. Le titre du livre était *Midnight Gathering*. Je clignai des yeux et pris soin de le relire. Oui, c'était bien *Midnight Gathering*. Pourtant, j'avais encore bel et bien la sensation d'avoir lu deux mots tout à fait différents.

— Mais qu'est-ce qu'il fabrique, ce crétin? s'impatienta une voix à l'accent américain en constatant l'embouteillage que j'avais engendré dans le couloir. Tout le monde attend, là!

— Enfin Catchpool, allons-y! lança Poirot derrière moi.

Au même moment, une main de femme s'empara promptement du livre posé sur le siège. Son geste agile me sortit de ma transe et je relevai les yeux. Je tombai nez à nez avec la femme sans-gêne à la voix de diamant. Elle serra le livre contre sa poitrine et me fusilla du regard, comme si le simple fait de poser les yeux sur la couverture risquait de l'avoir irrémédiablement souillé.

— Je suis navré, je ne voulais pas…, bredouillai-je.

Son regard redoubla de fureur. Je trouvai beaucoup de points communs entre son visage et sa voix. Un surcroît d'amabilité et de compassion dans ses traits ou dans son intonation, et l'effet obtenu eût été des plus

charmants. Soudain, je sentis jaillir un éclair de sagacité : avec ses pommettes délicatement sculptées, ses
traits fins, ses yeux bleus et sa fine chevelure blonde,
cette jeune femme correspondait en tout point au genre
de beauté que ma mère admirait tout particulièrement
– physiquement parlant, en tout cas. Toutes les femmes
que je devrais selon elle avoir envie d'épouser ressem-
blaient plus ou moins à celle-ci, la mine renfrognée en
moins.

Au troisième doigt de la main gauche, la propriétaire
de *Midnight Gathering* portait une bague de fiançailles :
un gros rubis. *Navré, Mère, trop tard*, méditai-je pour
moi-même. *Elle est déjà promise à un autre type.
J'espère qu'il n'est pas du genre sensible, sans quoi il
ne sortira pas vivant du calvaire qui l'attend.*

Je me détournai d'elle et m'apprêtai à avancer lorsqu'elle se livra à la plus étrange et mesquine des mises
en scène. Elle fit mine de reposer le livre à sa place,
puis s'interrompit ostensiblement. Elle laissa un instant
planer l'ouvrage au-dessus du siège qui nous séparait.
Son geste était sans équivoque et elle l'assortit d'un
sourire malveillant. Quelle femme antipathique ! Elle
se délectait copieusement de me persécuter sans un mot
et son sourire disait : « Cela ne me dérange pas que les
gens voient ce livre – à part vous. » Tel était mon châtiment pour avoir été un fieffé fouineur. Ma foi, peut-être
n'avait-elle pas entièrement tort. Après tout, j'avais fait
preuve d'une curiosité importune.

Une fois que Poirot et moi-même eûmes pris nos
places côte à côte à l'arrière de l'autocar, mon ami
m'interrogea :

— Dites-moi, Catchpool, qu'avez-vous donc vu de si passionnant que vous avez ressenti le besoin de nous retenir indéfiniment dans le couloir?

— Ce n'était rien. Une erreur de ma part. Et cela n'a pas duré longtemps – l'affaire de quelques secondes.

— Quelle erreur?

— Avez-vous remarqué le livre que lisait cette femme?

— Le beau brin de femme en colère?

— Oui.

— J'ai aperçu un livre, en effet. Elle le tenait serré contre sa poitrine.

— Je crois qu'elle avait peur que je ne le lui arrache des mains. C'est la raison pour laquelle je m'étais arrêté – pour regarder le livre de plus près. Il était intitulé *Midnight Gathering*. La toute première fois, j'aurais juré déchiffrer les mots «Michael Gathercole». Sans doute à cause du M et du G.

— Michael Gathercole, répéta Poirot d'une voix intriguée. Michael Gathercole, l'avocat? Comme c'est curieux.

Poirot et moi avions fait la connaissance du susnommé Gathercole l'année précédente lors d'un séjour mouvementé à Clonakilty dans l'État libre d'Irlande.

— Pourquoi le nom de Michael Gathercole, un juriste tout à fait ordinaire, serait-il le titre d'un livre, Catchpool?

— Certes. Quoi qu'il en soit, ce n'était pas le cas. Je me suis trompé. Inutile de nous appesantir sur la question.

— Il est plus vraisemblable que Gathercole a pu

écrire un livre et que son nom figure sur la couverture en qualité d'auteur, souligna Poirot.

— Il n'a rien à voir là-dedans. Quelqu'un d'autre a écrit un livre intitulé *Midnight Gathering*.

Par pitié, songeai-je, *n'en parlons plus*.

— Je crois comprendre pourquoi vous avez vu un nom qui n'y était pas, Catchpool – et pourquoi ce nom en particulier.

J'attendis la suite.

— Vous êtes préoccupé par cette pauvre femme qui vous accuse de vous faire passer pour l'inspecteur Edward Catchpool de Scotland Yard. Elle nous certifie qu'elle n'a pas besoin d'aide, ce dont vous doutez, de sorte que vous êtes à l'affût du danger et du mal. Ainsi donc, dans la portion de votre esprit qui ne perçoit pas son propre fonctionnement, vous établissez un lien entre cet incident et les événements de l'année dernière à Clonakilty, où le danger était évident et où le mal fut fait.

— Vous avez sans doute raison. Elle n'est pas encore montée à bord, si ?

— Je ne saurais vous dire, mon ami. Je n'ai pas fait attention. À présent, des sujets importants nécessitent notre diligence, annonça-t-il en sortant de la poche de son manteau un petit morceau de papier plié. Examinez ceci avant que nous ne prenions la route. Mieux vaut ne pas lire une fois en mouvement. Ça chamboule l'estomac.

Je pris le papier qu'il me tendait, en priant pour que son contenu m'éclaire enfin sur les raisons de notre déplacement à Kingfisher Hill. À la place de quoi je tombai nez à nez avec la quantité la plus invraisemblable de mots minuscules jamais accumulés sur une seule page.

— Qu'est-ce donc? demandai-je. Un manuel d'instruction? Pour quoi faire?

— Retournez la page, Catchpool.

J'obtempérai.

— Vous voyez, à présent? Oui, ce sont des instructions. Des règles. Les règles d'un jeu de société qui se joue avec des disques en forme d'yeux – le Peepers!

— Le quoi donc?

— Le Peepers, ça veut dire «mirettes», si je ne m'abuse, Catchpool.

Comme pour illustrer son propos, Poirot battit des paupières. Sa mimique lui donnait l'air absurde et j'aurais volontiers ri si je n'avais pas été à ce point contrarié.

— Mais à quoi ça rime, Poirot? Pourquoi voyagez-vous avec les règles d'un jeu de société dans votre poche?

— Elles ne sont pas dans ma poche, objecta-t-il. Puisqu'elles sont entre vos mains.

— Vous voyez ce que je veux dire.

— Je ne me suis pas contenté d'en emporter les règles. J'ai le jeu avec moi – dans une boîte au fond de ma valise! annonça-t-il d'un air triomphant. Je vous demande de bien vouloir lire les règles car nous allons y jouer ensemble à la première occasion. Nous allons même devenir de grands spécialistes du Peepers! Vous pourrez en effet constater qu'il faut un minimum de deux joueurs.

— Vous serez bien gentil de vous expliquer, rétorquai-je. Je n'aime pas les jeux de société. À vrai dire, je déteste ça. Et quel est le rapport entre ce Peepers et votre obstination à m'emmener au domaine de Kingfisher Hill ? Ne me dites pas que les deux sont liés. Je ne vous croirais pas.

— Vous ne détestez pas le Peepers, Catchpool. C'est impossible, puisque vous n'y avez jamais joué. Faites preuve d'ouverture d'esprit, je vous en prie. Ce jeu n'a rien à voir avec les échecs.

— C'est comme le Jeu du propriétaire foncier ? Je ne le supporte pas, celui-là.

— Vous voulez parler du Monopoly, n'est-ce pas ?

— Oui, on lui donne parfois ce nom. Quelle perte de temps insensée.

— Ah ! *Mais c'est la perfection même !* renchérit Poirot d'un air positivement ravi. Tels seront les mots que vous devrez prononcer à notre arrivée dans la demeure de la famille Devonport !

— Qui sont ces Devonport ?

— Vous devrez le clamer haut et fort pour que tout le monde l'entende : vous *détestez* le jeu du Monopoly.

— Mais de quoi parlez-vous, Poirot ? Je ne suis pas d'humeur à… (j'allais dire à «jouer») à supporter vos facéties.

— Ce ne sont pas des facéties, mon ami. Maintenant, compulsez ces règles, je vous prie. Sans tarder. L'autocar va démarrer d'une minute à l'autre.

Je poussai un soupir et me plongeai dans la lecture. Ou plutôt, je fis de mon mieux pour me concentrer sur les pattes de mouche qui remplissaient la page. J'eus beau me donner tout le mal du monde : impossible de les assimiler. J'étais sur le point de m'en ouvrir à Poirot lorsque la voix indignée d'Alfred Bixby s'éleva par-dessus le murmure des conversations.

— J'ai bien peur que ce ne soit votre dernière chance, mademoiselle.

Tout comme moi, il était assis sur un siège côté couloir. Il avait choisi la rangée située juste derrière le chauffeur, à hauteur des portières, et il s'adressait à une personne à l'extérieur du véhicule.

— La flotte de la Kingfisher Coach Company est réputée pour sa ponctualité et je n'ai pas l'intention de faillir à la tradition ! Il n'y a pas que vous sur terre, jeune dame ! J'ai vingt-neuf autres passagers qui n'ont aucune envie d'être en retard – dont un nouveau-né ! Alors, serez-vous du voyage, oui ou non ?

— C'est elle, marmonnai-je un instant plus tard, lorsque la femme au visage inachevé apparut dans le couloir.

Elle se tenait recroquevillée, comme si elle craignait que Bixby ne se levât pour lui donner une raclée. Pour sa part, ce n'était manifestement pas l'envie qui manquait.

— Chauffeur, fermez les portières, ordonna-t-il.

Le chauffeur s'exécuta et démarra le moteur.

La femme, dont le visage était marqué de traces de larmes, se tenait prostrée à l'avant de l'autocar.

— Veuillez vous asseoir, mademoiselle, la convia Bixby. Il ne reste qu'un seul siège. Ce n'est pas comme si vous aviez l'embarras du choix ! insista-t-il en se levant pour lui désigner l'emplacement. Là, au septième rang.

— Peut-être aviez-vous raison, Catchpool. Le comportement de cette pauvre petite commence à m'intriguer.

Regardez donc comme elle tergiverse. Elle est face à un casse-tête. Tant qu'elle ne l'aura pas résolu, elle ne pourra pas décider.

— Décider quoi?

— Si elle souhaite ou non voyager en notre compagnie. Son indécision suscite chez elle une profonde détresse.

Tandis que les grognements mécontents des autres passagers commençaient à enfler, l'infortunée se précipita pour s'asseoir à sa place. Quelques secondes plus tard, nous étions en route et Bixby ne tarda pas à se relever à son tour. Il arpenta le couloir, fermement résolu à présenter ses plus sincères excuses pour le retard que nous avions failli subir avant ce qui se révélerait être indubitablement le voyage le plus enchanteur de notre existence. Le grand tintamarre du moteur m'empêcha d'entendre un détail ici ou là. D'ailleurs, Bixby se garda bien d'y faire allusion – pas un mot d'excuse ni d'explication sur ce fâcheux état de fait –, et j'en conclus que ce vacarme allait nous accompagner jusqu'à notre terminus de Kingfisher Hill.

Bixby avait trompété son petit discours jusqu'à l'arrière de l'autocar, et nous étions sur la route depuis dix minutes à peine lorsque j'entendis un grand cri de détresse. Il provenait de l'avant du véhicule, à plusieurs rangées de mon siège. Aussitôt la femme au visage inachevé resurgit dans le couloir.

— S'il vous plaît, arrêtez-vous! s'écria-t-elle à l'intention de Bixby avant de se tourner vers le chauffeur. Stoppez immédiatement le véhicule. Il faut… Je vous en conjure, ouvrez les portières. Je ne peux pas rester assise là, dit-elle en désignant son siège. Je... à moins que quelqu'un accepte de changer de place avec moi, il faut me laisser sortir.

Bixby secoua la tête. Sa lèvre supérieure se retroussa.

— Et maintenant vous allez m'écouter, mademoiselle, commença-t-il en marchant lentement dans sa direction.

Poirot se leva et s'interposa dans le couloir entre les deux.

— Monsieur, vous permettez que j'intervienne ? demanda-t-il en s'inclinant.

Bixby opina du chef d'un air incertain.

— Du moment que cela n'entraîne pas de retard, monsieur. Je suis certain que vous comprenez. Ces braves gens ont envie de rentrer chez eux et de retrouver leur famille.

— Bien entendu, acquiesça Poirot avant de se retourner face à la femme. Mademoiselle, vous souhaitez changer de place ?

— Oui. Il le faut. C'est... c'est important. Je ne le demanderais pas sinon.

Une voix tranchante, que j'aurais reconnue entre mille, interjeta soudain :

— Monsieur Poirot, ayez l'amabilité d'accéder à sa requête et de lui céder votre place. Je préfère mille fois être assise à côté d'un détective de renommée internationale que d'une idiote qui jacasse sans fin. Cela fait un quart d'heure qu'elle tremble comme une feuille en parlant dans sa barbe. C'est franchement épuisant.

Ainsi la pauvre demoiselle, telle que l'appelait Poirot, s'était retrouvée assise à côté de la propriétaire de ce maudit livre ! Pas étonnant qu'elle ne souhaite pas y rester une minute de plus. Sans doute avait-elle essuyé une attaque féroce après avoir malencontreusement jeté un coup d'œil à la couverture de l'ouvrage.

— Y a-t-il un problème avec votre siège ? s'enquit Poirot. Pourquoi souhaitez-vous en changer ?

Elle secoua frénétiquement la tête avant de s'écrier :

— Vous n'allez pas me croire, mais… si je reste assise ici, je vais mourir. On va m'assassiner !

— Expliquez-moi ce que vous voulez dire. Qui va vous tuer ?

— Je ne sais pas ! sanglota la femme. Mais je sais que c'est cette place-là. Côté couloir, septième rangée, à droite. Ce siège précisément, pas un autre. C'est ce qu'il m'a dit. Il ne m'arrivera rien si je m'assieds ailleurs. Je vous en prie, monsieur, voulez-vous bien changer de place avec moi ?

— Qui vous a dit cela ?

— L'homme ! Un homme. Je… j'ignore qui il était.

— Et si vous vous asseyez ici, que vous arrivera-t-il, à en croire cet homme ? l'interrogea Poirot.

— Mais je viens tout juste de vous le dire, gémit la femme. Il a dit qu'on allait m'assassiner ! Il m'a dit : « Écoutez-moi bien. Vous êtes prévenue. Sans quoi vous ne ressortirez pas vivante de ce véhicule. »

2

Le siège de tous les dangers

Après cette stupéfiante déclaration, la femme au visage inachevé se referma résolument comme une huître, mettant un point final à la discussion. Faisant fi des bredouillements outrés d'Alfred Bixby («Mais quelle idée, monsieur! Un meurtre à bord d'un autocar de la Kingfisher Coach Company? Mais c'est invraisemblable!»), Poirot donna l'ordre au chauffeur de s'arrêter afin qu'il puisse faire sortir la jeune femme pour qu'elle reprenne ses esprits.

Je m'étais avancé dans le couloir avec l'intention de me joindre à eux, mais Poirot me décocha un regard aigu me signifiant que je n'étais pas convié. Le chauffeur avait garé l'autocar le long de la rue. Je connais globalement bien la ville de Londres, pourtant je ne reconnus pas la rangée de maisons et de boutiques quelconques devant laquelle nous étions arrêtés. J'aperçus l'échoppe d'un chapelier et un bâtiment qui dépassait des autres, dont un grand panneau sur la devanture annonçait:

« McAllister & Son Ltd, cession de locaux professionnels – liquidation de tous les stocks à prix réduits. » À bord, tout le monde se demandait combien de temps il nous faudrait encore patienter pendant que Poirot conversait en privé sur le trottoir. Des murmures bruissaient dans les rangs de l'autocar, aux inflexions le plus souvent inquiètes.

— Catchpool.

En relevant les yeux, je découvris Poirot dans le couloir à côté de moi.

— Vous voulez bien me suivre à l'extérieur, je vous prie.

— Je croyais que vous préfériez que je…

— Suivez-moi.

Nous contournâmes le flanc de l'autocar ; le motif de notre retard s'était recroquevillé contre un mur, et tremblait de tout son corps.

— Voici l'inspecteur Catchpool !

Poirot fit les présentations comme si je ne m'en étais pas déjà chargé moi-même. À cette occasion, je me rendis compte que je tenais encore les règles du Peepers dans la main. Je repliai le papier à la hâte et le glissai dans ma poche.

À mon approche, la femme leva les yeux.

— Non, décréta-t-elle. Ce n'était pas lui. Ce n'était catégoriquement pas lui. Je suis désolée, je dois avoir la mémoire tout embrouillée.

— Que se passe-t-il ? demandai-je à mon ami. Qui n'était pas moi ?

— Le monsieur qui a signalé à cette demoiselle qu'elle serait assassinée si elle prenait le siège côté couloir à droite dans la septième rangée de l'autocar.

— Quoi ? Êtes-vous en train d'insinuer...

— Je n'insinue rien du tout, Catchpool. Mademoiselle, ne m'avez-vous pas dit, il y a moins de deux minutes, que l'homme qui vous a donné cet avertissement était celui-là même avec lequel vous aviez échangé quelques mots avant que nous prenions place à bord de l'autocar ? Cet homme, l'inspecteur Catchpool, qui se tient présentement devant vous ?

— Oui, c'est ce que j'ai dit, en effet. Mais dès que j'ai vu son visage, j'ai su que je m'étais trompée, gémit-elle.

— Il y a néanmoins une ressemblance entre Catchpool et l'homme qui vous a annoncé que vous seriez assassinée si vous preniez place sur ce siège en particulier ?

— En effet, monsieur ! Ils sont tous les deux de grande taille, et ils ont la même teinte de cheveux. Mais... l'autre avait de drôles d'yeux.

— Drôles dans quel sens ? s'enquit Poirot.

— Je ne sais pas ! Je ne saurais pas l'expliquer.

— Avant notre départ, vous avez exigé de connaître l'identité de l'inspecteur Catchpool. Je ne me trompe pas ?

La femme opina.

— Était-ce alors parce que vous pensiez que c'était lui qui vous avait communiqué cet étrange avertissement ?

— Non ! s'écria-t-elle, visiblement affolée par cette insinuation. Non, je... je ne sais plus ce que je pensais à ce moment-là. Cela me semble si loin, à présent.

— Moins de trente minutes se sont écoulées depuis,

objecta Poirot. S'il y a bien une chose que je tolère encore moins que la malhonnêteté, mademoiselle, c'est la malhonnêteté déguisée en amnésie ! Sous le prétexte que vous n'arrivez pas à fabuler une histoire sur mesure, vous évoquez opportunément une soudaine perte de mémoire.

— Je n'ai jamais été malhonnête, sanglota la femme (et je ressentis un pincement d'empathie pour elle). Il y a des choses que je ne souhaite pas vous dire – des choses que je ne *peux pas* vous révéler. La vérité, c'est… je n'ai pas cru que l'inspecteur Catchpool était celui qu'il prétendait être parce que… parce que j'avais peur de ce qui pouvait m'arriver ! Une fois dans l'autocar. Tout cela semblait si invraisemblable.

Nous attendîmes qu'elle poursuive.

— Depuis que cet homme m'a dit que je risquais d'être assassinée, je suis terrorisée ! On le serait pour moins que ça, non ? Un parfait inconnu, surgi de nulle part, vous annonce que si vous vous asseyez à tel endroit dans un autocar, on va vous tuer… Comment ne pas être effrayée ? C'est ce qui explique l'état dans lequel j'étais. Après quoi, voilà que *lui* – elle me montra du doigt – arrive de nulle part et se met à me poser des questions. J'étais censée réagir comment ? Je vais vous le dire. Aussitôt, je me suis demandé : « Est-ce que c'est lui, le bonhomme qui va m'assassiner si je m'assieds au mauvais endroit dans l'autocar ? Est-ce qu'il se fait passer pour un policier ? » Non pas que j'aie cru sur parole le premier homme, pas tout à fait. Je veux dire par là, pourquoi voudrait-on ma mort ? Je n'ai jamais fait de mal à personne.

— Et pourquoi commettre un meurtre dans l'espace clos d'un véhicule en mouvement, entouré de gens qui seraient témoins du crime ? murmura Poirot. Mademoiselle, ayez l'amabilité de m'expliquer ceci : si vous pensiez qu'il y avait ne serait-ce que la plus infime des probabilités pour que l'on vous assassine, pourquoi n'avez-vous pas renoncé à monter à bord ?

La femme se mit à trembler d'effroi.

— Je…, je…

— Calmez-vous, mademoiselle. Dites la vérité à Hercule Poirot et tout se passera bien. Je vous le promets.

— Eh bien… Je ne pensais pas que cela pouvait arriver ! s'écria-t-elle avant de dévider pêle-mêle : Et puis je suis attendue par ma tante, j'ai acheté mon billet et je ne voulais pas lui faire faux bond. Elle m'attend cet après-midi. Elle est souffrante et à part moi, elle n'a personne. Et puis, j'ai pensé qu'il y aurait d'autres sièges disponibles, mais j'avais quand même très peur. Comme tout le monde à ma place, non ? Et alors, je me suis dit : « Monte dans cet autocar, Joan », mais je n'ai pas pu m'y résoudre. Alors, je vous ai parlé, à vous et à l'inspecteur Catchpool, et vous avez eu la gentillesse d'essayer de m'aider, mais je n'ai pas voulu vous dire ce qui me donnait du souci. Je ne voulais tourmenter personne avec ça. Et c'est à ce moment-là que j'ai eu une idée.

— Quelle idée ? demandai-je.

Elle me regarda.

— Quand vous êtes montés à bord, j'avais trop peur pour vous suivre, alors je me suis mise sur le côté. Et puis, je me suis dit : « Et si j'attendais... et encore... et encore ? » Ce serait une bonne manière de vérifier.

— Ah ! s'exclama Poirot. Oui, je vois. Mais veuillez expliquer cela à l'inspecteur Catchpool.

Elle me jeta un regard furtif et détourna aussitôt les yeux.

— Eh bien, j'ai pensé que je pourrais faire en sorte d'être la toute dernière à monter dans l'autocar. Comme ça, il y aurait plus de chances pour que le siège du danger soit pris et j'en aurais le cœur net une bonne fois pour toutes... mais quand je suis montée, c'était le *seul* siège de libre !

J'étais loin d'être convaincu par sa démonstration et ne me gênai pas pour le faire savoir :

— Si la menace était liée à un siège en particulier, et à aucun autre, vous auriez pu monter dans l'autocar *en premier* et vous asseoir n'importe où ailleurs sans aucun problème. Ce qui, assurément, vous aurait permis d'éviter ce qui s'est passé : en montant en dernier, vous avez découvert que le siège de tous les dangers, tel que vous le nommez, était le dernier à être encore inoccupé. Par ailleurs, comment diable pouvez-vous expliquer ce mystérieux hasard ? Partant même du principe que quelqu'un souhaite vous assassiner et projette de passer à l'acte au cours du trajet, et que pour ce faire, vous devez vous asseoir sur ce siège en particulier, notre meurtrier aurait eu besoin de persuader tous les autres passagers de ne pas l'occuper !

— Calmez-vous, Catchpool, m'enjoignit Poirot en posant une main sur mon bras.

— Mais c'est quand même absurde, protestai-je.

37

Je voudrais l'entendre dire pourquoi elle n'a pas pris ses jambes à son cou lorsqu'elle a constaté que le seul emplacement encore libre était celui contre lequel on l'avait mise en garde.

— C'est en effet une question pertinente. Mademoiselle ?

— J'avais l'impression de ne pas avoir le choix, gémit-elle. Je voulais descendre, mais les portières étaient fermées et je ne voulais pas faire encore plus de vagues. Tout le monde avait l'air excédé. Et… oh, vous ne me croyez pas, mais quand j'ai vu qu'il restait une seule place et que c'était celle-là, je… eh bien j'ai fini par me dire que j'avais dû tout imaginer : l'homme, la mise en garde, toute cette affaire.

Secouée par un frisson, elle tira sur son bonnet vert et resta les mains plaquées sur ses oreilles comme pour les protéger du froid.

— J'ai cru que je devenais folle ! Comment était-il possible qu'un inconnu me mette en garde contre l'emplacement même que j'allais devoir occuper ? Quelle extravagance. Et comme vous le dites, inspecteur Catchpool – l'homme aurait dû s'arranger pour que les autres passagers n'occupent pas le siège concerné. Comment était-ce possible ? C'était impensable. C'était *infaisable*. Et pendant un moment, j'ai cru que je perdais la tête et que j'avais tout inventé. À moins que cela n'ait été une… une prémonition.

— Je comprends, mademoiselle, acquiesça Poirot en lui tendant un mouchoir pour qu'elle essuie ses larmes. Devant l'absurdité de la situation, vous avez cédé à la panique et votre cerveau a cessé de fonctionner correctement. S'il s'agissait d'une prémonition, alors peut-être étiez-vous condamnée et l'énergie pour résister vous a manqué.

— Exactement, monsieur Poirot. Vous exprimez si bien les choses.

— Les prémonitions sont des phénomènes terribles, n'est-ce pas? continua-t-il en souriant. Ce ne sont pas de simples mises en garde contre des événements épouvantables.

L'espace d'un instant, elle eut l'air déconcertée, puis elle répondit:

— S'il était écrit que je devais mourir, je ne voyais pas comment m'en sortir. Mais la peur était plus forte et… eh bien, je me suis relevée et j'imagine que cela explique ce que j'ai pu dire à ce moment-là.

— En effet, conclut Poirot d'un ton brusque. Comment vous appelez-vous? Nom et prénom.

— Joan Blythe.

— Votre tante habite à Kingfisher Hill?

— Je vous demande pardon? Oh, non. Je descends deux arrêts avant, à Cobham.

J'ignorais qu'il y avait plusieurs arrêts le long de notre route. Rétrospectivement, cela me sembla évident. Après tout, plusieurs passagers à bord n'avaient pas franchement l'air de rendre visite à des propriétaires de maisons secondaires à Kingfisher Hill, ou bien d'être eux-mêmes propriétaires fonciers là-bas.

À ma grande surprise, Poirot affirma tout à trac que nous descendions nous aussi à Cobham. Un éclair dans son regard m'intima l'ordre de ne pas le contredire. Était-ce à dire que nos projets venaient tout à coup de changer – tout cela à cause de Joan Blythe et de son histoire à dormir debout ?

— Quels sont le nom et l'adresse de votre tante ? demanda Poirot.

— Oh, n'allez pas l'embêter avec ça, monsieur Poirot. Je vous en prie – elle se ferait un sang d'encre. Elle n'a rien à voir avec toute cette sombre affaire, mais alors rien du tout. Je vous en supplie, laissez-la en dehors de ça.

— Pouvez-vous me dire au moins son nom ?

— Je… je ne préfère pas, si cela ne vous dérange pas, monsieur.

— Vous logez chez elle ?

— Oui. Cela fait maintenant près d'un an.

Avions-nous désormais pour projet de descendre à Cobham et de suivre Joan Blythe jusque chez sa tante ? Ou était-ce ce que Poirot voulait lui faire croire ? Je priai pour que la seconde option soit la bonne. J'avais bien envie de découvrir le mode de vie de la classe privilégiée de Kingfisher Hill, même si l'autre option avait aussi ses avantages – le principal et non des moindres étant qu'elle m'épargnait d'avoir à mémoriser les règles du Peepers.

Poirot choisit d'adopter une nouvelle approche :

— Parlez-nous de votre rencontre avec l'individu qui ressemblait tant à mon ami Catchpool – partant du principe que l'homme qui vous a mise en garde n'était ni une prémonition ni le fruit de votre imagination. Quand et où avez-vous fait sa connaissance ?

— Je… j'avoue ne pas me souvenir de quand c'était. Il y a peut-être cinq ou six jours. Quant au lieu, eh bien, c'était… c'était sur la Charing Cross Road. Oui, c'est ça !

Ma main à couper qu'elle mentait. Peut-être pas sur toute la ligne, mais sa manière de dire « *la* Charing Cross Road » était louche.

— Je m'étais rendue en ville pour faire quelques emplettes pour ma tante. L'homme m'attendait à la sortie d'une boutique. Et ce qu'il m'a dit, vous le savez déjà.

— Comment a-t-il amorcé la conversation ? demanda Poirot. Connaissait-il votre nom ?

— Oui. Je veux dire… eh bien, il ne l'a pas prononcé et il ne m'a pas appelée « Mlle Blythe » ni quoi que ce soit, mais il devait forcément savoir qui j'étais, non ?

— Par quoi a-t-il commencé ? insista Poirot.

— Je ne me souviens plus.

— Tâchez de vous souvenir de la scène, mademoiselle. On se remémore souvent bien plus qu'on ne le pense.

— Je ne peux pas, c'est que… Tout ce dont je me souviens, c'est qu'il m'a parlé d'un voyage prochain en autocar, et que je serais bien avisée d'éviter de prendre place sur le siège situé au septième rang et… bref, tout ce que je vous ai déjà dit !

Poirot semblait perdu dans ses pensées. Il finit par briser le silence :

— Ma foi, reprenons la route.

— Non ! s'écria Joan Blythe, les yeux écarquillés par l'effroi. Je ne peux pas m'asseoir à cet endroit !

Poirot se tourna vers moi.

— Catchpool ?

— Vous voulez que j'échange ma place avec Mlle Blythe, répondis-je d'un air résigné.

— Non. Je ne vous laisserai pas courir un tel risque. C'est moi, Hercule Poirot, qui prendrai place sur le siège de tous les dangers. Nous verrons bien si l'assassin dévoile son jeu !

J'étais en proie à un sentiment mêlé d'étonnement et de reconnaissance. Pour toutes les questions secondaires, Poirot me laissait volontiers pâtir des désagréments qu'il préférait s'épargner. Je trouvai réconfortant de me dire qu'il n'appliquait pas les mêmes règles aux questions de vie et de mort.

Je me serais tout autant inquiété pour sa personne, bien évidemment, sauf que je ne croyais pas un seul instant qu'un quelconque meurtre puisse avoir lieu entre ici et Kingfisher Hill.

Poirot me gratifia d'une tape dans le dos.

— Alors, c'est décidé ! Mademoiselle Blythe, vous prendrez mon siège et je prendrai le vôtre. Catchpool, asseyez-vous à côté de Mlle Blythe et assurez-vous qu'elle arrive saine et sauve à Cobham. Vous saurez vous acquitter de cette tâche ?

Bien évidemment, la réponse était affirmative. De toute façon, je n'avais visiblement pas vraiment le choix.

Je ne fus pas le seul à me montrer grincheux ; Joan Blythe était tout aussi contrariée que moi par la situation, et ne se faisait pas prier pour le faire sentir. Une fois l'autocar reparti, cependant, son effroi sembla céder le pas à la morosité.

— M. Poirot me croit, lui. Contrairement à vous, asséna-t-elle.

— Je n'ai jamais dit que je ne vous croyais pas.

— Ça se voit sur votre visage. Vous… vous ne lui ressemblez pas du tout, maintenant que j'y pense.

Elle avait prononcé ces mots d'un ton navré, toute honte bue. Puis, elle reprit avec sérieux :

— Je ne suis pas une menteuse, inspecteur Catchpool.

Je m'interrogeai. Cette affirmation pouvait avoir deux sens très différents. Le premier était évident : « Je ne suis pas une menteuse – j'entends par là que rien de ce que j'ai pu vous dire n'était faux. » J'avais une préférence pour le second : « Par nature, pas plus que par propension, je ne suis une menteuse, raison pour laquelle je suis bien chagrinée d'avoir été obligée de vous mentir aujourd'hui. » Oui, si j'avais dû parier, j'aurais penché pour la seconde signification.

— Puis-je vous poser une question, mademoiselle Blythe ?

Elle ferma les paupières.

— Je suis très fatiguée. Je préfère en rester là.

— Une seule question. Puis je vous laisserai en paix.

Elle hocha imperceptiblement la tête.

— Vous avez dit à Poirot : « Et puis je suis attendue par ma tante et je ne veux pas lui faire faux bond. » C'est la raison que vous avez évoquée pour expliquer votre décision de voyager en dépit de la mise en garde que vous aviez reçue. Plus tard, quand Poirot vous a demandé si vous logiez chez votre tante, vous avez répondu par l'affirmative. Vous avez précisé que c'était le cas depuis près d'un an. Puis vous avez dit : « Elle m'attend cet après-midi. Elle est souffrante. »

— C'est la vérité, murmura Joan Blythe d'une voix brisée.

On aurait dit qu'elle m'implorait de la croire, comme si le simple fait de poser des questions pouvait dénaturer la véracité de ses propos.

— Vous n'avez pas dit : « Elle m'attend *à la maison* », comme le formulerait la majorité des gens qui vivent avec un parent malade. Cela donnait plutôt l'impression que vous aviez promis à votre tante de vous rendre à son chevet.

— Mais j'habite chez elle. C'est vrai ! Je ne suis pas une mauvaise personne, inspecteur. Je n'ai jamais commis de crime et je me suis toujours appliquée à agir comme il faut.

— Voulez-vous savoir ce que je pense ? À mon avis, votre peur est bien réelle et… oui, je crois qu'il pourrait bien s'agir d'une sainte peur. Et je suis sûr que vous êtes aussi innocente que vous le prétendez, et peut-être courez-vous en effet un grave danger. Malgré tout, depuis que nous avons fait connaissance, vous m'avez raconté un certain nombre de mensonges. Ce qui ne me facilite pas la tâche et me pousse à vous demander de bien vouloir me dire la vérité – la stricte vérité.

— Je vous en prie, pouvons-nous cesser cette conversation ? Je suis épuisée, la fatigue me ferme les yeux.

Elle laissa aller sa tête en arrière, les paupières closes. Peu à peu, sa respiration s'apaisa. Si elle ne s'était pas assoupie, en tout cas, je ne l'avais jamais vue aussi rassérénée depuis que j'avais posé les yeux sur elle. Je trouvai ce point intéressant : elle craignait pour elle-même et pour personne d'autre. Elle n'avait pas peur de faire courir un danger à Hercule Poirot en changeant de place avec lui. D'une certaine manière, sa réaction était parfaitement sensée : elle s'effrayait exclusivement du scénario précis contre lequel on l'avait mise en garde – la conjonction particulière entre elle et le siège de tous les dangers ; ces deux éléments ne devant se télescoper sous aucun prétexte. C'était elle et elle seule que l'on avait prévenue ; aucune « prémonition » de cet acabit ne s'était révélée à Poirot.

Et pourtant, elle aurait parfaitement pu se précipiter à bord de l'autocar dès l'ouverture des portières et se ruer sur n'importe quel autre siège parmi les vingt-neuf disponibles. Partant du principe qu'elle avait cru le mystérieux inconnu sur parole, c'était un moyen imparable de garantir sa sécurité, non ? Et voilà qu'à présent elle était assise à côté de moi, son affolement dissipé – à se comporter comme si elle était tout à fait persuadée que son problème était réglé – alors qu'elle aurait pu monter à bord *avant* moi, et s'asseoir exactement au même endroit avant que je ne jette mon dévolu sur ces deux sièges pour mon ami et moi-même.

Cette histoire n'avait ni queue ni tête. À moins que…

J'entendais déjà les objections de Poirot à tous les arguments que je venais de soulever : elle avait peur – et c'était bien normal – de monter à bord d'un véhicule dans lequel elle risquait de tomber nez à nez avec un individu bien déterminé à attenter à ses jours. Elle ne pouvait néanmoins échapper à l'impératif de sa tante, ce qui expliquait son indécision et plus globalement l'impression qu'elle devait absolument monter à bord alors qu'elle n'en avait pas la moindre envie. C'est en voyant les autres passagers prendre place dans l'autocar qu'elle avait eu l'idée d'attendre la toute fin pour voir sur quel siège elle allait tomber. Oui, l'hypothèse était acceptable.

C'est alors qu'elle avait constaté que le seul siège restant était précisément celui qu'on l'avait sommée d'éviter et… et là, le fil m'échappait. Comment était-elle passée d'un effroi qui l'empêchait de faire un pas en direction de l'autocar pour choisir une place «sûre» à la décision de s'asseoir *exactement là* où il ne fallait pas ?

À condition, bien entendu, que son récit ne soit pas cousu de fil blanc depuis le début – ce qui pouvait fort bien être le cas, j'en avais conscience.

Vingt minutes plus tard, elle rouvrit les paupières. J'avais eu le temps de réfléchir à la situation à tête reposée mais plusieurs questions restaient en suspens. Je commençai par la plus simple :

— Que faisiez-vous à Londres aujourd'hui ?

Elle détourna la tête et s'appliqua à regarder par la vitre. Après avoir délaissé les rues bondées de la capitale, nous roulions à présent en pleine campagne. La nuit n'allait pas tarder à tomber.

— Je suis allée retrouver une amie.

— C'est tout de même étrange que vous n'ayez aucun bagage, pas même de sac à main…

— C'est faux. Le chauffeur a pris ma valise quand il a rempli la soute. Elle renferme tous mes effets.

— Quand je vous ai vue au départ, vous n'aviez pas de bagage.

— Je l'avais avec moi, insista-t-elle. Je l'ai laissé à côté d'autres valises. Je… j'ai dû m'en éloigner. Si vous ne me croyez pas, attendez que je descende à Cobham. Vous verrez bien.

— Ce mystérieux inconnu qui vous a approchée… quelle était son humeur, son attitude ? Cherchait-il à vous aider ou à vous effrayer ?

— Oh, j'avais peur, ça on peut le dire, oui. J'étais morte de peur.

— Certes, mais comment pouvez-vous être certaine que son *intention* était de vous faire peur ?

Soudain, elle explosa de colère :

— J'en suis certaine parce que c'est précisément le résultat qu'il a obtenu – je n'ai jamais ressenti une telle terreur, inspecteur. Alors, oui, j'en suis certaine !

— Et si au contraire il avait voulu vous sauver la vie ? insistai-je. Et si, *en réalité*, il vous avait bel et bien sauvé la vie ? Avez-vous songé à cette éventualité ?

— Je ne veux plus songer à rien du tout. Je vous en prie, arrêtez de me poser des questions que je ne… Ça suffit, par pitié !

— Très bien.

Je ne tenais absolument pas à ajouter à son désarroi. Je restai néanmoins obnubilé par cette énigme. Si le but de l'inconnu était de l'aider, il en découlait qu'il devait avoir connaissance de plusieurs faits – qu'elle allait embarquer à 14 heures dans un autocar de la Kingfisher Company au départ de Londres, et qu'un autre passager à bord projetait de la tuer, mais ne pourrait commettre son crime qu'à condition qu'elle prenne place sur le siège au septième rang côté couloir. Était-ce à dire que l'inconnu savait à quel endroit l'assassin présumé de Joan Blythe allait s'asseoir?

La femme à la voix de diamant et à la chevelure d'or...

Pourquoi n'y avais-je pas pensé plus tôt? Elle s'était assise pile à côté d'elle et – d'une voix délibérément forte, me semblait-il avec le recul – elle avait eu des mots durs envers Joan Blythe juste avant l'embarquement. Avait-elle des intentions meurtrières? Pourtant, je l'avais entendue commenter qu'elle préférait mille fois s'asseoir à côté de Poirot. Et voilà que c'était chose faite. Un simple changement de place avait-il suffi à lui faire abandonner ses projets d'assassinat? À moins qu'elle ait eu l'intention de tuer Hercule Poirot à la place?

— *Midnight Gathering*, articulai-je à voix basse.

À côté de moi, Joan Blythe laissa échapper un cri étouffé. Je tournai aussitôt la tête et sa physionomie me fit sursauter. Elle avait la même expression que la toute première fois que je l'avais remarquée : tout, sur son visage, exprimait une horreur absolue, comme si elle venait d'être témoin d'une scène d'épouvante.

— Que se passe-t-il?

— Là... Vous avez dit quelque chose... je n'ai pas bien compris.

Le tintamarre du moteur empêchait de bien entendre malgré notre proximité, à moins d'avoir le visage tourné vers son interlocuteur.

— *Midnight Gathering*, répétai-je. Ces mots vous disent quelque chose?

— Non. Non, rien du tout, balbutia-t-elle dans tous

ses états. De quoi s'agit-il ? Que signifient-ils ? Que voulez-vous dire à la fin ?

— La femme qui était assise à côté de vous dans l'autocar lisait un livre intitulé *Midnight Gathering*. Elle ne semblait guère apprécier qu'on examine la couverture de l'ouvrage – en tout cas, elle m'a rabroué. Étant donné son mauvais caractère, je me suis demandé si elle ne pouvait pas être l'assassin que votre mystérieux inconnu avait à l'esprit.

J'avais prononcé ces mots avec un sourire en coin. Je m'imaginais qu'un brin de légèreté pourrait lui redonner du poil de la bête, voire l'aider à concéder qu'elle avait inventé l'intrigue de toutes pièces – bien que sa peur soit réelle, cela ne faisait pas l'ombre d'un doute. Une peur palpable, si bien que l'espace qui nous séparait devenait étouffant.

Mais voilà que tout à coup, aussi vite qu'elle avait éclos, sa peur sembla se volatiliser. Son corps entier se tassa sur son siège, son regard se voila et c'est d'une voix presque empâtée par l'ennui qu'elle déclara :

— Je n'ai pas vu de livre.

Je pris bonne note de l'incident pour pouvoir le relater ultérieurement à Poirot. Une fois qu'elle avait appris que *Midnight Gathering* était le titre d'un livre, sa peur s'était dissipée et elle s'était totalement désintéressée du sujet. Mais j'avais la certitude la plus absolue que ces deux mots revêtaient une grande importance pour Joan Blythe : leur seule évocation l'avait emplie de terreur.

3

La lettre de Richard Devonport

La suite du trajet se déroula sans incident jusqu'à Cobham, où l'autocar marqua son premier arrêt officiel. Joan Blythe m'adressa un «Merci» maussade avant de descendre. Après vérification, elle m'avait dit la vérité sur un point : elle avait bel et bien une valise. Je vis le chauffeur la lui tendre.

Il faisait encore plus froid ici qu'à Londres. Si froid que des volutes gelées s'élevaient de mes lèvres. J'attendis Poirot en face d'un établissement appelé The Tartar Inn. En l'apercevant enfin, j'eus un choc. Poirot a le visage le plus expressif que je connaisse et je sus aussitôt, avant même qu'il ait pris la parole, qu'il n'avait plus une once d'énergie. Depuis que nous avions échangé pour la dernière fois, il avait manifestement passé un très mauvais moment.

— Bonté divine, Poirot, était-elle désagréable à ce point ?

— Qui donc ?

— La femme au livre.

Je jetai un coup d'œil à l'autocar pour voir si elle faisait partie des passagers qui en descendaient. Tous ne récupéraient pas leurs bagages auprès du chauffeur ; certains en profitaient simplement pour se dégourdir les jambes. Les véhicules de la flotte de la Kingfisher Coach Company n'étaient pas aussi confortables qu'Alfred Bixby voulait bien le leur faire accroire.

— Lorsque je suis arrivé à côté d'elle, elle avait rangé le livre, m'expliqua Poirot. Quant à savoir si elle est désagréable… aucun mot ne lui rendrait justice.

— Que voulez-vous dire ?

— Elle m'a donné du grain à moudre, Catchpool. Épargnez-moi vos questions. Laissez-moi le temps de réfléchir et de me forger une opinion.

Il émit un balbutiement agacé avant de poursuivre :

— J'ai toujours trouvé les voyages particulièrement déplaisants tant il est impossible de faire fonctionner efficacement ses petites cellules grises alors qu'une machine infernale montée sur roues vous secoue dans tous les sens !

— Vous n'avez vraiment pas l'air bien. (Soudain, une peur panique me saisit :) Poirot, avez-vous avalé quelque chose ? Sommes-nous certains que vous n'avez pas…

Il émit un petit gloussement de rire et je sentis ma peur refluer.

— Vous pensez qu'Hercule Poirot a été empoisonné par l'insaisissable tueur de la septième rangée ? Mais non. C'est en excellente forme physique que je me présenterai à Kingfisher Hill.

— Nous poursuivons donc notre route ? Je pensais que nos projets avaient changé.

— Du tout. C'est l'impression que je voulais donner à la pauvre demoiselle. Où est-elle, d'ailleurs ? demanda-t-il en regardant autour de lui. La voyez-vous ?

— Non. Elle a dû détaler sans demander son reste. Sapristi ! Je guettais votre arrivée et je l'ai perdue des yeux.

— Qu'attendiez-vous ? Que la tante infirme déboule au volant d'une automobile ? lança-t-il avec un sourire. Il est fort peu vraisemblable que cette personne existe. Il n'en reste pas moins que le récit ne manquait pas d'attrait, conclut-il en hochant la tête avec lenteur, comme s'il confirmait une impression pour lui-même.

Une fois que le chauffeur eut restitué toutes les valises à leurs propriétaires, il s'achemina vers l'auberge du Tartar Inn en compagnie d'Alfred Bixby. Voyant plusieurs passagers leur emboîter le pas, Poirot et moi décidâmes de les imiter. La perspective de nous attabler au chaud était une aubaine inespérée que nous n'avions nullement l'intention de laisser passer. L'après-midi m'avait fait subir une véritable épreuve d'endurance et j'avais une faim de loup.

Une fois passé le bar, nous pénétrâmes dans le salon du Tartar Inn.

— Ah ! s'exclama Poirot avec soulagement en me montrant du doigt une table vide entourée de chaises.

C'était la toute dernière disponible et je me hâtai de mettre le grappin dessus.

— Je préfère mille fois une chaise bien confortable à un tabouret de bar, observai-je. Je ne sais pas comment les gens font pour rester juchés sur ces choses-là. Quand on a comme moi des grandes jambes, c'est une torture – et je sais de source sûre que l'exercice est tout aussi pénible pour ceux qui ont les jambes trop courtes. Avec un peu de chance, nous pourrons nous faire servir à table.

— Gardez un œil sur M. Bixby, me conseilla Poirot. S'il aime bien lever le coude, il risque de repartir à bord de son char à bancs en abandonnant un certain nombre de passagers derrière lui.

En effet, Bixby avait l'air confortablement installé devant une pinte de bière. Pourvu que personne à bord de l'autocar ne soit pressé de repartir !

— Catchpool ?

— Hum ?

— Si ces chaises sont en effet préférables à des tabourets en bois, elles ne sont nullement confortables. Loin de là. Une fois arrivés à Kingfisher Hill, *là*, nous pourrons nous asseoir à notre aise.

Une serveuse vint prendre notre commande, après quoi on nous proposa des rafraîchissements plutôt écœurants, mais pas désagréables pour autant. Je parlais pour moi, bien évidemment : comme à son habitude, Poirot grommela une énième critique de la cuisine anglaise. Une fois réchauffés, notre faim et notre soif rassasiées, il reprit la parole :

— Eh bien, ma foi, mon ami. Vous avez beaucoup de choses à me raconter.

La fréquentation d'Hercule Poirot avait jusqu'ici fait des merveilles sur ma mémoire. Sachant à quel point il appréciait les comptes rendus rigoureux, je ne manquais jamais de me souvenir d'une scène jusque dans le moindre détail. Je lui fis donc part de l'intégralité de ma conversation avec Joan Blythe, et il m'écouta attentivement. Mon récit terminé, il sourit et déclara :

— J'aime tout particulièrement votre manière de tisser les histoires, Catchpool. À présent, dites-moi : avez-vous eu le temps de lire les règles du Peepers ?

Il n'aurait pas pu trouver manière plus infaillible de me briser le moral.

— Non, pas du tout. Et je n'ai rien tissé, je vous ai livré un exposé factuel de la conversation que j'ai eue avec Mlle Blythe.

— Vous vous donnez du mal pour rien, mon ami. Votre manière de raconter enjolive les faits. Votre récit interpole l'atmosphère et l'interprétation, avec la peur qui brûlait dans ses prunelles à l'évocation des mots « midnight gathering » – ah, *mais c'est merveilleux*, s'exclama-t-il en français. Vous tissez véritablement un canevas. Mes propos ne se voulaient pas du tout désobligeants.

Quelque peu rasséréné, je poursuivis :

— Y comprenez-vous quelque chose de plus que moi, Poirot ? Quand j'ai dit à Joan Blythe que *Midnight Gathering* était le titre d'un livre, elle a cessé d'avoir peur. Ce qui tend à dire qu'elle avait une autre raison de craindre ces mots – une raison sans rapport avec l'ouvrage en question.

— Et en quoi cela vous inquiète-t-il ? m'interrogea Poirot.

— Eh bien, parce que… parce que cela n'a aucun sens, même si c'est vrai ! Imaginez plutôt : imaginez que les mots « Tartar Inn » suffisent à vous inspirer l'effroi.

— Ils m'inspireront l'effroi jusqu'à la nuit des temps, rétorqua sèchement Poirot. Que ce soient ces chaises ou les mets qu'on y sert…

— Pour une raison quelconque, ces mots vous inspirent une peur bleue. En outre, on vous a informé que vous serez assassiné si vous prenez place sur une chaise en particulier. Plus tard, vous découvrez que la femme assise à côté de vous a en sa possession un livre intitulé *Tartar Inn* – les mots mêmes qui vous glacent le sang – et votre réaction est d'avoir moins peur, non d'être encore plus effrayé ? C'est insensé.

Poirot opina du chef, catégorique.

— À présent, je vois où vous voulez en venir, Catchpool. Ah, là, oui. Je suis d'accord avec vous, nous ne pouvons pas encore comprendre la signification de ce détail. La question reste en suspens. Quand bien même la situation singulière de Joan Blythe nous apparaît clairement dans son ensemble.

— Mais pas du tout, ma parole ! ripostai-je. Que voulez-vous dire par là ?

— Mon ami, ne comprenez-vous donc pas que… ?

Sur ces entrefaites, notre conversation fut interrompue par l'arrivée d'Alfred Bixby.

— Monsieur Poirot, inspecteur Catchpool. Sans vouloir vous presser, nous espérons reprendre la route sous peu. La maman d'un certain petit bonhomme me fait savoir qu'il commence à perdre patience. Notez bien qu'à mon avis, c'est plutôt elle, et pas lui, qui est dans tous ses états. Il est l'image même du contentement et je ne l'ai pas entendu pépier le moins du monde – mais je sais d'expérience qu'il ne faut jamais contredire une mère poule à propos de son rejeton. Ah, là là !

Je lui répondis que nous ne tarderions pas à retourner dans l'autocar. Une fois que Bixby se fut éloigné pour informer la tablée des passagers de la Kingfisher Coach Company, qui pour certains étaient encore en plein repas, Poirot observa :

— Je trouve fort intéressant de noter que la dame très hargneuse à propos de son livre s'est montrée excessivement dure à la fois envers vous et envers Mlle Joan. Fort intéressant.

— Je vois qu'elle ne vous a pas donné son nom ?

Il émit un petit rire sans joie.

— Non, Catchpool, en effet. Elle m'a confié quantité de choses, mais pas son nom – pour des raisons qui vous apparaîtront évidentes une fois que je vous aurai fait part de notre échange.

— À l'évidence, vous n'avez guère apprécié la conversation. J'ai grand hâte de savoir pourquoi vous êtes descendu à Cobham en ayant l'air d'avoir réchappé aux mâchoires de l'enfer.

— Vous le saurez très prochainement. Mais avant cela, veuillez me faire ce plaisir…

— Si vous parlez encore une fois des règles du Peepers…

— Je voudrais que vous lisiez une lettre, me coupa Poirot d'un air grave tandis qu'il approchait la main de la poche de son gilet. Une lettre d'un certain M. Richard Devonport de Kingfisher Hill.

— Ne ferions-nous pas mieux de remonter à bord ? Je pourrai la lire une fois…

— De nombreux passagers sont encore attablés. Nous avons le temps, coupa Poirot avec fermeté. (Sur ce, il me tendit un papier de couleur crème délicatement plié.) Je n'avais pas l'intention de vous la montrer tout de suite, mais à présent j'ai la conviction qu'il le faut. J'ai reçu cette missive, tout à fait extraordinaire, il y a deux jours.

Ma curiosité piquée, je dépliai la feuille et j'entamai la lecture :

Cher M. Poirot,

J'aimerais tant vous faire part de ma grande joie à me présenter à vous. Votre réputation n'est plus à faire et, dans d'autres circonstances, rien ne m'aurait davantage enchanté que de commencer par ces mots d'éloge. Hélas, je peine à ressentir de la joie depuis la tragédie qui a frappé ma famille en décembre de l'année dernière, et depuis le cortège de graves injustices qui a suivi – bien que le terme d'injustices dépende assurément de la définition qu'on en a.

Je ne doute pas que ma lettre vous déconcerte déjà. Permettez-moi donc de commencer par l'essentiel. Je m'appelle Richard Devonport. Je suis le fils cadet de Sidney Devonport, dont vous avez certainement entendu parler. Il y a quelque temps, je suis devenu le gestionnaire de son portefeuille, bien que jusqu'au milieu de l'année dernière, j'aie occupé un poste au ministère des Finances. Je vous invite d'ailleurs à prendre l'attache de toute personne que vous pourriez connaître sur place si vous souhaitez obtenir une attestation certifiant de ma bonne réputation.

Le 6 décembre de l'année dernière, mon frère aîné Frank Devonport (de son vrai prénom Francis, mais tout le monde l'appelait Frank) a été assassiné dans notre demeure familiale de Kingfisher Hill. J'aimais profondément mon frère, M. Poirot, et je lui portais une admiration sincère. C'était un homme unique et brillant. Depuis sa mort, j'ai honte d'avouer que je m'apitoie sur mon sort et que j'ai été dans l'incapacité la plus totale de prendre la moindre mesure concrète, tel que de faire appel à vous. J'aurais pu me complaire encore longuement dans cet état, pendant des mois, voire des années, s'il ne devenait pas de plus en plus urgent de prendre cette affaire à bras-le-corps – à mes yeux en tout cas.

Une femme a avoué le crime de mon frère, M. Poirot. Elle est passée aux aveux presque immédiatement après les faits. Elle sera exécutée par pendaison le 10 mars. Ce qui nous laisse peu de temps, à supposer que vous soyez prêt à apporter votre concours. Bien entendu, je me chargerais de récompenser généreusement vos services. Voilà plusieurs semaines que j'ai votre nom à l'esprit, au cours desquelles je n'ai cessé de me répéter : « Désormais, seul un homme du calibre d'Hercule Poirot peut sauver Helen. »

Helen Acton : tel est le nom de la femme qui revendique obstinément l'assassinat de mon frère. Peut-être avez-vous lu des comptes rendus de cette affaire dans les journaux. Helen est également ma fiancée. Dans des circonstances normales, cela signifierait que nous allons nous marier, mais je suis au regret de vous dire que cela fait longtemps que je ne vis plus sous le régime de la normalité. Je suis encore plus au regret de vous informer qu'aucune facette de ma relation avec Helen n'est simple ou ordinaire.

M. Poirot, il est quasiment impossible de vous expliquer correctement dans un courrier tout ce que vous aurez besoin de savoir pour éviter une nouvelle tragédie.

La plupart de ces révélations peuvent attendre, si tant est que vous décidiez de me venir en aide. S'il y a néanmoins une chose que je dois vous confier dans cette lettre, c'est cette vérité essentielle : Helen n'a pas tué Frank. Elle n'est pas coupable du crime pour lequel elle est condamnée à la pendaison. Son innocence est totale. Et pourtant, elle est bien décidée à raconter à qui voudra l'entendre qu'elle est coupable.

Comment expliquer un comportement si morbide, et que l'on puisse de la sorte mettre sa propre vie en danger ? J'ai deux convictions : seule la réponse à cette question pourra sauver Helen de la potence à la prison d'Holloway et seul vous, M. Poirot, possédez l'intelligence nécessaire et la compréhension idoine de la nature humaine pour obtenir cette réponse.

J'espère de tous mes vœux que vous considérerez cette requête sincère d'un œil favorable et que vous aurez l'amabilité de m'écrire dans les plus brefs délais pour m'informer de votre accord.

Votre tout dévoué,
Richard Devonport

— Bonté divine ! m'exclamai-je. Quelle étrange lettre.

— C'est pour cette raison que je voulais vous la faire lire. À notre départ de Londres, il n'y avait qu'un seul mystère à résoudre : celui posé par le courrier de Richard Devonport. (Il me reprit la missive des mains, la replia et la rangea dans la poche de son gilet.) Mais depuis, deux autres mystères se sont greffés. Chacune de ces énigmes entraîne, tel que M. Devonport le souligne dans ses quelques lignes, une tragédie ou une tragédie en puissance – ou les deux ! La combinaison des trois est source de trop grande anxiété. Je ne peux porter ce poids seul, Catchpool. C'en est trop.

— Attendez un peu. *Trois* énigmes, dites-vous ?

— Oui, mon cher. Il y a la fiancée de Richard Devonport, Mlle Helen. A-t-elle ou non tué son frère Frank ? Si elle ne l'a pas tué, pourquoi a-t-elle avoué le meurtre ? Telle est notre Énigme Numéro Un. Puis, nous avons la Numéro Deux : la mystérieuse affaire de Joan Blythe qui s'alarme des étranges mises en garde qu'elle a reçues à propos de son futur assassinat, et qui est sans l'ombre d'un doute très effrayée.

— Et la Numéro Trois ?

— Vous ne connaissez pas encore la Numéro Trois – notre retour à bord du char à bancs remédiera à cette carence. À présent que Mlle Joan ne voyage plus en notre compagnie, nous pouvons de nouveau nous asseoir côte à côte.

L'Énigme Numéro Trois devait entretenir un lien avec la conversation que Poirot avait eue avec la propriétaire de *Midnight Gathering*, alias Voix de diamant, telle que je l'avais baptisée.

— Il existe une quatrième énigme, objectai-je tandis que nous nous levions pour quitter le Tartar Inn.

Poirot grimaça en se frottant les reins avant d'adresser un regard rancunier à sa chaise.

— Laquelle ? demanda-t-il.

— Le Peepers. Que vient-il faire dans cette galère ? J'imagine que nous allons à Kingfisher Hill pour nous entretenir avec Richard Devonport, mais…

— Oui, tout à fait. J'ai immédiatement répondu à la lettre que je vous ai montrée en lui faisant savoir ma décision d'accéder à sa demande. M. Devonport a suggéré que je me présente à sa demeure de Kingfisher Hill à ma convenance, mais en premier lieu il a souhaité avoir une conversation téléphonique. Il m'a fait savoir que ma visite serait assortie d'une condition.

— J'espère que vous lui avez demandé l'autorisation de m'emmener dans vos bagages, contrai-je.

Poirot me toisa d'un air sévère.

— Je ne suis pas idiot, Catchpool. Bien que la condition s'applique à vous comme à moi : une fois sur place, nous ne devons sous aucun prétexte mentionner à quiconque la vraie raison de notre visite.

— Quoi ? m'exclamai-je. C'est une blague ?

— Non, c'est sérieux. Je vous le dis tout net : le meurtre de Frank Devonport, le nom d'Helen Acton, la foi de Richard Devonport en son innocence – rien de tout cela ne doit être évoqué chez les Devonport. La famille n'aborde jamais le sujet. Nous devons faire comme si nous ignorions tout de la situation.

— Mais c'est grotesque, protestai-je.

— Je ne trouve pas cette exigence si insolite, fit valoir Poirot. Quand une tragédie d'une telle violence frappe, j'imagine qu'un certain *statu quo* s'instaure entre les membres de la famille. Avant toute chose, Richard Devonport a insisté sur le fait que personne ne devait apprendre qu'il avait fait appel à mes services. Il est convaincu qu'il serait renié si cette information venait à fuiter.

— Voilà un procédé tout à fait insensé.

— Non, non, Catchpool. Vous faites toujours la même erreur.

— Quelle erreur?

— Vous trouvez que les us et les coutumes, les anxiétés et les névroses des Devonport sortent de l'ordinaire. Alors que je m'attendrais à trouver peu ou prou le même tableau abscons dans la plupart des familles. Pensez aux demandes importunes de votre propre mère, Catchpool. Les vacances à la mer que ni vous ni elle n'appréciez – n'est-ce pas l'exemple d'une règle insensée à laquelle il vous est parfaitement impossible de déroger?

Ma mère n'avait absolument rien à voir avec cette affaire, pas plus que les congés que nous prenions régulièrement en bord de mer; je choisis donc d'éluder la digression provocatrice de Poirot.

— Si nous partons du principe que Richard Devonport a raison et que sa fiancée est innocente, comment allez-vous faire pour découvrir la vérité si vous n'avez pas toute latitude pour aborder le sujet du meurtre du frère? La visite d'Hercule Poirot dans une demeure familiale ne peut avoir qu'une seule signification. Tout le monde aura la puce à l'oreille.

— Là encore, vous faites fausse route, mon ami. Poirot se rend à Kingfisher Hill afin de faire la connaissance du génie Sidney Devonport et de son grand acolyte Godfrey Laviolette. Je dois faire croire que je suis un fervent admirateur de ces deux messieurs! Sidney est le père de Richard et du défunt Frank. Quant à M. Laviolette, il est le parrain de Richard.

— Et qu'ont donc fait Sidney Devonport et Godfrey Laviolette pour mériter votre estime? m'enquis-je.

— Ne devinez-vous pas? contra-t-il avec un gloussement de rire. Ensemble, ils ont inventé…

La voix en suspens, il agita son index à mon intention, comme si j'étais l'orchestre et lui le chef d'orchestre.

Je répondis dans un grognement :

— Le Peepers ?

— *Oui, c'est bien ça.* Et c'est là que j'entre en scène, sous les traits d'un passionné de jeux de société. Une passion qui m'anime depuis des années !

— Peu plausible, commentai-je sans réussir à me départir d'un petit sourire en coin tant Poirot avait l'air totalement conquis par son propre scénario.

— Eh bien si, asséna-t-il d'un ton solennel. Contre toute attente, c'est la première fois que je tombe sur un jeu aussi stimulant intellectuellement que celui de MM. Devonport et Laviolette. Ce qui explique, ainsi donc, la visite de Poirot à Kingfisher Hill – en qualité d'amateur de jeux, il souhaite faire la connaissance de ses idoles.

— Peut-être, mais ce n'est pas en taillant une bavette avec deux bonshommes à propos d'un jeu à la noix que vous allez arriver à quoi que ce soit, si ? Comment suggérez-vous de progresser sur le véritable objet de votre visite ?

— C'est là un vrai défi, vous ne trouvez pas ? s'extasia Poirot, tout sourire. C'est en partie la difficulté de la tâche qui me séduit. Je ne suis pas autorisé à mentionner l'affaire, si ce n'est en tête à tête avec Richard Devonport. Bien entendu, il n'est pas exclu qu'une personne, ou plusieurs, abordent le sujet de cette tragique affaire de leur propre gré. Le cas échéant, je saisirai l'opportunité au vol.

— Mais Richard Devonport vous a expliqué qu'ils évitaient soigneusement la question, soulignai-je.

— Devant la famille. Parfois, on se confie plus volontiers à un inconnu.

— Et si personne ne souhaite se confier ? Comment allez-vous faire ?

— Arrêtez un peu avec vos objections, à la fin, Catchpool. Votre angle d'approche n'est pas le bon. Pourquoi me demandez-vous comment je vais m'y prendre avant que je sache moi-même comment je vais m'y prendre ? Une fois que ce sera fait, à ce moment-là, je saurai comment je m'y suis pris. Et alors là, je vous le dirai.

— Dans ce cas, vous feriez mieux de m'apprendre les règles du Peepers, surtout si je suis appelé à y jouer en ayant l'air de m'amuser. (Je réprimai un frisson.) J'imagine que vous connaissez les règles, et que vous ne comptez pas sur moi pour vous les expliquer ?

— Je les ai étudiées sommairement, en effet. Vous n'aurez pas besoin de les apprendre, ni de faire de partie.

Voilà bien longtemps que je n'avais pas eu de nouvelle si réjouissante.

— J'ai une meilleure idée, rebondit Poirot en me scrutant avec un large sourire. Moi, je suis un inconditionnel des jeux de société. Et vous, mon ami, vous êtes un homme d'affaires.

— Un… mais enfin, je n'ai rien d'un homme d'affaires. Je suis inspecteur de police.

— Je suis au courant de votre profession, Catchpool. Sidney Devonport l'ignore, en revanche, et n'a pas besoin de le savoir.

— Je refuse de faire semblant…

— Au contraire, me coupa Poirot en m'adressant un regard altier. Vous acceptez. (Il continua d'une voix moins impérieuse :) Catchpool, je vous en conjure – rendez-moi un fier service en faisant semblant de vous intéresser à l'aspect commercial des jeux de société. Vous pourriez vous interroger sur les modalités de production du Peepers à grande échelle, de sorte que d'ici cinq ans, aucun foyer du monde civilisé ne soit privé de son… comment dit-on, de son plateau, son exemplaire ? Comment dit-on, à votre avis ?

Je n'eus pas le temps de répondre. Des bruits de pas, lourds et précipités, se refermaient sur nous. Je fis volte-face : Voix de diamant se tenait derrière moi. Elle était à bout de souffle. Sa bouche s'ouvrit, puis se referma, mais elle ne parvint qu'à produire des halètements. Rien dans son attitude ne laissait présager qu'elle avait remarqué ma présence. Son attention tout entière était focalisée sur Poirot.

— Monsieur Poirot, venez vite ! (Elle tendit la main vers lui. Une tache de sang maculait sa peau.) Vite !

Nous nous élançâmes à sa suite vers la sortie du Tartar Inn.

— Où allez-vous, mademoiselle ?

— Dans l'autocar. Il est arrivé une chose terrible. Oh, je vous en prie, faites vite !

4

La liste manquante

Jamais je n'avais vu Poirot se mouvoir avec une telle vélocité. J'ai de plus grandes jambes que lui et pourtant, j'eus un mal fou à ne pas me laisser distancer. À l'approche de l'autocar, je l'entendis murmurer un chapelet de mots, parmi lesquels je reconnus la formule «*Notre Seigneur*».

Je crus deviner ce qu'il priait que nous ne trouvions pas une fois arrivés sur les lieux. Je partageais ses craintes : qu'en fin de compte, Joan Blythe ait bel et bien été assassinée et que nous nous apprêtions à découvrir son corps.

Elle avait pris place à l'emplacement même contre lequel on l'avait mise en garde – pas très longtemps, certes, mais peut-être suffisamment longtemps malgré tout. Pour ma part, je n'avais pas ajouté foi à son histoire mélodramatique ; à présent que je craignais pour ses jours, je trouvais son récit moins abracadabrant. Mais n'avais-je pas vu Mlle Blythe descendre, puis s'éloigner de l'autocar? Bien évidemment, elle avait tout à fait pu rebrousser chemin pendant que Poirot et moi étions attablés au Tartar Inn. Quant à comprendre ce qui aurait pu motiver un tel revirement, c'était une autre histoire.

À notre arrivée, l'autocar était à moitié vide. Seule une quinzaine de passagers étaient restés à bord. La majorité de celles et ceux qui continuaient après Cobham devaient s'attarder au Tartar Inn. En montant à bord, je remarquai confusément la présence de la mère et de son bébé, mais je me précipitai tête baissée sur la piste de la catastrophe.

La mère m'adressa une remarque anodine à propos du froid qui régnait dans le véhicule et du fait que l'auberge n'était pas un endroit pour un nouveau-né. Elle était fort mécontente et visiblement peu préoccupée de ce que le sang avait coulé.

— Que s'est-il passé? l'interrogeai-je, puisqu'elle était la seule à regarder dans ma direction.

— *Qu'est-ce qui se passe?* demanda Poirot en français à un homme assis à l'avant. (L'intéressé eut l'air particulièrement dérouté.) Quelqu'un est blessé?

— Je ne suis pas au courant, répondit le passager.

Voix de diamant s'éleva derrière nous.

— C'est tout au fond. La dernière rangée.

Je remontai le couloir au pas de course, Poirot sur les talons.

— Morte ou vive, elle n'est pas là! m'écriai-je.

— Mlle Blythe? demanda-t-il.

— Oui. Il n'y a aucune trace d'elle. Mais il y a quelque chose…

— Que voyez-vous? m'interrogea Poirot en ahanant. Poussez-vous sur le côté, je vous prie.

Je me glissai entre les deux rangs de sièges à ma gauche et nous examinâmes tous les deux l'objet. Il s'agissait d'un morceau de tissu qui semblait avoir été arraché à un vêtement ou à une jolie nappe. Il était blanc, d'environ vingt centimètres sur dix, et ouvragé de dentelle sur un côté. Il était imbibé de taches de sang.

— Madame ! s'exclama Poirot en agitant le lambeau ensanglanté à l'intention d'une vieille dame qui était assise juste devant le siège sur lequel l'indice avait été abandonné. Pouvez-vous me dire comment ce morceau de jupon est arrivé ici ?

La vieille dame eut un mouvement de recul.

— Je ne suis au courant de rien et je vous prierais de bien vouloir m'épargner la vue fâcheuse du sang ou d'un vêtement déchiré, merci bien.

— Répondez à Hercule Poirot, madame, insista-t-il. Combien de personnes ont circulé dans cette partie du véhicule depuis que nous sommes à l'arrêt ? Vous allez devoir procéder à l'identification…

— Vous n'avez aucun droit de me donner des ordres, espèce de pompeux personnage ! Je ne connais personne du nom d'Erckle… le nom que vous avez prononcé, là, à l'instant.

— *Hercule Poirot.* C'est bien moi, madame. Je vous prie de me répondre : y a-t-il eu une agression ? Avez-vous été témoin, depuis que nous sommes arrêtés, d'un acte de violence ou d'une quelconque inconvenance qui aurait pu expliquer une effusion de sang ?

— Absolument pas.

À ce stade de notre intervention, tout le monde à bord se plaignait à demi-mot du pataquès de Poirot. Les murmures me firent soudain prendre conscience que, lorsque nous avions fait irruption à bord, dans l'état de fébrilité qu'était le nôtre, tous les passagers qui se trouvaient déjà à l'intérieur étaient en revanche parfaitement calmes – comme s'il ne s'était rien passé de particulier en notre absence.

— *Mesdames et messieurs !*

Poirot attira l'attention de toutes les personnes présentes, à qui il répéta les mêmes questions : avaient-ils vu quelque chose ? Y avait-il eu une agression à bord ? D'où provenait le tissu taché de sang ?

L'un après l'autre, chaque passager nous fit la même réponse : personne n'avait rien vu d'alarmant ou sortant de l'ordinaire. Plusieurs personnes avaient arpenté le couloir pour se dégourdir les jambes à l'abri du vent cinglant, mais à aucun moment il n'y avait eu le moindre acte de violence – dont quiconque ait été témoin en tout cas. Tout le monde s'accordait à dire que la jeune femme qui avait fait tout un foin pour changer de place n'était vraisemblablement pas revenue depuis qu'elle était descendue de l'autocar.

Ce point, en soi, était rassurant – Joan Blythe était très vraisemblablement saine et sauve. Je m'apprêtais à suggérer de jeter un coup d'œil à l'extérieur, au cas où l'agression se serait déroulée en dehors du véhicule, lorsque Poirot m'agrippa le poignet et murmura avec véhémence :

— Catchpool.

— Qu'y a-t-il ?

— Regardez ! (De son autre main, il fit un moulinet pour désigner l'autocar dans son intégralité.) Poirot est un imbécile fini ! Ne voyez-vous pas ? Mais regardez donc ! Observez ce qui manque, ce qu'il n'est pas possible d'observer !

— Comment est-ce que…

— *Elle aussi a disparu, notre tueuse*, murmura-t-il en français. Elle était derrière nous, nous exhortant à allonger le pas et maintenant, elle n'est plus là. Bien évidemment ! déclama-t-il avant de se laisser tomber sur un siège du dernier rang avec un gémissement sourd.

— Mais comment ça… ? Comment ça, notre *tueuse* ? répétai-je.

— Un assassin de sexe féminin. Parfaitement.

— Donc, j'ai bien compris. Et vous dites qu'elle a disparu, elle aussi. Mais de qui voulez-vous parler ? Oh, ce n'est quand même pas… ?

Ce n'est qu'à ce moment-là que je m'aperçus de l'absence de Voix de diamant. Où était-elle passée ?

— Ne comprenez-vous pas ce qui s'est joué, Catchpool ? Nous avons été dupés. La peste soit de ma stupidité !

— Pourquoi la traitez-vous de tueuse ? m'enquis-je. C'est elle qui projetait de tuer Joan Blythe ? Mais comment ?

Poirot prit une mine perplexe. Il leva la main pour m'intimer le silence.

— Comme bien souvent, vous vous égarez, Catchpool. Non, elle ne projetait pas de tuer Mlle Blythe. Elle projetait de tuer quelqu'un d'autre et elle est passée à l'action.

L'espace d'un instant, je restai coi. Était-ce la fameuse Énigme Numéro Trois ? Les passagers commençaient à affluer à bord et leurs bavardages bruyants emplissaient l'habitacle, pourtant c'est *sotto voce* que je sondai mon ami :

— Êtes-vous en train de me dire que la femme qui m'a houspillé parce que je posais les yeux sur son livre a commis un meurtre ? Qui a-t-elle assassiné ? Comment êtes-vous au courant de son geste ?

— Elle me l'a dit.

— Elle vous l'a *dit* ?

Poirot opina.

— J'ignore le nom de sa victime. Au début, j'ai pensé qu'elle affabulait. Quel assassin, après avoir sciemment pris la vie d'autrui, s'amuserait à décrire son geste dans les moindres détails à Hercule Poirot en personne, lui qui est célèbre pour traîner les meurtriers en justice ? C'est l'objection que j'ai formulée en mon for intérieur sur le moment – mais à présent, regardez le résultat ! Elle a disparu ! Je ne connais pas son nom et je ne sais pas comment la trouver. Où qu'elle soit, elle se rit de moi, Catchpool. Elle s'est montrée plus maligne que moi.

— Excusez-moi, messieurs.

Une tête surgit de la rangée devant nous. Elle appartenait à un jeune homme à la chevelure sombre et à l'accent continental – italien, peut-être.

— Je n'ai pas pu m'empêcher d'entendre des bribes de votre conversation et… si vous me pardonnez mon intrusion, il me semble que je détiens certaines informations qui pourraient vous être utiles.

Nous le gratifiâmes d'un petit bruit d'encouragement. Pour cette fois, l'indiscrétion d'un passager tournait à notre avantage, mais j'étais bien résolu à faire le nécessaire pour m'astreindre à chuchoter jusqu'à nouvel ordre, ou en tout cas jusqu'à ce que le moteur de l'autocar tourne de nouveau à plein régime.

— Vous êtes M. Hercule Poirot ? s'enquit l'Italien.

— En effet.

— Une dame a posé beaucoup de questions à M. Bixby à votre propos, après que vous êtes sorti tout à l'heure, commença-t-il en agitant la main en direction du Tartar Inn. Une femme très belle, avec une chevelure d'or. Elle a demandé où vous alliez. (Puis, se tournant vers moi :) Et vous aussi, inspecteur.

— C'est bien ce que je pensais ! murmura Poirot. Et que lui a répondu M. Bixby ?

— Il lui a dit que vous et l'inspecteur alliez jusqu'au terminus : Kingfisher Hill.

— C'est tout ce qui s'est dit ?

— Non. Elle a demandé s'il ne faisait pas erreur. Il lui a dit que non, et lui a montré la liste des passagers. Après ça, elle a eu l'air de le croire.

— Voici une information des plus utiles, commenta Poirot. Et qui me donne une idée. Il faut espérer et prier… Monsieur Bixby !

— Oui, monsieur ? répondit l'intéressé en s'élançant à notre rencontre dans le couloir. En quoi puis-je vous aider ? Nous allons repartir dans une seconde !

— Avez-vous la liste des passagers ?

— Ah oui, naturellement.

— Puis-je la consulter ?

— Quelle coïncidence, monsieur Poirot – vous êtes la deuxième personne à m'en faire la demande. Il y avait une jeune dame…

— Oui, oui. Je vous en prie, ne lambinons pas.

— Bien sûr, bien sûr, s'exécuta Bixby en plongeant la main dans sa poche. (Il cligna des yeux, fronça le sourcil.) Je n'ai pas l'impression… Ma foi, elle n'est plus là. Je ne comprends pas. Je l'avais quand nous nous sommes arrêtés.

— Pourrait-elle être ailleurs avec vos affaires ? suggéra Poirot. Je vous saurais gré d'entreprendre une recherche des plus minutieuses.

— C'est ce que je vais faire de ce pas, répondit-il en redressant le torse d'un air solennel, comme s'il formulait un vœu qui engagerait toute sa personne pour les siècles à venir.

Bixby passa l'autocar au peigne fin, avant de retourner ses poches et de se pencher sous chaque siège. En fin de compte, il fut bien contraint d'avouer sa défaite.

— Je ne comprends pas, répéta-t-il. Il semblerait que la liste des passagers a tout bonnement disparu.

Loin de le décourager, cette nouvelle sembla revigorer Poirot.

— Monsieur Bixby, est-il possible que la jeune dame qui a demandé à consulter la liste des passagers lors de notre arrêt à Cobham ne vous l'ait jamais rendue ?

— Eh bien, je… Je ne vois pas pourquoi elle aurait tenu à la garder.

Il jeta un regard à gauche, puis à droite, puis enfin baissa les yeux vers le sol. Et se mit à faire un petit tour sur lui-même, comme si la liste des passagers se trouvait à ses pieds.

— Épargnez-vous des efforts inutiles, lui conseilla Poirot. Vous ne la trouverez pas. Elle s'est volatilisée en même temps que la jeune dame qui vous l'a subtilisée. J'imagine que vous ne connaissez pas son nom ?

— J'ai bien peur que non, concéda Bixby. Il sera sur la liste.

— Oui, et c'est précisément ce qui explique que nous ne l'ayons plus en notre possession. En conservez-vous une copie ailleurs ? Dans vos bureaux de Londres, peut-être ?

— Hélas, non. Tous les passagers ayant payé comptant, il me suffisait de me munir de la liste pour pouvoir cocher les noms – puis de la transmettre au gardien une fois arrivés à Kingfisher Hill.

— J'imagine donc que vous ne savez pas non plus si la femme qui s'est sauvée avec la liste avait pour projet dès le début de descendre à Cobham ?

Alfred Bixby secoua la tête. Il avait l'air accablé.

— J'aimerais pouvoir vous aider, monsieur Poirot. (Puis son visage s'éclaira et il ajouta :) Maintenant que j'y pense, je parierais que son plan depuis le début était de continuer après Cobham. Oui, j'en suis sûr ! Quand l'autocar a marqué l'arrêt, elle est restée assise. Comme je me tenais à l'avant, j'ai bien vu qui sortait et qui restait au chaud, et elle n'a pas bougé d'un pouce. Je ne rechigne pas à vous dire que je l'ai remarquée elle *en particulier*, monsieur Poirot. (Sur ce, Bixby plissa les yeux en inclinant la tête d'un air entendu.) Quand on a le sang chaud, on remarque ce genre de donzelle, vous voyez ce que je veux dire ? Ah, là là !

— En effet, commenta Poirot.

— Elle n'avait pas l'intention de bouger, mais elle a dû voir quelque chose. Elle regardait par la fenêtre et quelque chose a dû… eh bien disons que son attitude a changé du tout au tout. Oui, j'en mettrais ma main à couper. Elle était plutôt insouciante, on pourrait dire, et tout à coup elle s'est agitée dans tous les sens : elle m'a posé des questions sur votre itinéraire puis elle a demandé à voir la liste des passagers quand je lui ai dit que vous et l'inspecteur Catchpool restiez jusqu'à Kingfisher Hill. Alors, je lui ai montré la preuve noir sur blanc, et sa réaction m'a laissé perplexe. Elle a dit : « Alors comme ça, leur vieil ami ne vient pas les chercher à la descente du car. »

— Merci, monsieur Bixby, répondit Poirot. C'est bien ce que je supputais. Ce n'est qu'après cet échange avec vous qu'elle a décidé de s'arrêter à Cobham. Jusqu'alors, elle avait pour projet d'aller plus loin.

Poirot et moi réintégrâmes nos sièges d'origine. À peine l'autocar s'était-il élancé dans la nouvelle étape de notre périple que j'assaillis mon ami de questions. Je ne savais plus trop si à ses yeux nos trois énigmes étaient toujours en suspens, ou s'il avait réussi à en tirer certaines conclusions. En outre, je me demandai ce qu'il avait fait du tissu maculé de sang.

— Le tissu est sans importance, me répondit-il. C'était un leurre, rien de plus.

— Donc, vous avez résolu les trois énigmes ?

— Catchpool, un peu de jugeote. Comment aurais-je pu avancer sur le dossier du frère assassiné de Richard Devonport alors que je suis enfermé dans un char à bancs glacial qui m'empêche d'accéder à la moindre information pertinente ?

— Très bien, pas la peine de monter sur vos grands chevaux. À vous entendre, vous saviez quelque chose.

— Et Joan Blythe, qui a une peur bleue de je ne sais quoi – comment aurais-je pu résoudre ce problème, alors qu'elle ne m'a rien laissé voir de la vérité ?

— Je suis bien d'accord. Loin de moi l'idée de…

Poirot ne me laissa pas le loisir de poursuivre.

— Quant à l'autre femme, celle qui s'intéresse de près à notre itinéraire : j'ignore qui elle a assassiné et pourquoi elle a choisi de s'en ouvrir à Poirot, en revanche je sais parfaitement pourquoi elle a pris une épingle à chapeau ou un quelconque objet coupant dans son réticule pour s'en piquer le pouce. Vous avez remarqué, si je ne m'abuse, qu'elle avait du sang sur la main quand elle est venue nous chercher à l'auberge ? La manière qu'elle a eue de dire « Venez vite ! » – c'était pour nous faire croire que le sang appartenait à quelqu'un d'autre, une personne en grand danger, qu'il s'agissait de sauver avant qu'il ne soit trop tard. Mais non, ce n'était pas du tout le sang d'une supposée victime qui attendait, à l'article de la mort ou déjà décédée, à bord de ce véhicule, tel qu'elle voulait nous le faire croire. C'était son propre sang, après qu'elle s'était infligé une blessure.

— Pourquoi aurait-elle fait une chose pareille ?

— Vous comprendrez pourquoi quand je vous aurai répété l'histoire effarante qu'elle m'a racontée. Pour l'heure, j'essaie de vous transmettre les quelques certitudes dont je dispose, ainsi que la façon qui m'a permis de les acquérir.

Il ménagea une pause, puis reprit le fil de son récit :

— Je lui avais dit que je n'allais pas plus loin que Cobham. Soit la fausse information que j'avais déjà transmise à Mlle Blythe, car mon instinct me dictait de bien me garder de trop dévoiler la vérité à La Sculpture.

— La Sculpture?

— Oui, c'est ainsi que je la nomme, puisque j'ignore son nom.

— Moi, je l'appelle Voix de diamant, avouai-je.

— *Je comprends*, acquiesça-t-il. N'avez-vous pas été frappé de ce que son ossature aurait pu être l'œuvre d'un maître sculpteur? Les pommettes, les mâchoires, et le front qui donnent l'impression d'avoir été délicatement ciselés dans des matériaux précieux? Elle dégage une beauté d'une grande puissance. L'avez-vous remarqué?

— Je l'aurais sans doute remarqué si son attitude avait été moins rébarbative.

— Quant à savoir dans quelle matière on a taillé son caractère, je préfère ne pas m'avancer. C'est là une autre raison qui m'a poussé à ne pas divulguer notre vraie destination. Elle-même m'a confié qu'elle se rendait à Martyr's Green.

— Auquel cas, en nous voyant reprendre place à bord de l'autocar, elle aurait compris qu'on lui avait menti.

— En effet. Quand je lui ai fait part de mon intention de descendre à Cobham, mon but n'était pas de l'induire en erreur. Comme vous venez de le souligner, le stratagème aurait échoué. Non, je cherchais seulement à jauger sa réaction.

Je fronçai les sourcils.

— Pourquoi aurait-elle réagi différemment à l'annonce que vous descendiez à Cobham plutôt qu'à Kingfisher Hill?

Un fin sourire éclaira le visage de Poirot.

— Mais vous l'aurez forcément compris, Catchpool. La réponse est on ne peut plus limpide.

— Pas pour moi, j'ai bien peur. Et à l'évidence, vous n'êtes pas prêt à éclairer ma lanterne. Donc, comment a-t-elle réagi à votre mensonge à propos de Cobham ?

— De manière inattendue. Mais la suite se révéla encore plus déconcertante : elle m'a fait le récit du meurtre qu'elle avait commis. Je ne crois pas qu'elle avait décidé à l'avance de passer aux aveux, mais qu'elle cherchait plutôt à me provoquer. Pour asseoir sa supériorité. Elle ne pouvait pas résister à l'envie de se vanter de… de son exploit, conclut-il dans un soupir.

— Non seulement c'est une meurtrière, mais en plus elle en est fière ?

— M'est avis que la fierté est un sentiment trop joyeux en ce qui la concerne. Elle était… en colère. Sa fureur la consumait – à feu lent et froid, telle la glace brûlant la peau – mais je ne saurais dire lesquelles de mes contributions à notre échange ont eu pour effet de la mettre dans un tel état. Sa vantardise confinait à une véritable hostilité : envers ma personne et envers tout ce que j'incarnais à ses yeux. Le plus intéressant, c'est qu'elle m'a confié avoir commis ce crime seulement après que je lui ai dit que je descendais de l'autocar à Cobham.

— En quoi ce détail est-il important ?

— Vous ne voyez donc pas l'évidence même, mon ami ? Voilà ce qu'il s'est passé : quand nous sommes descendus, La Sculpture est partie du principe que notre voyage était terminé et qu'elle ne reverrait plus jamais

Hercule Poirot. Elle est restée à sa place. Insouciante, comme l'a décrite M. Bixby. Lorsque soudain, que voit-elle à travers la vitre de l'autocar ? Vous et moi en train de franchir le seuil du Tartar Inn, où nous restons un certain temps. Et de se demander, mais où est donc le vieil ami dont je lui ai parlé avec une si tendre affection ? Ne devrait-il pas venir nous chercher pour nous conduire immédiatement chez lui ? Elle estime, à juste titre, que quelque chose cloche. Quand son intuition se voit confirmée par Bixby et sa liste de passagers, elle comprend que Poirot l'a fourvoyée ! Elle se rend compte qu'il va remonter dans l'autocar, or elle vient de lui avouer un crime. Et s'il s'amusait à la suivre jusqu'à l'arrêt suivant de Martyr's Green ?

— Donc, elle prend la clé des champs avec la liste des passagers, sur laquelle figure son nom, afin d'empêcher toute identification, et…

Je me coupai en plein dans mon élan.

— Catchpool ? s'inquiéta Poirot en me scrutant. Pourquoi vous arrêtez-vous comme une horloge mal remontée ?

— Ça y est, j'ai compris ! m'exclamai-je. Elle voulait filer à Cobham, mais elle trouvait ça risqué. Si elle partait normalement, rien ne lui assurait que nous n'allions pas choisir de sortir de l'auberge à ce moment-là et la prendre la main dans le sac. Vous auriez pu la pister jusqu'à chez elle, et une fois son adresse en poche…

— *Précisément !* C'était la fin des haricots ! En un tour de main, j'aurais trouvé son nom et le nom de sa victime. Tout cela, elle l'a vu venir. Et alors, que décide-t-elle de faire, cette *ingénieuse créature* ? Elle fait le nécessaire pour se ménager une sortie en toute sécurité, n'est-ce pas ? Elle déchire un lambeau de son jupon, se taillade la main et tache le tissu, qu'elle laisse tomber à l'arrière de l'autocar. Après quoi, elle se livre à une petite mise en scène théâtrale au Tartar Inn, et elle réussit à nous berner. Nous nous précipitons à sa suite dans l'autocar. Une fois qu'elle constate que nous sommes obnubilés par la preuve factice qu'elle a laissée à notre intention, elle prend la poudre d'escampette...

— Sachant que d'ici à ce que nous comprenions la vérité, il serait trop tard pour la suivre !

— Il n'est jamais trop tard, contra Poirot avec une détermination inébranlable. Je vais la trouver. Oh, oui. Même sans l'ombre d'un indice, je suis fermement décidé. Quelqu'un la connaît forcément dans les environs de Martyr's Green.

— On ne va quand même pas descendre là-bas, si ?

— Non. Nous continuons jusqu'à Kingfisher Hill comme prévu, affirma Poirot. C'est surtout pour Helen Acton que le temps presse : il ne reste que seize jours jusqu'au 10 mars, la date de son exécution. Si elle est innocente, nous devons recueillir tous les faits qui permettront de lui sauver la vie. Après quoi, j'aurai de nouveau la tête à chercher La Sculpture.

Pour ma part, j'avais déjà la tête ailleurs.

— Poirot ?

— Oui, Catchpool.

— Ne trouvez-vous pas extraordinaire qu'il se trouve parmi nos compagnons de voyage deux femmes qui nous racontent des histoires à dormir debout, toutes deux à propos d'un meurtre, alors que nous sommes nous-mêmes en route pour aller enquêter sur un meurtre ?

— La situation demande une explication, c'est certain, admit-il. Fort heureusement, tout ce qui demande une explication en a une. Il suffit de la trouver. Dites-moi, comment êtes-vous en mesure d'affirmer que l'aveu de La Sculpture était une histoire à dormir debout ? Vous ne l'avez pas entendue.

— Eh bien, qu'a-t-elle dit ? Je suis sûr que vous vous en souvenez dans le moindre détail.

Poirot posa son regard sur le dossier du siège devant lui. Il le fixa comme il aurait contemplé un horizon lointain.

— Les détails étaient pour le moins abstraits, mais elle m'en a livré une foule. Tant, et si peu à la fois.

— J'aimerais beaucoup connaître ces détails abstraits, affirmai-je.

Je me préparai à une déconvenue : Poirot répond rarement dans les temps à mes questions les plus urgentes. Dès lors, sa réponse me prit au dépourvu :

— Mais bien sûr, mon ami. Je m'en vais vous livrer sans tarder tout ce que je sais à propos de notre fameuse Énigme Numéro Trois.

Et c'est exactement ce qu'il fit. Ce qui suit est le compte rendu de la conversation qui eut lieu entre Hercule Poirot et la femme à qui nous avons donné tant et plus de surnoms : la femme au livre, Voix de diamant, La Sculpture et – celui surtout qui me glaçait le sang – *l'ingénieuse créature*.

5

Une confession abstraite

— Croyez-vous qu'elle soit comédienne ?

La conversation entre Poirot et La Sculpture s'était ouverte par une question quelque peu audacieuse de cette dernière. Il comprit qu'elle faisait allusion à Joan Blythe. Elle poursuivit sans attendre sa réponse :

— Est-il possible d'être aussi sotte qu'elle en a l'air ? À mon avis, c'était du cinéma de bout en bout.

— Vous pensez que sa peur et sa tristesse étaient feintes ?

— Oui. Elle jouait un rôle. Quant à savoir lequel… c'est bien mystérieux. J'ai du mal à me dire qu'il ait pu lui demander ça, mais peut-être bien que si, après tout.

— Qui ça, « il » ? s'enquit Poirot.

— M. Bixby. À mon avis, plusieurs personnes à bord de cet autocar sont des comédiens et pas du tout des clients de sa flotte.

— Puis-je vous demander ce qui vous fait dire cela, mademoiselle ?

— Combien de fois a-t-il attiré votre attention sur le fait que tous les sièges sont occupés, qu'on ne peut pas se permettre de laisser les choses au hasard si l'on souhaite voyager avec la Kingfisher Coach Company ? Qu'il convient de réserver sa place bien à l'avance pour avoir le choix de la date ! Eh bien ?

— Plusieurs fois, admit Poirot.

— Il n'a que cela à la bouche depuis que nous nous sommes rassemblés au point de rencontre à Londres, et il donne franchement l'impression de répéter un texte. Réfléchissez, monsieur Poirot : pourquoi s'enquiquine-rait-il à nous le rabâcher si c'était vrai ? Nous aurions vu de nos propres yeux que l'autocar était complet et, malgré tout, il s'acharne à nous en rebattre les oreilles. Quand un fait est à la fois une évidence et une vérité – et quand personne ne s'évertue à nier cette vérité –, on ne ressent pas le besoin d'enfoncer le clou. Ce malotru est tout à fait détestable, à s'imposer de la sorte à ses clients. Qui peut bien avoir envie d'écouter ses élucubrations sans fin ? Y voyez-vous un homme susceptible de réussir dans les affaires ? Bien sûr que non. Ce qui veut dire qu'il a dû soudoyer au bas mot la moitié des passagers pour donner une image reluisante de son entreprise.

— Je ne vois aucune preuve en ce sens, objecta Poirot. Mais cette éventualité n'en est pas moins intéressante.

— Quand je dis «comédiens», ça ne veut pas dire qu'ils se sont produits dans *Le Roi Lear* au Fortune Theatre, ni rien d'aussi exceptionnel, rétorqua La Sculpture avec impatience. Je parle de quelques shillings de la main à la main à des connaissances de M. Bixby. Ce n'est pas à proprement parler un rôle de composition,

83

si? Il suffit de s'asseoir dans un autocar et de faire croire aux autres passagers que vous avez tout comme eux payé votre place.

— Si ce que vous dites est vrai, pourquoi n'avons-nous entendu aucun passager s'émerveiller avec verve des autocars Kingfisher et annoncer son intention de ne jamais lui préférer une autre compagnie de voyage?

— Difficile d'entendre quoi que ce soit avec le raffut du moteur, fit valoir La Sculpture. Et puis, il est fort possible que M. Bixby n'ait pas pensé à leur en faire la demande. Vous lui prêtez un surcroît d'imagination.

— Je pourrais vous retourner le compliment, mademoiselle. La mise en scène de passagers qui n'en sont pas vraiment – voilà une combine qui demande beaucoup plus d'ingéniosité que n'en possède notre cher Bixby.

— Encore une fois, nos avis divergent, nota-t-elle froidement. Le désespoir fouette l'imagination, même chez les individus bas de plafond.

— Puis-je vous poser une question, mademoiselle? Vous aurais-je offensée?

Elle rit.

— C'est moi qui vous ai offensé, monsieur Poirot, que vous en ayez ou non conscience. Vous passez chacune de mes remarques au peigne fin à la recherche de l'adoration flagorneuse à laquelle vous êtes habitué, et pourtant vous ne la trouvez nulle part. Voilà qui vous déconcerte. Vous qui êtes accoutumé à ce qu'on vous fasse des concerts d'éloge, vous jugez forcément hostile le comportement d'une personne qui viendrait à vous parler sur un pied d'égalité.

— Vous ne pensez pas que votre attitude envers moi est hostile? s'enquit-il d'une voix pondérée.

La Sculpture pivota sur son siège pour pouvoir le toiser plus franchement. Il sembla à Poirot qu'elle hésitait à lui dire quelque chose.

— Le travail de toute votre vie – la mission que vous vous êtes donnée, cette vocation qu'à coup sûr vous jugez noble et sacrée – consiste à traîner les meurtriers devant la justice. Vous en convenez?

Poirot réfléchit. Il finit par répondre:

— Je n'ai jamais considéré que j'avais une mission. J'estime que certaines choses sont sacrées: le droit de tout homme, femme et enfant de vivre la vie qu'on lui a donnée et de ne pas voir son existence fauchée avant l'heure par la violence. L'importance de maîtriser les éléments anarchiques dans la société, de sorte à assurer la sécurité de celles et ceux qui souhaitent vivre en paix et conformément à la loi. (Sur ce, il hocha la tête, satisfait de sa réponse.) Tel est l'objectif d'Hercule Poirot. En ce sens, traîner les meurtriers devant la justice est une nécessité, je vous le concède, mais tout ce que j'entreprends vise à protéger ce que je chéris par-dessus tout. C'est une véritable tragédie que d'avoir comme but ultime dans la vie de s'attacher à ce que l'on déteste le plus au monde.

Au cours de sa tirade, Poirot avait remarqué que La Sculpture n'avait cessé de s'agiter. Lorsqu'il se tut, son soulagement fut évident. Elle dit brusquement:

— Vos hauts faits vous valent des égards dans le monde entier, mais je trouve votre présomption plutôt naïve – cette croyance que vous pouvez protéger tout un chacun contre le danger, qu'il faut prévenir les meurtres et envoyer les meurtriers à la potence. (Elle agita la main d'un geste dédaigneux.) Le meurtre n'est pas le seul mal, ni le pire, qu'on puisse infliger à autrui, et qui plus est, il est inéluctable.

Il la considéra d'un air grave.

— Je commence à me demander si ce n'est pas vous qui jouez un rôle, mademoiselle. Êtes-vous sérieusement en train de suggérer que nous devrions autoriser les meurtriers à commettre leurs crimes sans jamais interférer ?

— Ce n'est pas une question d'autorisation, rétorqua-t-elle avec une mine qui rappela à Poirot une institutrice en train de brusquer le souffre-douleur de la classe. Ils le feront quoi qu'il advienne, c'est ainsi depuis la nuit des temps. Quelle solution proposez-vous ? Que nous tuions tous les meurtriers ? Si telle est votre réponse, alors vous pensez à votre tour que le meurtre est justifié. Plus d'un meurtrier sera de cet avis. J'imagine que vous allez au domaine de Kingfisher Hill ?

— Non – à Cobham seulement. (Il ajouta en guise d'enjolivement :) Un très vieil ami vient nous chercher, Catchpool et moi. J'ai fait sa connaissance alors que j'étais tout nouveau dans la police… (Il s'interrompit avec un sourire.) Mais l'histoire de mon cher ami ne vous intéresse guère. Pourquoi demandez-vous si je vais à Kingfisher ? C'est votre destination ?

— Non, rétorqua-t-elle sèchement, comme si cette seule idée l'horrifiait. Je descends à Martyr's Green. Je pensais que vous aviez peut-être une résidence secondaire à Kingfisher Hill. Cela vous ressemblerait bien.

— Ce n'est pas le cas.

— Tous les *lords* et les *ladies* imbus de leur personne qui séjournent là-bas partageraient sans doute votre avis sur le fait que les puissants devraient être à même de condamner à mort quiconque leur déplaît, et se targuer d'appeler cela de la justice.

— Vous me faites un procès d'intention, mademoiselle. (Poirot la dévisagea pensivement.) En même temps, il est vrai, vous vous efforcez de vous présenter sous votre plus mauvais jour. Pourquoi donc ? Je ne crois pas qu'au fond de vous, en votre cœur, vous cautionniez le meurtre.

— Sur cette question, je ne suis pas impartiale. (Après une hésitation, elle s'exclama :) Oh, au diable la prudence ! Je vais le dire tout de go et vous n'y pourrez rien, puisque nous sommes de parfaits inconnus l'un pour l'autre. (À voix basse, elle conclut :) Moi-même, j'ai commis un meurtre.

— Par pitié, dites-moi que ce n'est pas vrai, s'alarma Poirot.

Il aurait voulu croire qu'il avait mal compris ses propos en raison du grondement furieux du moteur. Or il savait fort bien ce qu'elle avait dit. Elle prit même le soin de le répéter :

— Et c'est la vérité, insista-t-elle avant d'articuler sans émettre un son. J'ai tué un homme. (Puis, reprenant de sa voix normale :) Personne n'aurait pu m'en empêcher. Je l'ai fait sciemment et j'y étais tout à fait résolue. Après, je n'ai pas éprouvé le moindre regret. Je suis contente de mon geste. Voilà, vous savez tout. Qu'est-ce que ça vous inspire, hein ?

Elle lui sourit froidement.

— Qui avez-vous tué, et pourquoi ? demanda-t-il.

— Si je répondais à cette question, vous pourriez identifier l'affaire. Je ne peux pas prendre ce risque. Je vous ai confié tout ce qu'il était possible de vous confier, dans l'espoir que vous envisagiez dorénavant de voir la réalité sous tous les angles – du point de vue du meurtrier comme de celui de la victime.

— Le point de vue du meurtrier, répéta Poirot.

Il avait articulé ces mots avec lenteur. Il était quasiment impossible de rebondir après une telle profession de foi.

— Oui !

Son vernis maussade disparu, elle semblait soudain déborder de liesse. C'est d'un air profondément réjoui qu'elle se pencha vers Poirot pour continuer dans un susurrement, comme si elle lui révélait un savoureux secret :

— Une fois que vous avez tué un être humain, les individus de votre genre deviennent insupportables, avec leur volonté d'éradiquer et de punir une réalité qui fait partie intégrante de la vie, et qui jamais ne disparaîtra – une réalité qui, dans certaines circonstances, peut sembler légitime, voire bénéfique. Le désir de tuer fait tout bonnement partie de la nature humaine.

Poirot était profondément troublé par ses propos.

— Que Dieu vous pardonne la brutalité de vos paroles, marmonna-t-il.

— Oh, pas la peine de faire votre vierge effarouchée, ironisa La Sculpture. Et n'oubliez pas : Dieu a bien plus que de simples paroles à me pardonner. Je remarque en

passant que vous considérez qu'Il partage vos principes
– le contraire m'eût étonnée. Et si je vous disais qu'Il
cautionne tout à fait le meurtre, et que c'est la raison
pour laquelle cette réalité est si répandue à travers le
monde entier ?

Poirot abattit son poing sur son genou.

— Vous vous moquez de moi. C'est obligé. Personne
ne peut penser de telles choses.

Elle sembla le prendre en pitié.

— Vous avez raison : je vous taquine. Je désap-
prouve le meurtre, dans la majeure partie des cas. Là,
c'est mieux comme ça ? Mais tout de même, je me
demande… pourquoi les gens comme vous se sentent-
ils toujours obligés de faire tout un pataquès quand ça
arrive ?

— Ah, donc vous avouez que c'était une plaisante-
rie ! se réjouit Poirot. Dieu merci ! Ainsi, vous n'avez
commis aucun meurtre.

Elle fronça les sourcils.

— Je n'ai pas dit ça. J'ai commis *un* meurtre. La
situation ne m'a pas laissé le loisir de faire autrement.
Je ne cautionne pas plus que vous les meurtres à tout-va,
mais en l'espèce, il était nécessaire et je… oui, je l'affirme : je suis contente de l'avoir fait.

Poirot sentait son estomac se nouer. Il était évident
qu'elle se livrait à une sorte de jeu, mais il commençait
à craindre qu'elle ne dise la vérité sur le cœur du sujet.

— Je peux vous raconter une petite histoire, si cela
vous fait plaisir, poursuivit-elle. Je pense pouvoir la
rendre abstraite afin que vous n'ayez pas les moyens
de me retrouver après cette conversation. J'aimerais

beaucoup avoir l'avis d'un expert en meurtres. Je n'ai jamais pu aborder le sujet avec qui que ce soit et… ma foi, vous n'êtes pas n'importe qui, monsieur Poirot. Qu'en pensez-vous ? Je vous la raconte ?

Il tressaillit, ce qui sembla la combler.

— Oh, allez, dites oui ! J'ai le sentiment que nous pourrions avoir la plus fructueuse des discussions sur un sujet qui nous tient tous les deux à cœur. De telles opportunités sont rares.

Voilà qu'elle se comportait comme une enfant surexcitée, même si Poirot s'attendait à chaque instant à la voir revêtir sa froideur triomphante.

Malgré le sentiment qui l'assaillait de se rendre complice d'un fait monstrueux – tout en se répétant, pour se rassurer, qu'il s'agissait peut-être d'un tissu de mensonges, ou qu'elle risquait de laisser échapper des informations dont il pourrait faire bon usage au service de la justice – Poirot répondit :

— Très bien. Je vous écoute. Mais d'abord, dites-moi une chose : dans votre sac, vous avez un livre, n'est-ce pas ? Un livre intitulé *Midnight Gathering*.

— Ah ! Cette fouine d'inspecteur s'est plaint de moi ? Pourquoi me posez-vous cette question ?

— Vous qui aimez les délits, mademoiselle, avez-vous volé ce livre ?

— Est-ce que j'ai volé *Midnight Gathering* ? Quelle question ahurissante. Non, pas du tout.

— Et si je ne vous crois pas ?

Elle scruta son visage attentivement, puis partit d'un rire incertain.

— Si vous tenez à le savoir, l'exemplaire que je

détiens dans mon sac était à l'origine un cadeau de...
Bah, je ne vous en dirai pas plus, pour la bonne raison que cela ne vous regarde pas. Si vous continuez comme ça, je ne vous raconterai plus rien du tout. C'est votre dernière chance, monsieur Poirot. Je ne vois pas pourquoi vous me déconcentrez à parler de livres alors que je brûle de tout vous dire sur – et là, elle baissa la voix – l'homme que j'ai tué. Êtes-vous une tête de linotte impénitente ou peut-on enfin parler de meurtre ?

Peu ragoûté par ce qu'il imaginait être la teneur de son histoire, Poirot la convia néanmoins à lui en faire le récit.

La Sculpture prit le temps de se mettre en condition. Puis, dès qu'elle se mit à parler, son visage perdit sa dureté et ses yeux s'emplirent de larmes. Pour la première fois depuis qu'il avait fait sa connaissance, Poirot la perçut comme un être capable de ressentir la douleur, et pas seulement encline à l'infliger à autrui.

— Il y avait un homme. Je l'aimais profondément. Plus que je n'ai jamais aimé quiconque, ni avant, ni depuis. Et je l'ai assassiné.

Elle sortit un mouchoir de son sac et s'appliqua à tamponner le coin de ses yeux.

— Voilà dans les grandes lignes. Ça ne s'arrête pas là, bien évidemment, mais n'oubliez pas, quand vous entendrez le reste de l'histoire, que l'amour que je ressentais pour lui était plus fort que jamais à l'instant où je l'ai tué. Il n'était en rien amoindri.

— Ce n'est pas aussi insolite que vous avez l'air de le penser, renchérit Poirot. Certains meurtriers détestent leur victime, mais ils sont en nombre égal à ôter la vie à des êtres qui leur sont chers, et leur souffrance en est d'autant plus grande.

— Oui, je m'en rends bien compte.

— Vous avait-il trahie ?

— Oui. En tout cas, je le crois. Il aurait soutenu le contraire, et vous vous seriez vraisemblablement rangé à son avis. Comme la plupart des gens, sans doute. Dans tous les cas, je ne l'ai pas tué à cause de cette trahison. Je l'ai fait… c'est pour ma famille que je l'ai fait. Voyez-vous, il avait commis un délit. Il avait dérobé beaucoup d'argent à mon père. Après coup, mon père a insisté pour que je coupe les ponts avec lui. Il était devenu le mal incarné, l'ennemi, il n'était plus le bienvenu sous notre toit. Mes parents refusaient de le voir ou de lui parler. Ils refusaient même d'écouter sa version des faits – et n'essayez pas de me dire, monsieur Poirot, qu'un voleur n'a pas le droit de se défendre !

— Ce n'était pas mon intention. Cependant, la colère de votre père est compréhensible, vous ne croyez pas ? Je suppose qu'il faisait confiance à ce jeune homme ?

— Avant le vol de l'argent, il lui faisait entièrement confiance. Le fait est qu'il n'aurait jamais volé personne si la situation n'avait pas été à ce point désespérée. Ce n'est pas dans son propre intérêt qu'il a volé. Voyez-vous, il travaillait pour mon père et ce dernier l'en récompensait généreusement. Si lui sortait fort bien son épingle du jeu, il avait en revanche un ami dont la famille avait tout perdu quand le marché boursier s'est effondré, il y a deux ans. *Tout*. Et le père de cet ami était malade et très vieux et… eh bien, notre voleur, appelons-le ainsi, ne supportait pas de voir son ami rongé par la crainte de finir à l'hospice – et comme il avait la charge des investissements et des activités commerciales de mon père, il s'est dit… eh bien, il *savait* que mon père pouvait se passer d'une certaine somme d'argent. S'il prélevait cette somme pour la donner à son ami, notre famille n'en pâtirait pas le moins du monde. C'est exactement ce qu'il a fait. Mais il ne voyait pas cela comme un don, ni vraiment comme un vol. Il le voyait comme un emprunt, et c'est absolument dans cet esprit que son ami a accepté. Cet argent n'était pas un geste de charité mais de défi.

— De défi ? répéta Poirot.

— Le voleur et son ami étaient de fervents partisans de l'esprit d'entreprise. En ce sens, ils étaient de la même étoffe que mon père. Tous les trois, ils croient – ils croyaient – que n'importe qui, à partir de rien, est capable de construire des empires et de créer des richesses qui dépassent les rêves les plus fous. L'accord passé avec son ami voulait qu'il emprunte l'argent et qu'il le mette à profit intelligemment pour produire plus d'argent.

— Étant donné l'état de la Bourse il y a deux ans – et encore aujourd'hui –, la tâche n'est pas aisée, observa Poirot.

— Non, en effet, en convint La Sculpture. Mais l'homme que j'aimais a toujours eu la conviction que… eh bien que tout, absolument tout était possible, et que quand on voulait quelque chose suffisamment fort, alors on pouvait toujours trouver le moyen de l'obtenir. Il arrivait même à en persuader les gens autour de lui. Si seulement… (Elle baissa les yeux sur ses mains.) Si vous l'aviez connu, monsieur Poirot.

— Vous dites cela, mais il y a quelques minutes encore, vous affirmiez être bien contente de l'avoir tué.

— Je veux dire par là que j'aurais aimé que vous fassiez sa connaissance avant que… quand nous étions encore heureux.

— Je vois. Je vous en prie, continuez votre récit.

Elle tapota plusieurs fois ses yeux, puis reprit :

— Le voleur et son ami ont réalisé de pair des investissements extrêmement risqués. La plupart n'ont rien donné, comme souvent dans ce cas, mais l'un d'eux s'est révélé fructueux, bien au-delà de leurs espérances – et a amplement permis au voleur de rembourser plus encore que le montant qu'il avait dérobé à ma famille, et à son ami de s'assurer une existence confortable en même temps qu'à son père âgé. Il restait encore une belle somme, aussi, le voleur et son ami l'ont mise à profit pour fonder des établissements scolaires où l'on traitait les élèves avec respect – comme des personnes à part entière. Ce qui est rarement le cas dans les écoles ordinaires. Et puis…

Les mots s'étranglèrent dans sa gorge. Poirot, voyant son tourment, se demanda pourquoi elle se donnait autant de mal pour lui faire ce récit.

— Et puis le voleur a commis une grave erreur : il a avoué à mon père, à mes deux parents, ce qu'il avait fait.

— Ah ! Il a préféré l'honnêteté à la dissimulation.

— C'était un homme d'honneur, monsieur Poirot. Par-dessus tout, il attachait de l'importance à l'intégrité. Il avait toujours eu comme projet de dire la vérité une fois l'argent remboursé. Il savait combien mon père l'admirait et ne pouvait supporter que cette admiration perdure sur un mensonge. Bien évidemment, il s'attendait à ce que mon père ait une réaction de colère, mais il était persuadé qu'en lui présentant ses excuses et en expliquant les circonstances précises…

Son débit de parole s'était accéléré, elle avait le souffle court, comme si elle se débattait pour s'extirper d'un cauchemar, tout à coup oublieuse qu'elle évoquait des événements du passé.

— Il pensait que s'il faisait clairement valoir que son intention était de rembourser jusqu'au dernier *penny*… Mais mon père est un homme impitoyable et ma mère se range à son avis sur tout. Elle ne se résout jamais à dire qu'un livre ou une pièce qu'il a particulièrement appréciés ne sont pas à son goût, de peur qu'il ne cède à un nouvel accès de tyrannie. Et donc le voleur a été… (Elle s'interrompit pour couvrir sa bouche de son mouchoir.) Il a été banni. Ils l'ont chassé.

— Vos parents étaient-ils au courant que vous aimiez cet homme ?

— Oh, oui – mais cela ne pesait pas du tout dans la balance. Mon père m'a fait comprendre que si j'avais le moindre contact avec lui, il me couperait les vivres et que je n'aurais plus un seul sou à mon nom. À l'époque, il m'a semblé que je n'avais pas vraiment le choix.

— Puis-je vous demander… avant ces événements que vous décrivez, étiez-vous fiancée au voleur ?

— Non, dit-elle, l'air amusé. Pourquoi cette question ?

— Je me demandais, c'est tout. Je remarque que vous portez une bague de rubis…

— Oh, ça. Oui, eh bien… je suis actuellement fiancée.

— À quelqu'un d'autre ?

La Sculpture poussa un soupir d'impatience.

— J'aime à croire que je suis une femme capable d'initiative et d'inventivité, mais même moi je ne pourrais pas épouser un mort.

— L'homme que vous comptez épouser… l'aimez-vous ?

Son expression se fit solennelle et compassée, comme si elle se concentrait sur une considération de la plus haute importance.

— Oui, je l'aime. Et si vous tenez à savoir si j'aime mon fiancé autant que j'ai pu aimer le voleur – et Dieu seul sait pourquoi vous vous intéresseriez à la question alors que ce n'est pas du tout le cœur de mon propos –, la réponse est non. J'espère que cela ne vous déstabilisera pas trop, monsieur Poirot. Personnellement, cela ne me pose aucun problème. Mon amour pour le voleur était d'une tout autre nature et quoi qu'il en soit, *il est mort*. (L'accent qu'elle mit sur ces ultimes syllabes lui fit de nouveau monter les larmes aux yeux.) J'ai fait tout mon possible pour persuader mon père de lui pardonner, mais c'était peine perdue ! Avez-vous jamais essayé de convaincre un homme entêté qu'il se trompe tout en voulant à la fois l'assurer que vous êtes du même avis que lui ?

— N'est-ce pas là une contradiction ? interrogea Poirot. Il me semble impossible de ménager la chèvre et le chou.

— Oh, si, c'est faisable. Et je l'ai fait. Je lui ai dit :

«Allons, papa, vous qui brillez par votre sagesse et votre sens de l'équité, comme chacun sait. La décision la plus sage et équitable serait de continuer exactement tel que vous l'avez fait jusqu'ici, parce que c'eût été une erreur que d'être trop indulgent quand vous avez eu vent du méfait. Mais la bonne chose à faire *dorénavant* serait de lui donner une nouvelle chance, c'est une évidence pour vous aussi, j'en suis sûre. Ma suggestion est sans doute superflue, vous y avez déjà pensé.» Je me suis dit que si je l'abreuvais de compliments… (Elle poussa un soupir.) Parfois ce genre de stratégie fonctionne avec mon père.

— Mais pas cette fois-ci?

— Non. Ça n'a fait qu'attiser sa colère. Il a proféré des menaces encore plus extravagantes contre moi : il allait me laisser sans le sou, sans domicile, sans famille. Si je trahissais les miens en prenant le parti d'un voleur, il se vengerait de moi par des moyens inimaginables.

— Avez-vous eu peur de lui?

— *J'ai* peur de lui.

— Je ne vois toujours pas l'image dans son ensemble, déplora Poirot. Vous aimiez un voleur, et vous n'aimez pas votre père. Je me demande si, après examen, vous ne pensez pas avoir assassiné la mauvaise personne.

— Oh, j'aime mon père, contra La Sculpture. Je le crains, je le déteste et je ne supporte pas sa compagnie, mais je crois l'aimer, d'une certaine façon. Ma mère aussi, même si elle est restée mutique à ses côtés pendant qu'il m'adressait ses ignobles menaces.

— Quand bien même, objecta Poirot, l'histoire que vous venez de me raconter n'est pas celle d'une fille qui a assassiné son père. Il serait pourtant votre victime toute désignée, non ? Contrairement au voleur qui était assuré de votre amour et de votre admiration. De grâce, qu'est-ce qui a bien pu vous pousser à le tuer ?

— C'est là toute la question, n'est-ce pas ? abonda-t-elle comme s'ils tentaient ensemble de résoudre l'énigme. Tous les événements que je vous ai rapportés se sont déroulés entre le mois de novembre 1929 et le mois de mars de l'an dernier, quand ma famille a coupé les ponts avec le voleur. Bêtement, j'ai cru que je n'avais d'autre choix que de m'aligner sur leur décision. On ne m'a pas demandé mon avis : mon père me l'a imposée, de force ! Le voleur était devenu l'incarnation du mal et il fallait absolument le chasser de nos vies. Je ne devais plus avoir de sentiments pour lui – mon père a utilisé ces mots-là. « Vous ne l'aimez plus. Vous ne voyez plus que l'ennemi en lui. Il est dangereux. Il est malfaisant. Il constitue une menace pour notre famille. » J'ai dû souffrir ce genre de discours pendant des heures. Mon père a cessé de me harceler quand il a enfin eu la conviction qu'il avait réussi à annihiler mes raisonnements et mes sentiments pour les remplacer par les siens. Et puis, cinq mois plus tard, en août de l'année dernière, ma mère a appris qu'elle était mourante.

— J'en suis navré, mademoiselle.

— Elle est encore de ce monde, mais plus pour long-temps. Sa maladie l'anéantit sous nos yeux. (D'un ton faussement badin, La Sculpture poursuivit :) Quoi qu'il en soit, vous ne devinerez jamais ce qui est arrivé deux semaines après l'annonce de ce diagnostic, monsieur Poirot. La plus merveilleuse des surprises. Mon père m'a convoquée dans la pièce à laquelle il donne le sobriquet exaspérant de… (Elle se ressaisit. Quel que fût le sobriquet en question, elle décréta qu'il valait mieux ne pas le dévoiler.) Il m'a convoquée dans son bureau. Il m'a dit que, étant donné que ma mère n'en avait plus pour longtemps, le voleur devait rentrer au bercail.

— *Quoi ?* s'exclama Poirot en français tant le revirement de l'histoire était saugrenu.

— Une *merveilleuse* surprise, répéta-t-elle, sa voix tremblant de colère. Je crains de ne pouvoir vous expliquer pourquoi la disparition imminente de ma mère nécessitait de toute urgence d'accorder notre pardon au voleur et de le réintégrer dans nos vies – pas sans dévoiler certains détails que je préfère passer sous silence. Tout ce qui importe, c'est que mes parents étaient soudainement prêts à l'accueillir – et on m'a donc informée que je devais faire de même. Ainsi est-il revenu et a-t-il aussitôt repris la tête des affaires de mon père. Non seulement avais-je pour ordre de lui pardonner – ce qui en soi, était déjà suffisamment grave –, mais on prit le soin de me préciser que je serais ostracisée et vilipendée à jamais si je ne jouais pas le jeu : comme s'il ne s'était rien passé.

— *Incroyable*, commenta Poirot dans un souffle.

— Tout à fait. Je suis ravie que vous partagiez mon ressenti.

— Continuez, je vous en prie, mademoiselle.

— Il n'y a pas grand-chose à ajouter. Le voleur était content d'être de retour parmi nous et encore plus content d'être de connivence. Il est revenu à la fin du mois d'août… un peu plus de trois mois sont passés, et j'ai l'ai tué. Voilà. C'est toute l'histoire. Point final.

— Pourquoi l'avez-vous tué? Quand le mobile est inconnu, l'histoire reste inachevée. L'élément essentiel fait défaut.

La Sculpture partit d'un rire.

— Pardonnez-moi, mais me serais-je méprise depuis le début? N'êtes-vous pas Hercule Poirot? Vous n'avez tout de même pas besoin que je vous explique mon geste. Si je ne m'abuse, vous êtes le plus grand des détectives, non? Je ne voudrais surtout pas vous priver de l'aubaine d'avoir à tirer les choses au clair. Je vous ai confié tout ce dont vous avez besoin. Alors, pourquoi pensez-vous que j'ai tué cet homme que j'aimais tant?

— Vous avez affirmé plus tôt que vous l'aviez fait pour votre famille... et je vous répète que cela me semble parfaitement insensé. Tuer un homme que l'on aime si fort pour... pour qui? Vos parents? Vous dites les aimer aussi, mais n'aimiez-vous pas le voleur encore plus?

— Oui, si. Bien plus encore.

— Dans ce cas, pourquoi le tuer, et que vient faire votre famille là-dedans? Expliquez-vous.

— Non, répondit La Sculpture. C'est vous qui êtes censé débrouiller ce genre d'intrigues avec brio. Et... et si je vous racontais un mensonge, en vous disant que je l'avais fait pour mes parents?

— C'est pourtant la raison que vous avez évoquée.

— Dans ce cas, posez-vous la question suivante: pourquoi affirmerais-je une chose pareille si c'était un mensonge?

— Mademoiselle, vous me laissez tout à fait perplexe.

— Ce qui n'est absolument pas mon intention, s'excusa-t-elle d'un ton solennel. (Une fois encore, elle eut les larmes aux yeux.) Je n'en dirai pas plus.

Poirot se demanda s'il avait jamais eu échange aussi pénible avec un autre être humain. Il employa toutes les tactiques possibles et imaginables pour l'inciter à s'expliquer, mais elle resta inflexible et il arriva à Cobham sans s'être le moins du monde délivré de sa perplexité.

6

La famille Devonport

En arrivant à Kingfisher Hill, je fus frappé par l'isolement des lieux. Certes, il s'agissait d'une propriété privée, pour autant je ne m'étais pas attendu à la hauteur des murs extérieurs, qui me semblait bien vertigineuse en plein cœur de la paisible campagne anglaise.

Deux grilles de portail apparemment renforcées accueillaient le voyageur, comme parées à tenir un siège. Il fallait donc les franchir pour passer de la bordure communale de l'extérieur à la terre sacrée de l'intérieur de l'enceinte. C'était à croire que quelqu'un craignait une invasion imminente, ce dont je fis part à Poirot.

— Rien à craindre de Poirot ! s'exclama-t-il avant de rire de son propre trait d'esprit. Il a été invité. Mais il n'est pas exclu que quelqu'un à Kingfisher Hill ait beaucoup à craindre, maintenant que je suis là.

— Vous voulez dire…

— Quiconque a assassiné Frank Devonport, si

l'assassin n'est pas Helen Acton. Ah, vous ne comprenez pas. Richard Devonport ne me l'a pas dit de manière aussi explicite, mais il souhaite que je découvre qui, parmi les membres de sa famille, ou parmi ses amis ou domestiques, a tué son frère.

— Ce sont les suspects, diriez-vous ? Savez-vous qui était sur place quand le meurtre a eu lieu ?

— À part Richard lui-même et Helen Acton, sept personnes se trouvaient dans la demeure quand Frank Devonport a trouvé la mort : Sidney Devonport, le chef de famille ; son épouse Lilian ; leur fille Daisy ; son fiancé Oliver Prowd ; une domestique du nom de Winnifred Lord ; et deux très bons amis de la famille – des Américains – Godfrey et Verna Laviolette.

Nous avions enfin franchi le portail, mais il restait manifestement une autre étape à passer avant de pouvoir affirmer que nous étions arrivés à bon port. Le chauffeur alla se garer sur une aire de stationnement recouverte de graviers qui accueillait déjà un autocar bleu et orange de la Kingfisher Coach Company, ainsi qu'une impressionnante rangée d'automobiles, sur la plupart desquelles étaient adossés des gens, qui pour certains agitaient la main. De nombreux passagers à bord agitèrent la main en retour. Je me demandai si l'on avait envoyé quelqu'un nous chercher, Poirot et moi, et dans le cas contraire, combien de temps nous serions appelés à marcher avant d'atteindre la demeure des Devonport. Alfred Bixby descendit d'un saut de l'autocar pour s'adresser à l'occupant d'une petite guérite rectangulaire : un homme au visage carré dont l'implantation des cheveux démarrait au milieu du front. La mission de cet homme consistait visiblement à interroger les personnes qui avaient l'intention de franchir le seuil du domaine de Kingfisher Hill.

— Richard Devonport pense-t-il qu'une de ces sept personnes a tué son frère ? demandai-je. Je suppose que oui. Vous a-t-il donné une petite idée de son suspect ?

— Non. Et vous supposez mal, Catchpool. Il est vrai que si Helen Acton n'a pas commis le meurtre, et que Richard Devonport n'en est pas non plus l'auteur, alors c'est forcément l'une de ces sept personnes. Mais il existe d'autres possibilités.

— Richard a pu tuer son frère Frank, évidemment.

— *Oui*. Helen Acton aussi ; et cette possibilité tourmente Richard Devonport au point qu'il refuse catégoriquement de l'envisager.

— Ça me semble plus vraisemblable. Si Devonport lui-même a commis le crime, il serait bien bête de faire appel à un détective… (Voyant la grimace de Poirot, je rectifiai mon erreur illico :)… de faire appel au plus grand détective de toute l'Angleterre.

— Je connais peu d'hommes et de femmes qui ne soient susceptibles d'être bien bêtes de temps à autre, quand les conditions sont favorables. Richard Devonport n'est peut-être pas aussi intelligent qu'il le croit.

Poirot s'interrompit pour se pencher en avant. Il semblait y avoir une altercation entre Alfred Bixby et l'homme hirsute dans sa guérite.

— Le gardien souhaite voir la liste des passagers que M. Bixby fait entrer à Kingfisher Hill, *mais ce n'est pas possible*. Une certaine personne a subtilisé la liste. Grâce à La Sculpture, nous allons être retenus inutilement.

Je poussai un long soupir.

— Ce voyage ne finira donc jamais ?

— Ah, nous voilà sauvés. Le portier a eu pitié de notre ami Bixby.

Quelques instants plus tard, nous fûmes autorisés à descendre et à retirer nos bagages.

— Et maintenant ? demandai-je tandis que tous les autres passagers s'acheminaient vers les voitures et leur chauffeur qui les attendaient et que l'air s'emplissait des murmures de leurs retrouvailles.

— Quelqu'un va nous conduire à bon port, affirma Poirot. La demeure des Devonport est l'une des plus éloignées du portail d'entrée. Richard Devonport m'a assuré qu'il envoyait quelqu'un.

— J'espère qu'il ne va pas tarder à arriver. À faire le pied de grue dans ce froid, on frôle la crise d'hypothermie.

— Consolez-vous plutôt en vous disant que vous ne pâtissez pas autant que moi de la situation, mon ami. Ma santé n'a pas été conçue pour résister à de telles conditions. Vous autres Anglais, vous affectionnez tout particulièrement les températures glaciales.

— Rien n'est moins vrai.

— Ne me dites pas que vous n'avez jamais entendu parler de Robert Falcon Scott et de son voyage tragique vers l'Antarctique – n'était-il pas anglais ?

— Poirot… revenons au livre, *Midnight Gathering*.

— Et après ?

— Pourquoi l'avez-vous interrogée à ce propos ? La Sculpture. Et pourquoi lui demander si elle l'avait volé ?

— Elle ne l'a pas volé. Le cas échéant, cela aurait

105

eu la vertu d'expliquer pourquoi la présence d'un inspecteur de Scotland Yard lorgnant dessus l'avait mise dans une telle fureur. Mais non, c'était un cadeau. De qui, je ne saurais vous dire. Elle a été à ça de me révéler son nom, et puis elle s'est ravisée. Elle voulait laisser Poirot dans l'ignorance. Le livre m'intéresse vivement, Catchpool. Pas son contenu, comprenez-moi bien. Qu'il s'agisse d'un récit d'aventures, d'une romance ou d'un policier, peu importe. Sa colère, lorsqu'elle vous a vu étudier sa couverture… je crois que cela n'avait aucun lien avec *Midnight Gathering* en soi. C'était plutôt la signification que La Sculpture donnait à l'ouvrage dans son esprit, rien à voir avec les mots sur la page.

— Donc, c'est important de savoir qui lui a donné ce livre ? Et la relation qu'elle entretient avec cette personne ?

Poirot secoua la tête.

— J'ai une immense dette envers notre vieil ami Michael Gathercole. Sans ses initiales, vous n'auriez pas même remarqué ce livre. Mais grâce à ses initiales et au « Gather » de son nom qui fait écho au titre du livre, alors tout est parfait, conclut-il en sautillant légèrement sur les talons.

— Qu'est-ce qui est parfait ?

— Le déroulé précis des événements, qui nous offre la plus belle des opportunités, répondit Poirot de façon énigmatique.

Au même moment, une voix au fort accent américain s'éleva derrière nous.

— S'cusez moi, messieurs. M. Poyrow et M. Catchpool ?

Je pivotai et tombai nez à nez avec un homme mince, de grande taille, vêtu d'un long pardessus. Difficile de lui donner un âge. Il aurait pu être déjà vieux, comme n'avoir que quarante ans. Il avait la peau aussi lisse que s'il l'avait repassée au fer à vapeur et une épaisse crinière blanche qui saillait à des angles saugrenus. Il me fit aussitôt penser à un hérisson, bien qu'il soit tout sauf petit et rond – disons un hérisson oblong. Un satiriste l'aurait assurément dessiné avec un nez pointu, quand bien même la réalité était tout autre.

Nous échangeâmes une poignée de main.

— Quel plaisir de vous rencontrer, messieurs. Je m'appelle Godfrey Laviolette. Vous ne pouvez pas savoir à quel point Sidney et moi sommes contents que vous soyez là. Nous sommes surexcités, je ne vous le cache pas. Suivez-moi – la voiture est par là. J'imagine que vous avez hâte de vous remplir la panse ! Rien de tel qu'un vent mordant pour vous aiguiser l'appétit, pas vrai ? Eh bien, nous allons dîner et ensuite… (Il s'interrompit et partit d'un rire.) J'ai dit à Sidney que ces dames allaient devoir nous excuser après le dîner. Notre conversation risque de les assommer. Elles ne comprennent pas notre passion pour notre petit chouchou. Elles disent «oh mais ce n'est qu'un jeu», mais nous, on sait bien que c'est plus que ça, pas vrai, messieurs ? Entre vous deux, Sidney et moi, qui sommes tous raides dingues du Peepers, on va s'amuser comme des petits fous !

Donc le «petit chouchou» de Laviolette était ce fichu jeu de société. Je réprimai à temps le grognement qui enflait dans ma gorge avant de mettre en péril notre couverture. Le prétendu intérêt commercial que je portais au potentiel du Peepers m'obligeait-il forcément à être «raide dingue» du jeu? Un homme d'affaires n'était-il pas censé adopter une attitude plus mesurée face à l'éventualité d'un investissement? J'ai soudain songé que Poirot aurait pu me livrer des instructions plus précises sur le personnage que j'étais supposé camper.

Laviolette nous conduisit au gré d'une série de larges routes. Il faisait sombre et partout il y avait des arbres, si bien que nous ne voyions pas grand-chose des maisons de Kingfisher Hill, si ce n'est que la fréquence des fenêtres éclairées me laissait penser que chacune de ces demeures était bien plus vaste et espacée de la suivante que les maisons que j'avais l'habitude de voir à Londres. L'effet produit, tandis que nous longions les façades, était irrésistiblement irréel: des rectangles de lumière dorée, petits et grands, semblaient flotter au loin dans les branches d'arbres, ou reposer en équilibre dessus.

Godfrey Laviolette s'était lancé dans le récit de sa longue collaboration avec Sidney Devonport. En guise de préambule, il avait tenu à nous faire savoir que lorsque le Peepers avait détrôné les échecs au titre de jeu de société le plus prisé au monde, tout un chacun avait prétendu savoir comment ses deux inventeurs s'étaient rencontrés. Il s'agissait d'un récit plutôt alambiqué qui s'articulait autour d'un métal élémentaire du nom de vanadium, lequel était disponible en quantité dans le sud de l'Afrique. Cet élément chimique avait fait la fortune de Sidney Devonport et de Godfrey Laviolette quelque deux décennies plus tôt. Laviolette expliqua – sans pour autant donner l'impression de fanfaronner – que lui-même et Sidney Devonport avaient plus que triplé leur richesse depuis l'époque de la découverte du vanadium, et le tout sans lever le petit doigt.

— Vous n'avez pas pâti du récent désastre qui s'est abattu sur le marché boursier ? s'enquit Poirot.

— Non, monsieur Poyrow, fort heureusement non. Sidney et moi sommes des hommes prudents. Nous avons non seulement le goût des jeux de société, mais aussi des prises de risque mesurées. Contrairement à d'autres confrères, nous n'avons jamais perdu la tête. Nous privilégions une approche réfléchie des affaires. Et ça va vous faire rire : nous partageons le même intérêt pour les maisons ! La maison de Sidney, là où nous nous rendons actuellement, nous appartenait autrefois à ma femme Verna et à moi ! Nous l'avons vendue à Sidney et à Lilian. Ils s'apprêtaient à signer pour une autre propriété, quand nous leur avons dit : « Hé, mais pourquoi ne pas acheter chez nous ? On pensait vendre. » Et c'est ce qu'ils ont fait !

— Vous n'aimiez pas vivre dans cette maison ? demanda Poirot.

— Oh, si, au départ, on a-do-rait. Dites-moi, messieurs, comment trouvez-vous le domaine de Kingfisher Hill jusqu'ici ? Je sais qu'il fait nuit et qu'on n'y voit rien, mais vous vous faites quand même une petite idée des lieux ? C'est le paradis, pas vrai ? Pour l'instant, on ne la voit pas, mais là-bas, il y a la piscine de Victor Marklew. Une splendeur ! Oh ça oui, c'est le paradis – et c'est la raison pour laquelle Verna et moi avons décidé de vendre et de passer à autre chose. Il n'y a rien de pire que d'habiter le jardin d'Éden avec la certitude qu'un jour, tout va fatalement partir à vau-l'eau. Si vous voulez tout savoir, c'est même devenu ma devise, en quelque sorte : ne laissez jamais personne bousiller votre paradis. Pas si vous avez votre mot à dire. Malheureusement, la plupart des gens n'y peuvent souvent rien. Mais dans bien des cas, c'est le contraire !

Il donnait l'impression de louvoyer entre espoir et accablement.

— Le domaine de Kingfisher Hill s'est dégradé depuis que vous avez vendu votre maison ? s'enquit Poirot.

— Voilà une question fascinante, monsieur Poyrow. Ah, oui, fascinante. Bon sang de bonsoir ! Disons que c'est en effet mon opinion et celle de ma femme Verna, et que nous sommes bien contents de ne plus être propriétaires par ici. Vous ne le répéterez pas à Sidney et à Lilian, n'est-ce pas ? Je ne voudrais pas qu'ils pensent avoir fait une mauvaise affaire. (Il rit.) Ils ne seraient pas d'accord avec moi, de toute façon. Sidney et moi sommes pointilleux, mais pas sur les mêmes choses – pas du tout les mêmes. Parfois, il aime ce que je déteste et j'aime ce qu'il déteste. Ça explique qu'on collabore à la perfection sur le Peepers : on a deux esprits très différents. Ce qui fait en fin de compte qu'on ne laisse rien au hasard, si vous voyez ce que je veux dire.

Je priai en silence pour qu'il n'entre pas dans les détails sur l'approche du jeu que lui et Sidney Devonport pouvaient bien avoir.

— Le plus marrant, c'est que Verna et moi sommes

tout le temps fourrés par ici, maintenant, à loger en tant que convives dans la maison qui était la nôtre, quand on rend visite à nos chers amis ! Et vous savez ce qui m'amuse le plus ? J'apprécie Kingfisher Hill plus aujourd'hui qu'au cours des mois qui ont précédé la vente de la maison à Sidney et Lilian. Maintenant que j'y suis invité, et que rien entre ces murs n'est *à moi*, je ne m'inquiète pas de ce qu'on esquinte mon paradis. J'apprécie ce qu'il y a à apprécier sans une once d'anxiété.

— De quoi aviez-vous peur ? demandai-je. Est-ce que l'immobilier s'est vendu à des gens peu recommandables ?

Godfrey Laviolette rit à gorge déployée.

— Qui sont les gens peu recommandables, monsieur Catchpool ?

— D'après moi ? Eh bien… les gens malhonnêtes. Je me dis qu'à cause du caractère très exclusif du domaine, avec ses murs et ses grilles…

— Vous vous dites que je dois faire le tri entre les gens recommandables et les gens peu recommandables ? Oh, non, pas moi ! Vous voulez savoir ce que je pense ? Je pense qu'on ne peut pas séparer les gens en catégories comme ça. On passe son temps à le faire, évidemment, mais c'est de la fainéantise. Si vous voulez avancer, il faut se concentrer sur l'individu – et vous seriez bien avisé de vous intéresser tout particulièrement à ce qu'il veut devenir demain, plutôt qu'à ce qu'il a été hier. Même les criminels, il ne faut pas les mettre tous dans le même sac. (Godfrey Laviolette commençait à s'exalter.) Certains nient leur crime jusque sur leur lit de mort, d'autres le confessent et tentent de se racheter.

Je me fis la réflexion que si Godfrey Laviolette était résolu à se fier à l'individu plutôt qu'au groupe, il n'y avait finalement rien d'étonnant à ce qu'il ait vendu Kingfisher Hill. Les rapports de voisinage dans un tel endroit n'avaient sans doute rien à voir avec ceux que l'on entretenait dans une rue lambda. Si vous rassemblez des gens et que vous les cloîtrez derrière des hauts murs, qu'ensemble ils ont en commun une piscine, des terrains de tennis et un parcours de golf… eh bien, même sur une superficie de près de 400 hectares, vous risquez d'obtenir un esprit communautaire que d'aucuns pourraient trouver étouffant. Je sais, à titre personnel, que le petit arrière-goût de «club privé» de ce genre de domaines n'était pas pour me plaire, pas plus que la mentalité qui allait avec.

Au bout de dix minutes de route, Godfrey Laviolette nous fit franchir une autre grille. Au bout d'une allée toute droite se dessinait un manoir trapu aux lignes assez disgracieuses. Deux réverbères robustes flanquaient l'allée qui menait à son entrée. Le dispositif avait des airs plutôt menaçants, comme si deux hommes de main postés de part et d'autre de l'allée étaient prêts à intervenir pour défendre les lieux.

À l'approche, je distinguai que le bâtiment n'était pas taillé d'un seul tenant tel qu'il m'avait semblé de prime abord. Il s'agissait davantage d'une structure à niveaux : d'abord un cube, suivi derrière d'un quadrilatère plus large, puis d'une troisième construction géométrique encore plus large à l'arrière-plan.

— *Home Sweet Home !* se réjouit notre chauffeur. Bienvenue à Little Key. Ou devrais-je dire : *ex-Home Sweet Home*.

Je poussai un petit grognement de circonstance, tandis que Poirot ne s'embarrassait même pas d'un rire ou d'un vague sourire.

— Messieurs, je dois l'admettre, poursuivit Laviolette : je fais cette boutade à chaque fois que je viens ici, que ce soit seul ou accompagné. Je dois renouveler mon stock de blagues – vous ne pensez pas, monsieur Poyrow ?

— La maison s'appelle Little Key ? éluda Poirot. C'est un nom intéressant.

— En effet – mais je n'y suis pour rien. Quand Verna et moi habitions ici, l'endroit s'appelait Kingfisher's Rest. Le nouveau nom est bien plus mystérieux, vous ne trouvez pas ? Little Key, *la petite clé*, voilà un nom qui recèle une atmosphère certaine.

— Donc, la famille Devonport…

— Le nom est tiré d'une histoire de Charles Dickens, à ce qu'on m'a dit : « une toute petite clé ouvrira une très lourde porte », et je peux vous assurer, monsieur Poyrow, que la porte de cette maison est en effet très lourde ! Bon, je compte sur vous : pas un mot du changement de nom de la maison à Sidney. Ni à Lilian.

— Mais c'est forcément eux qui ont choisi le nom de Little Key, après vous avoir acheté la demeure, non ? s'étonna Poirot.

Je songeai que Sidney et Lilian Devonport devaient bien connaître le nom de la maison, étant donné qu'une imposante plaque en pierre gravée des mots « Little

Key » parait le flanc droit de la porte d'entrée. Je tentai de trouver une raison plausible à l'injonction de Godfrey Laviolette pour que nous ne mentionnions pas le nom, mais aucune théorie valable ne me vint à l'esprit.

Au même moment, la porte d'entrée s'ouvrit sur un homme à la morphologie en pot à tabac, qui s'avança vers nous à grands pas, le sourire aux lèvres.

— Ah, voilà Sidney ! s'enthousiasma Godfrey Laviolette.

Peut-être me faisais-je des idées, mais j'avais l'impression qu'il était soulagé que notre conversation sur le nom de la maison ait été interrompue.

Une des premières choses que je remarquai chez Sidney Devonport, tandis qu'il me gratifiait de claques répétées dans le dos en guise de bienvenue, était que son sourire se révélait de plus en plus énigmatique à mesure qu'on s'y attardait. On aurait dit un masque : la bouche à moitié ouverte, la commissure des lèvres relevée, figée dans un instant révolu de grande jovialité qui n'était déjà plus de mise. J'étais en compagnie de cet homme depuis environ trois minutes quand je décrétai qu'il m'était impossible de fixer plus longtemps son visage fossilisé.

— Bienvenue, bienvenue ! claironna-t-il en assénant au dos de Poirot le même martèlement qu'il venait de m'infliger.

— C'est fort aimable à vous de nous inviter dans votre demeure de Kingfisher Hill... à Little Key, annonça Poirot en désignant la plaque en pierre.

Je jetai un coup d'œil à Godfrey Laviolette, qui

tressaillit imperceptiblement. Sidney Devonport ne laissa paraître aucune gêne et nous invita à franchir le seuil, en commentant que nous avions sans doute envie d'un verre, sans parler d'un repas chaud. Alors qu'il nous précédait à l'intérieur, cependant, son ordre des priorités changea et la conversation se porta sur le Peepers.

À dire vrai, je trouvai la suite tout bonnement stupéfiante. Sans doute Poirot, lui-même obsessionnel, eut-il moins de mal à comprendre ce qui se jouait. Comme nous débouchions dans le splendide hall d'entrée de la maison (avec son palier en balcon qui prenait naissance en haut d'un escalier en colimaçon pour s'enrouler sur quasiment 360°, et son immense chandelier qui ressemblait à un goulet d'avalanche en dagues de cristal tombant du ciel) à la fois Sidney Devonport et Godfrey Laviolette se mirent à parler à bâtons rompus, et en même temps (de sorte que par moments, il était impossible de distinguer quoi que ce soit) du Peepers et de son grand rival, le Monopoly. Devonport affirmait que le Peepers l'emporterait en raison de sa supériorité, tandis que Laviolette craignait que ses perspectives ne soient réduites à néant par la popularité croissante de l'autre jeu. Ils s'étendirent sans fin sur le sujet et j'eus la nette impression qu'ils devaient régulièrement mettre la querelle sur le tapis. De temps à autre, l'un des deux nous lançait un regard à Poirot ou à moi d'un air impatient, dans l'espoir qu'on vienne à sa rescousse, alors qu'un instant plus tard, ils donnaient l'impression d'avoir totalement oublié notre présence. Poirot offrit un éventail de bruits *ad hoc*, bien qu'impartiaux, et je fis de mon mieux pour donner l'impression que je partageais l'avis de celui qui m'avait adressé sa remarque en dernier. L'argumentaire n'en finissait plus, Devonport proclamant que les créateurs de l'autre jeu seraient bien avisés de le modifier avant qu'il ne soit trop tard, sans quoi les joueurs ne sauraient jamais s'ils faisaient l'apologie de l'accumulation des biens fonciers en tant que digne aspiration, ou s'ils adoptaient au contraire une position critique sur ledit monopole.

Laviolette rétorqua que le Monopoly (ou le Jeu du propriétaire foncier, tel qu'on le nommait parfois) avait d'ores et déjà connu des vagues d'inventeurs et de réinventeurs et que la moralité du jeu était celle qu'on voulait bien lui prêter. Cet embrouillamini n'avait rien fait pour entamer sa popularité. « Ah, répondit Devonport, mais cela ne veut pas dire qu'il faut inutilement compliquer le jeu du Peepers, dans l'espoir de s'attirer les faveurs du public. » D'autant plus que l'attrait indéniable de leur rival perdurait en dépit de son message nébuleux et certainement pas grâce à ce dernier.

Et ça n'arrêtait pas. Avant de faire la connaissance de ces deux hommes, jamais je n'aurais pensé qu'on puisse ergoter si longuement sur un jeu de société. À plusieurs reprises, je me demandai si cette mise en scène était un test ou un canular, mais elle s'éternisa dans un tel excès de zèle que c'était inconcevable.

Je manquai de pousser un cri de reconnaissance lorsque leur joute verbale fut interrompue par l'arrivée d'une femme voûtée au corps émacié. La peau pâle de son visage et de ses mains semblait aussi sèche qu'un papier fin qu'on aurait plié et déplié des centaines de fois, jusqu'à lui imprimer rides et plis. Elle avait de grands yeux gris et ses cheveux d'un gris plus prononcé encore – de la teinte de la limaille de fer – reposaient en un monticule ingénieusement perché sur le sommet de sa tête. Elle donnait le bras à un jeune homme d'environ trente ans. Appuyée lourdement sur lui, elle s'avança vers nous d'un pas traînant. Sidney Devonport se précipita pour soutenir son autre bras.

— Poirot, Catchpool, permettez-moi de vous présenter ma femme Lilian et mon fils Richard.

Je fus abasourdi d'apprendre qu'il s'agissait de son épouse. À la voir, elle aurait pu être sa grand-mère. Elle leva sur nous un regard vitreux et vide, et c'est à peine si elle nous salua.

Quant au jeune homme… c'était donc le fameux Richard Devonport. Il avait une petite silhouette trapue, les cheveux blonds et un visage large qui semblait engloutir l'ensemble de ses traits insignifiants. Il me serra la main en me gratifiant d'un regard éloquent qui me sembla exprimer à la fois de la peur et une mise en garde. Si j'avais pu, je lui aurais promis sur-le-champ de ne pas souffler un mot à propos de la lettre qu'il avait envoyée à Poirot, mais ce faisant je risquais de dévoiler notre jeu.

— Oh, ils sont là ? s'enquit au-dessus de nos têtes une voix méprisante à l'accent américain.

Nous levâmes les yeux. La silhouette d'une femme mince d'environ soixante ans à la chevelure auburn se détachait sur le palier. Avec son rouge à lèvres brillant, son rang de perles, sa robe de soie verte et ses chaussures à talons hauts dorées, elle était de loin la plus chic de toutes les personnes en présence. Néanmoins, sa posture semblait factice – comme si elle avait passé des heures devant un miroir à s'entraîner à incarner la perfection.

— Verna ! s'exclama Godfrey Laviolette en écartant les bras comme si elle allait se jeter dedans. Oui, ils sont bien là : M. Poyrow et M. Catchpool.

Je manquai de rectifier son « monsieur » en « inspecteur », mais je me souvins juste à temps que j'étais censé être dans les affaires et non dans la police.

— Messieurs, je vous présente Verna, l'amour de ma vie ! Ma chère et tendre, ma délicieuse épouse !

Godfrey Laviolette, au pied des marches, se livra à un moulinet du bras droit fort élaboré, vraisemblablement en signe d'enthousiasme, comme si l'arrivée de sa femme dans l'escalier était une occasion rare et privilégiée.

— Godfrey, ne mets donc pas ces pauvres hommes mal à l'aise, dit-elle en nous désignant d'un geste ample tandis que sa longue robe froufroutait à ses pieds comme le flux et le reflux d'une mer turquoise. Sommes-nous au complet ? Il ne manquait plus que moi ?

— Pas encore, rectifia son mari. Oliver a pris sa voiture pour aller chercher Daisy, qui a téléphoné dans une sorte d'urgence, à ce que j'ai compris. Apparemment, elle s'est mise dans le pétrin. Il a dit qu'il en aurait pour un moment.

— Oh, ça m'étonnerait qu'il en ait pour longtemps, contra Sidney. Ils seront là à temps pour le dîner, lequel sera de toute façon décalé, vu que…

Il s'interrompit, coula un regard en biais à sa femme et décida manifestement d'en rester là.

— Parce que quoi ? demanda Verna Laviolette d'une voix dans laquelle on sentait poindre l'énervement quelle que soit la réponse.

Sidney Devonport ne sembla pas se formaliser de son manque de politesse. Sans se départir de son masque souriant, il fixait à présent son fils du regard, et Richard lui adressa un léger hochement de la tête. Un accord tacite dut se conclure entre les deux hommes, car Richard s'interposa aussitôt devant Lilian, lui obstruant de la sorte la vue de son mari.

— Comment vous sentez-vous, Mère ? demanda-t-il. Je vais vous chercher un fauteuil ?

Le regard de Lilian, jusqu'alors perdu dans le vague, sembla prendre vie, comme si elle se retrouvait brusquement en position verticale au sortir d'un long sommeil.

— Ne commence pas à m'agacer, Richard, dit-elle. Pourquoi veux-tu qu'on m'apporte un fauteuil ici alors que je peux m'asseoir au salon ? Je me sens très bien, je te remercie.

Sa voix était étonnamment autoritaire et plus grave que de coutume pour une femme.

Pendant que Lilian était occupée avec Richard, Sidney tourna son attention vers Verna Laviolette et lui glissa en aparté «C'est Winnie», ou quelque chose comme ça – il est possible que j'aie mal entendu. En revanche, j'entendis clairement la suite de ses paroles : «Elle nous a valu des tas d'ennuis et il est hors de question qu'elle revienne, à présent. Elle est très contrariée.» Le dodelinement de sa tête me laissa penser que ce second «elle» était sa femme. Lilian était contrariée par une femme du nom de Winnie.

Auquel cas, pourquoi Sidney avait-il fait un signe à Richard pour qu'il occupe Lilian le temps d'expliquer le topo à Verna ? *A priori*, Verna avait conscience de son propre désarroi. Pourquoi ne pas en parler ouvertement devant elle ? Cette question faisait écho à celle que j'avais posée tantôt : pourquoi ne pouvait-on pas évoquer le nom de Little Key devant Sidney et Lilian Devonport alors qu'il apparaissait en toutes lettres à côté de leur porte d'entrée ?

Verna sembla enchantée d'avoir eu vent de l'intrigue. Le regard étincelant, elle commenta :

— Tu m'en diras tant, Winnie c'est fini. Comment allez-vous faire sans elle ? Quelle déconvenue ! ajouta-t-elle sur un ton qui voulait plutôt dire « Quelle aubaine ! »

Je me suis demandé si cette Winnie ne pouvait pas être la cuisinière ; à l'évidence, le retard du dîner était à imputer à son absence.

Sidney Devonport écarta la question triomphante de Verna d'un geste de la main, puis annonça d'une voix sonore qu'il était « partant pour un petit verre ». Ainsi, il signifiait à Richard qu'il était relevé de sa mission de diversion. Ce dernier sembla instantanément se désintéresser de la conversation avec sa mère.

Voilà qui n'était pas commun. Le plus déconcertant – et je ne cessai de me le rappeler parce qu'il n'existait aucune preuve extérieure pour l'étayer – était qu'une femme du nom d'Helen Acton, fiancée de Richard Devonport, allait prochainement être exécutée par pendaison pour le meurtre de Frank (frère de Richard et fils de Sidney et Lilian) alors que tout le monde se comportait comme si ces circonstances tragiques n'existaient pas. Personne n'avait l'air éploré, l'heure n'était pas particulièrement à la solennité, et pas une seule allusion, aussi prudente soit-elle, n'était faite à la terrible épreuve que traversait la famille Devonport. Certes, force était de constater que Lilian n'était pas en grande forme, alors qu'elle était probablement en mesure de marcher seule avant le décès de Frank, mais à part ça, tous donnaient l'impression de se retrouver pour une réunion familiale des plus banales.

Où Sidney Devonport puisait-il l'enthousiasme pour accueillir deux inconnus sous son toit et les entretenir sans fin d'un jeu de société, quand la promise d'un de ses fils n'allait pas tarder à se balancer au bout d'une corde pour le meurtre de son autre fils ?

S'ensuivit un débat sur l'endroit approprié où prendre l'apéritif. Le salon avait les faveurs de Richard Devonport et de Verna Laviolette, tandis que Godfrey et Sidney insistaient pour se rassembler dans la pièce qu'ils nommaient « le QG du Peepers ».

— Ah, oui, fit Poirot. Le quartier général de l'opération Peepers m'intrigue au plus haut point depuis de si nombreuses… depuis si longtemps !

Je souris par-devers moi, soupçonnant Poirot d'avoir été à deux doigts de dire « nombreuses années », avant de se rendre compte qu'il ne savait pas depuis combien de temps le jeu existait.

Sidney intima l'ordre à Richard de nous conduire à nos chambres, afin que nous prenions nos marques, puis de nous raccompagner au rez-de-chaussée. Le fils s'exécuta scrupuleusement, non sans raideur, tout en évitant soigneusement de croiser notre regard et en nous parlant le moins possible et, le cas échéant, d'un ton sec.

Poirot resta impassible devant les manières brusques de celui qui nous avait conviés en ce lieu. Il était occupé à fredonner une mélodie enlevée tout en lissant ses moustaches d'un noir moiré, songeant peut-être qu'il aurait tout le temps nécessaire pour interroger Richard Devonport ultérieurement. J'espérais bien me montrer exagérément pessimiste en craignant au contraire que Devonport ne soit jamais disposé à répondre à ses questions. N'avait-il pas déjà fait savoir qu'il attendait de Poirot que ce dernier résolve le meurtre de son frère et sauve sa fiancée de la potence sans souffler un mot à quiconque sur le sujet ? Voilà qui était suffisamment étrange en soi, or d'expérience, je savais que face à des faits étranges, il arrivait fréquemment qu'on parvienne à en déterrer d'autres, plus étranges encore, quand on s'en donnait la peine.

Il m'apparut soudain tout à fait possible que Richard Devonport ait souhaité s'inclure dans le groupe de personnes que Poirot n'avait pas le droit d'interroger franchement à propos de la mort de Frank. Comment allions-nous nous en sortir, si la seule perspective qui nous était offerte consistait à siroter des cocktails en parlant jeux de société ?

Après nous être débarrassés de nos affaires et avoir fait un brin de toilette, nous suivîmes Richard dans l'escalier.

— Et à présent, entrons dans le quartier général du plus grand jeu de société au monde ! s'exclama Poirot en partant au trot devant moi. Ah, le plus beau de mes rêves se réalise !

Je trouvai qu'il en faisait un peu trop, surtout qu'en cet instant, personne n'était là pour le voir, à part Devonport et moi.

Arrivé en bas des marches, je vis la porte d'entrée s'entrouvrir. Richard s'arrêta.

— Ce doit être Oliver ou Daisy, annonça-t-il sans grand enthousiasme.

Un homme pénétra dans le vestibule, entraînant dans son sillage un courant d'air froid, et retira son chapeau. Il était grand, d'une pâleur fantomatique, avec des cheveux taillés court à la brillance prononcée. Bien que vêtu de manière à la fois élégante et conventionnelle, il avait des allures de mauvais garçon. Il me fit penser à un bandit de grand chemin qui aurait eu des origines aristocratiques. Richard Devonport s'attela aux présentations : voici Oliver, Oliver Prowd, bon ami de la famille et fiancé à Daisy Devonport, qui était…

Sur le moment, je ne saisis pas la suite de sa phrase, même si à coup sûr, Richard se contentait de préciser que Daisy était sa sœur. C'est l'arrivée de Daisy en personne, quelques secondes après Oliver, qui m'empêcha de porter toute mon attention sur ses paroles.

Car je l'avais déjà vue. Et Poirot aussi. Bouche bée, nous affichâmes tous les deux la même incrédulité.

Daisy n'était autre que La Sculpture : la femme de l'autocar avec son livre, celle qui avait avoué un meurtre avant de nous jouer un tour et de prendre la poudre d'escampette à Cobham.

Que faisait-elle donc ici à Little Key ? Et pourtant

elle se tenait bel et bien devant nous, *l'ingénieuse créature*, à nous dévisager comme si elle venait de tomber dans un piège dont elle tentait de se dépêtrer rageusement.

7

Confession à table

— Que se passe-t-il, ma chérie ? demanda Oliver Prowd en se rapprochant de sa fiancée pour poser un bras sur ses épaules d'un geste protecteur.

Il veille sur son trésor, pensai-je, obnubilé que j'étais par l'image du bandit de grand chemin qui avait germé dans mon esprit.

— Daisy, on dirait que tu as vu un fantôme, renchérit son frère Richard. Ça ne va pas ?

Les deux hommes étaient si préoccupés par le changement de physionomie de la jeune femme qu'ils ne prirent pas garde à nos mines stupéfaites.

Daisy ouvrit la bouche, mais aucun mot n'en sortit. Elle regardait Poirot fixement comme si elle attendait qu'on lui souffle la réplique.

Ce dernier s'élança vers elle, la main tendue.

— Mademoiselle Daisy ! C'est un réel plaisir de faire votre connaissance. Je m'appelle Hercule Poirot – peut-être avez-vous entendu parler de moi, hein, et vu ma photographie dans les journaux ? Quelle surprise ce doit être pour vous de découvrir ma présence dans la demeure familiale ! Puis-je vous présenter mon ami, M. Edward Catchpool ?

C'était donc ainsi qu'il allait donner le change. Je lui emboîtai le pas, partant du principe qu'il avait de bonnes raisons de la jouer comme cela, et curieux de voir si Daisy allait se laisser entraîner dans cette mascarade. Elle me serra la main sans quitter une seule seconde le regard de Poirot.

— Donc, vous êtes Hercule Poirot ? s'enquit Oliver Prowd en s'avançant pour le saluer. (À Daisy, il souffla :) Chérie, c'est une vraie célébrité.

— Je sais, dit-elle d'un ton qui exprimait le dégoût. J'ai entendu parler de ses nombreux succès.

— *Merci bien*, répondit Poirot en français. C'est vrai, j'en ai connu beaucoup, précisa-t-il en faisant une courbette.

— J'imagine que vous n'êtes pas ici pour des raisons professionnelles, observa Prowd.

— Pourquoi veux-tu ? interrompit sèchement Richard Devonport.

— Justement. C'est exactement ce que je viens de dire : ce doit être un voyage d'agrément.

Les deux hommes échangèrent un regard lourd de sens.

Poirot fit semblant de ne rien voir et répondit :

— Vous présumez très justement, monsieur Prowd. Je m'octroie un petit congé pour venir visiter ce lieu de la plus haute importance.

— Importance ? cracha Daisy Devonport d'un air

renfrogné tandis que son frère et son fiancé échangeaient un nouveau regard entendu.

— Oui. Mon ami Catchpool et moi sommes de grands amateurs du Peepers !

Poirot négligeait le fait que j'étais censé m'intéresser exclusivement aux débouchés commerciaux du produit. À moins que je ne doive jouer sur les deux tableaux ? Un homme d'affaires désireux de sonder le potentiel de marché du Peepers, doublé d'un fan inconditionnel ? J'aurais bien aimé en être informé.

— C'est une vraie aubaine pour nous de pouvoir faire la connaissance des deux inventeurs de notre jeu préféré ! continua Poirot. Nous espérons en apprendre davantage sur les origines du Peepers dans les jours à venir, dit-il en insistant sur la fin de sa phrase.

Daisy comprit clairement le message : il aurait tout le temps nécessaire pour obtenir d'elle des aveux sur le meurtre qu'elle avait prétendument commis. Daisy retroussa ses lèvres en un rictus.

— Chérie, mais que se passe-t-il ? sonda son fiancé avec sollicitude.

— Ferme-la, Oliver, lui renvoya-t-elle d'un ton monocorde.

Toute sa physionomie dégageait un trop-plein d'émotions, pourtant elle ne semblait pas disposée à lui en consentir la moindre goutte.

— Allons retrouver les autres, stipula Richard en ouvrant la marche.

Derrière lui, mais devant Poirot et moi, Oliver Prowd tenta de rester à la hauteur de Daisy. Pour contrarier ses plans, ce fut en tout cas mon impression, elle ralentit le pas et finit par marcher à côté de moi.

Je comprenais son amertume, quand bien même je ne pouvais compatir. Si à bord de l'autocar déjà, elle avait su que Poirot était en route pour sa demeure familiale, elle serait restée muette comme une carpe. Le meurtre qu'elle lui avait avoué pouvait-il être celui de son frère Frank ?

Plus j'y pensais, plus cette possibilité me paraissait plausible. Après tout, Richard Devonport était convaincu de l'innocence de sa fiancée Helen, et il me semblait très improbable que Daisy Devonport ait été personnellement impliquée dans deux meurtres à la fois. En outre, quand je repensais à la conversation que Poirot m'avait relatée dans l'autocar, j'y discernais plus d'un indice : Daisy avait affirmé qu'elle aimait beaucoup l'homme qu'elle avait tué, mais que cet amour était très différent de celui qu'elle portait à son fiancé. L'amour fraternel n'était-il pas résolument différent de l'amour romantique ?

Toutes les pièces s'assemblaient à la perfection. Dans sa lettre adressée à Poirot, Richard Devonport avait précisé avoir occupé un poste au ministère des Finances, mais qu'il l'avait quitté récemment pour prendre en charge les affaires de son père. Et Daisy avait raconté à Poirot que le voleur qui avait escroqué Sidney Devonport était chargé de ces mêmes affaires. Sidney avait confié la gestion de son patrimoine à un fils – un fils qui avait trahi sa confiance et lui avait volé de l'argent –, puis, à la mort de Frank, à son deuxième fils Richard.

Si ma théorie était exacte, cela voulait également

dire que Lilian Devonport était en train de succomber à une maladie incurable. Ce qui expliquerait sa fragilité évidente.

Je n'en croyais pas notre bonne étoile. La simple coïncidence de faire le voyage dans le même autocar que Daisy Devonport… mais bien sûr, nous nous rendions à Kingfisher Hill, à la demande de son frère, et elle s'y rendait elle aussi car c'était son lieu de résidence. La seule vraie coïncidence était que Daisy s'était retrouvée à faire le voyage depuis Londres exactement au même moment que nous.

Et le plus inouï, songeai-je tandis que nous débouchions depuis un couloir sur un autre encore plus large et paré de miroirs, de peintures et de tapisseries, était le tempérament bien trempé de Daisy. La plupart des gens, découvrant qu'ils étaient assis à côté d'Hercule Poirot, n'oseraient pas avouer un meurtre en partant du principe qu'ils s'en tireraient à bon compte. J'en conclus donc que Daisy était une jeune femme particulièrement audacieuse et sûre d'elle. L'état émotionnel qui semblait actuellement être le sien abondait d'ailleurs en ce sens : loin de ressentir une terreur indicible, elle enrageait. La froideur figeait ses traits magnifiques et tout son visage exprimait la rancœur, mais aussi une grande détermination. J'eus le sentiment qu'elle pensait : *Les dés sont jetés !* Sa colère envers Oliver Prowd ne cessait de me fasciner. Son attitude me faisait dire qu'elle n'avait aucune intention de s'apitoyer sur son sort ni de se laisser choyer par son entourage : elle voulait qu'on la laisse tranquille pour pouvoir élaborer un plan d'attaque qui lui convienne.

129

Elle devait se demander, tout comme moi, combien de temps Poirot allait attendre avant d'annoncer à sa famille qu'elle lui avait fait des aveux et, ce faisant, qu'Helen Acton était innocente. Il pouvait à tout instant lever le voile sur la vérité – une fois que nous serions tous rassemblés au «QG du Peepers», par exemple.

Parbleu, mais bien sûr! Je me souvins tout à coup que Daisy avait fait allusion à un surnom ridicule lors de sa conversation avec Poirot. N'avait-elle pas dit que son père l'avait convoquée un jour dans la pièce à laquelle il donnait le sobriquet exaspérant de… quelque chose? Et puis aussitôt, elle s'était rattrapée et, pour protéger son anonymat, elle avait transformé la pièce de son récit en «son bureau». Bien évidemment, si à ce moment-là elle avait prononcé le nom de Peepers, ce seul indice aurait permis à Poirot de procéder à son identification.

À la place de Daisy Devonport, je ne serais pas tant en colère contre les autres que contre moi-même. Elle aurait aisément pu choisir de se taire. Au lieu de quoi, à cause de son exubérance irréfléchie, elle nous avait quasiment tout dit. Elle n'avait peut-être pas révélé le mobile de son meurtre, et je ne voyais absolument pas pourquoi la pauvre Helen Acton aurait choisi d'avouer un meurtre qu'elle n'avait pas commis, mais à l'allure où allaient les choses – et sans oublier que Poirot pétillait de bonne humeur (je le voyais sautiller au gré du couloir devant moi, à côté d'Oliver Prowd) –, je ne doutai pas un instant que toutes ces questions allaient bientôt être résolues et que le sujet du meurtre de Frank Devonport serait clos; une affaire rondement menée d'ici la fin de la soirée.

Seigneur, mais quelle chance ! Si Poirot n'avait pas menti à Daisy en lui disant que nous descendions à Cobham, elle n'aurait pas pipé mot sur cette affaire de meurtre. S'il lui avait annoncé que nous descendions à Kingfisher Hill, elle serait vraisemblablement restée sur son quant-à-soi ; elle aurait flairé le danger, quand bien même elle n'aurait pas eu la certitude que Poirot se rendait précisément à Little Key.

Nous arrivâmes enfin dans le QG du Peepers, où les autres nous attendaient, un verre à la main. Ils offraient un drôle de spectacle. Tout au fond de la salle, à côté d'une grande fenêtre, Godfrey et Verna Laviolette devisaient gaiement en compagnie de Sidney Devonport. Lilian Devonport était éloignée d'eux de plusieurs pas, face à la porte. Avachie dans son fauteuil, elle semblait à demi assoupie. À notre arrivée, elle se redressa et ouvrit les paupières. Elle nous regarda – c'est en tout cas ce qui me sembla au début. Puis, je m'aperçus qu'il convenait plutôt de dire qu'elle regarda à travers nous, comme si nous étions transparents. Elle ne prit pas acte de notre présence, ni par un sourire ni par un simple mot, pas plus qu'elle ne salua sa fille ou Oliver Prowd. Sa maladie avait vraisemblablement atteint un stade trop avancé pour qu'elle se plie à de telles mondanités.

La pièce dans laquelle nous nous étions rassemblés n'était pas tant un QG qu'un sanctuaire du Peepers. Trois versions dessinées du plateau de jeu étaient encadrées aux murs tandis qu'un quatrième modèle surdimensionné était exposé à plat sur une table au beau milieu de la pièce, entouré de piles inégales de disques figurant un œil. L'ensemble donnait l'impression distincte d'être sous surveillance. Les règles du jeu étaient exposées dans une vitrine, peintes en lettres bleues de style calligraphique sur une série de planches.

Je m'en approchai pour les consulter et mémoriser les préceptes de base, au cas où je serais appelé plus tard à faire montre d'un niveau plausible de familiarité avec le jeu. Hélas, les mots se mirent à danser devant mes yeux et leur sens resta parfaitement abscons. Je suis sûr que les auteurs des règles n'y étaient pour rien, mais j'avais beau me donner tout le mal du monde, j'étais incapable de me concentrer sur le Peepers. À la place, je sentais bien que mon esprit s'en retournait à l'énigme de Joan Blythe, la femme tourmentée de l'autocar. Je ne croyais pas plus à son histoire en cet instant que lorsqu'elle me l'avait racontée, toutefois je restais persuadé que quelque chose lui faisait vraiment peur – et peut-être était-ce véritablement la perspective d'être assassinée.

Pourtant, l'invraisemblance du récit qu'elle avait choisi de tisser continuait d'accaparer mon esprit… à savoir que le fauteuil contre lequel on l'avait mise en garde était voisin de celui de Daisy Devonport, qui de son propre aveu était une meurtrière…

J'en étais arrivé à ces considérations lorsque Richard Devonport me mit un verre entre les mains. Je le remerciai d'un ton de voix qui n'invitait pas à la conversation. Plus le temps passait et plus je trouvais tout ce décorum d'autant plus insupportable que je n'avais qu'une envie : m'asseoir avec un crayon et un papier et faire la liste des questions qui me taraudaient.

Richard me dévisagea avec curiosité, comme s'il aspirait à quelque chose qui n'était de toute façon pas de mon ressort. Il finit par tourner les talons. À côté de la fenêtre, Oliver Prowd et Verna Laviolette se plaignaient d'Alfred Bixby – de ses autocars bleu et orange vulgaires ; de sa suffisance ; de sa richesse dont tout le monde s'accordait à dire qu'elle provenait de quelque entreprise douteuse ; de son arrogance à baptiser sa compagnie « Kingfisher », comme s'il pouvait faire ce que bon lui semblait du nom du domaine alors que son utilisation abusive était susceptible d'avoir des retombées négatives sur les résidents concernés. S'ensuivit une discussion animée du « comité » sur l'éventualité de contraindre Bixby à modifier le nom de son entreprise.

Tout du long, Lilian Devonport resta dans son fauteuil, face à la porte, à nous tourner le dos. Comme si elle n'était pas dans la pièce. Daisy était assise toute seule dans un coin et buvait à grande lampées un verre qu'elle tenait des deux mains. Par moments, elle avait l'air effrayée, puis son visage dégageait de nouveau une expression assassine comme rarement il m'avait été donné d'en voir.

Poirot resta à bonne distance d'elle. Il se tenait entre Godfrey Laviolette et Oliver Prowd et s'appliquait à assaisonner la conversation de remarques divertissantes qui faisaient rire l'assemblée. Verna Laviolette rajustait sa posture toutes les vingt secondes, comme si un photographe l'exhortait à prendre des poses diverses et variées devant l'objectif. Elle me regardait, puis se tournait vers Daisy, puis vers Lilian, avant de s'émerveiller des traits d'esprit de Poirot.

J'avais clairement la sensation que Verna, contrairement aux autres, avait la tête ailleurs, bien que mon ressenti soit assez vague. Même Lilian et Daisy, malgré leurs avant-postes isolés, semblaient plus volontiers participer à la scène, même si c'était avec une certaine distance. Il y avait dans leur attitude une sincérité dont Verna était dénuée, tant elle semblait constamment sur ses gardes, alors même qu'elle n'avait manifestement aucune envie de passer inaperçue. Elle suivit à la loupe les déplacements d'Oliver Prowd et de Richard Devonport, qui l'un après l'autre firent l'effort d'aller demander à Daisy ce qui n'allait pas. L'intéressée les congédia d'un geste de la main comme des mouches intempestives. Sa réaction sembla contrarier Richard. Oliver n'en eut cure : il se contenta de hausser les épaules et de tourner son attention vers un auditoire plus affable. Sans doute était-il rompu aux sautes d'humeur de sa fiancée.

Verna suivit des yeux Richard qui, s'approchant de sa mère, engagea une brève conversation avec elle – à propos de l'horaire du repas, si tant est que mon ouïe ne me jouait pas des tours.

Je m'amusai un instant à imaginer que Verna était une espionne dépêchée par l'ennemi pour infiltrer l'opération Peepers. Et d'ailleurs, les inventeurs du Monopoly connaissaient-ils seulement l'existence du Peepers ou cette prétendue rivalité était-elle une vue de l'esprit ?

Sur ces entrefaites, une domestique maigrichonne vêtue d'un tablier trop ample apparut dans la pièce et annonça que le dîner était prêt. Lorsque nous nous retrouvâmes tous réunis les uns face aux autres autour de la grande table ovale de la salle à manger, le malaise commença à se faire sentir : difficile d'ignorer le regard vide de Lilian ou celui, assassin, que Daisy dardait sur Poirot. À ma droite, Richard Devonport ne cessait de s'agiter sur sa chaise.

La conversation aurait irrémédiablement tari si Oliver Prowd, alors que la domestique servait la soupe à la tomate, n'avait observé :

— Sidney, l'autre jour j'ai entendu quelque chose qui devrait fort vous intéresser. Et vous aussi, Godfrey. À Londres, la rumeur court que le Jeu du propriétaire foncier a été volé.

— Volé ? s'exclamèrent à l'unisson les deux inventeurs du Peepers.

Prowd opina du chef.

— Le détail de l'histoire était confus et j'étais pressé, alors je n'ai pas tout entendu, mais d'après ce que j'ai compris, ceux qui affirment avoir inventé le Jeu du propriétaire foncier auraient en réalité volé l'idée à quelqu'un d'autre – son créateur d'origine, quel qu'il soit. « Un scandale en sursis », voilà comment on m'a présenté l'intrigue.

— Dans ce cas, le succès du Peepers est assuré ! exulta Sidney Devonport.

Je le scrutai de près pour voir si son sourire allait s'étirer à l'annonce d'une si bonne nouvelle, mais il ne s'élargit pas plus qu'il ne s'étrécit. Son visage était littéralement inflexible. Peut-être y avait-il une explication médicale à ce phénomène : une attaque d'apoplexie, une crise d'épilepsie ?

Godfrey Laviolette objectait déjà d'un « Nous ne pouvons pas compter sur la malchance de nos rivaux pour… » lorsque sa femme lui coupa la parole.

— Cette soupe est froide comme la tombe, déclara-t-elle en regardant tout autour de la table pour s'assurer que tout le monde avait bien entendu. Je ne sais pas ce que Winnie… (Elle s'interrompit, plaqua la main sur sa bouche et souffla entre ses doigts:) Oh, je suis tellement navrée d'avoir évoqué Winnie. Elle n'est pas là, n'est-ce pas? Cette soupe n'est pas une mixture de son invention. Et où avais-je la tête? Je ne devrais pas parler de tombes! Oliver… Lilian… J'espère que vous me pardonnerez ma métaphore morbide.

Pendant plusieurs secondes, personne ne dit mot. L'atmosphère de la pièce s'était tendue d'un cran. Comme si, tout à coup, nous étions beaucoup plus serrés les uns aux autres. Je ne crus pas un seul instant que Verna était désolée d'avoir évoqué Winnie ou l'image d'une tombe. Même si je ne la connaissais pas, j'aurais parié qu'elle était le genre de femme à balancer des remarques bien senties dans le but de blesser ses interlocuteurs, pour pouvoir ensuite les assortir d'excuses tournées de sorte à s'exonérer de toute responsabilité dans la peine occasionnée. Ma mère était ce genre de femme, je connaissais donc bien le profil.

C'est Poirot le premier qui brisa le silence. Il s'éclaircit la voix puis annonça:

— Je partage votre avis, monsieur Laviolette. Compter sur l'échec de votre adversaire n'accélérera en rien la réussite du Peepers. Loin de là! Notre succès propre viendra de ce que…

— Vous êtes un imposteur, monsieur Poirot! s'écria Daisy Devonport en se levant brusquement.

Son frère Richard étouffa un cri, puis se ratatina sur

sa chaise. Verna Laviolette tenta, en vain, de réprimer un sourire.

— Daisy, ma chérie, mais que dis-tu ? s'exclama Oliver Prowd.

Daisy adressa sa réponse à Lilian Devonport.

— Mère, M. Poirot vous ment, à Père et à vous. Il est ici sous un prétexte fallacieux. Son ami n'est pas M. Catchpool, mais l'inspecteur Edward Catchpool, de la Metropolitan Police. L'un comme l'autre se fichent complètement du Peepers. Pensez-vous sincèrement qu'un détective de renom, sollicité comme il l'est forcément, perdrait son temps à parler avec de parfaits inconnus d'un vulgaire jeu de société ?

Un drôle de borborygme s'échappa de la bouche de Sidney Devonport.

— C'est la vérité, Père, continua Daisy. M. Poirot n'est pas ici parce qu'il admire votre précieuse invention. Il est ici en lien avec un meurtre non résolu – le meurtre de votre fils, mon frère, Frank. (Se tournant vers Poirot, elle ajouta à mots lents :) Même si le crime est à présent résolu, n'est-ce pas, monsieur Poirot ? Comme je vous l'ai dit lorsque j'ai fait votre connaissance dans l'autocar qui vous a conduit ici aujourd'hui : c'est moi qui ai tué Frank. C'est moi qui suis coupable de son meurtre.

Un chahut invraisemblable s'ensuivit : Sidney Devonport se redressa en titubant, et ce faisant envoya valser sa chaise. Il émit toute une série de gargouillis – un peu comme une bête sauvage qu'on aurait réduite en charpie – qui me donna envie de prendre mes jambes à mon cou. Lilian, qui enfin avait repris vie, étouffait de gros sanglots entre ses mains. Richard pivota vers moi et déclara :

— Dans ce cas, Helen est bel et bien innocente. Je savais qu'elle ne pouvait pas avoir tué Frank.

— Alors que tu n'as pas de mal à croire que j'aie pu le faire ? rétorqua Daisy en lui souriant.

Toute sa colère semblait s'être évaporée. Elle affichait un visage serein et une pleine maîtrise d'elle-même.

— Pourquoi aurais-je fait une chose pareille, Richard ? Tu sais à quel point j'aimais Frank.

Richard la dévisagea.

— Tu viens de dire que tu l'avais tué. J'ai mal compris ?

— Oui. En effet, je l'ai tué. Mais pourquoi ? insista Daisy d'un ton taquin, tout à fait seyant pour un jeu de société. Pourquoi pensez-vous que je l'ai tué, Père ?

Le visage de Sidney n'était plus qu'une mosaïque monstrueuse de pourpre et de blanc. On aurait dit qu'il s'étranglait tant il peinait à respirer. Godfrey Laviolette le ramena à la table, ramassa sa chaise et l'aida à se rasseoir.

— Je vais vous chercher de l'eau, Sidney.

Je ne pus m'empêcher de remarquer que Verna retroussait les lèvres en secouant la tête. Elle voyait d'un mauvais œil la sollicitude de son mari.

Oliver avait rejoint Daisy. Il la saisit par le bras :

— Mais ma chérie, qu'est-ce que ça veut dire ? Bien sûr que non, tu n'as pas tué Frank ! Tout le monde le sait bien. Allons, n'en parlons plus.

— Tout le monde croyait savoir, rectifia Daisy d'un ton léger. Tout le monde avait tort. Comme bien souvent.

Oliver relâcha son étreinte. Il pâlit et sa lèvre supérieure trembla.

— Daisy, que signifie cette comédie ? Pourquoi dis-tu une chose pareille ? Tu sais bien que c'est un mensonge.

— Pauvre Oliver, dit-elle. Tu vas pleurer ? Tu as peur de me voir pendue ?

— Pourquoi, mon amour ? murmura-t-il. Pourquoi maintenant, ce soir ?

Verna partit d'un rire.

— Donc c'est vrai ? Et vous étiez au courant, Oliver ?

— Quoi ? Non ! (Prowd tituba de plus belle.) C'est faux. Ce n'est pas possible. Je… J'ai vu Helen pousser Frank dans le vide !

Richard Devonport intervint :

— Nous devons prévenir la police sur-le-champ. Il faut leur dire qu'Helen est innocente. Tolérer l'exécution d'une innocente maintenant que nous savons la vérité serait parfaitement impardonnable. Inspecteur Catchpool, pouvez-vous téléphoner immédiatement à Londres et…

— La vérité ? coupa Daisy. Tu acceptes volontiers ma version de l'histoire, alors que tu n'es même pas capable de me donner une seule bonne raison qui expliquerait que j'aie pu tuer Frank.

— Je… je…, balbutia Richard à coups de gosier qui lui donnaient des airs de poisson ahuri.

Poirot n'avait pas bougé d'un iota. Il observait et écoutait la scène avec la plus grande attention.

— Attendez une seconde, intervint Verna Laviolette

en ne s'adressant à personne en particulier. Helen a avoué. Pourquoi prétendrait-elle avoir tué Frank si ce n'est pas le cas ?

— L'as-tu persuadée de mentir pour toi ? demanda Richard à Daisy.

— Non, pas du tout.

— Tu en es bien sûre ? On connaît tous tes pouvoirs de persuasion.

Daisy se tourna vers Sidney.

— C'est vrai ce qu'il dit, Père ? Je suis aussi persuasive qu'il le pense ? Mère ? (Elle s'avança jusqu'à Lilian et posa les mains sur ses épaules.) Mère, savez-vous pourquoi j'ai tué Frank ?

Un filet rouge s'écoula de la bouche de Lilian jusqu'à son menton. Au début, je crus qu'il s'agissait de sang, puis je me rendis compte que c'était de la soupe à la tomate. Je sentis un jet de bile refluer dans ma gorge. Je détournai promptement le regard.

— Ça suffit, tonna Sidney Devonport.

Son visage avait perdu ses marbrures pourpres et blanches pour se parer d'un cramoisi uniforme. Malgré la fureur qui fusait de sa voix et de son regard, son sourire restait imperturbablement ancré sur sa bouche entrouverte, comme si ses propres traits lui jouaient quelque farce grotesque.

— Monsieur Poirot, Daisy dit-elle vrai ? Êtes-vous un imposteur doublé d'un menteur ? Monsieur Catchpool – à moins que ce ne soit inspecteur Catchpool ? – votre intérêt pour le Peepers est-il le seul motif de votre visite ou avez-vous franchi le seuil de ma maison sous un faux prétexte ?

140

L'hôte jovial qui nous avait chaleureusement accueillis chez lui était méconnaissable. Je pris peur – même s'il ne manifestait aucune animosité physique à mon égard – et je priai pour que Poirot nous sorte de ce mauvais pas avant que tous les chiens de l'enfer ne jaillissent hors de Sidney Devonport et nous anéantissent. Car cette possibilité semblait bien réelle.

Fort heureusement, mon ami accourut à mon secours.

— Monsieur Devonport, je vous dois des excuses. Oui, Mlle Devonport dit vrai. Je n'ai pas été tout à fait sincère dans mes échanges avec vous. La faute me revient entièrement – je vous prie de ne blâmer en rien l'inspecteur Catchpool ici présent. Lorsque nous sommes partis pour Kingfisher Hill cet après-midi, il ignorait tout des raisons de notre voyage. J'avais agi dans le plus grand secret. Permettez-moi d'ajouter que bien qu'ayant eu recours à un subterfuge, il n'en est pas moins vrai que j'ai la plus grande affection et admiration pour le merveilleux jeu de société que vous-même et M. Laviolette avez…

— Silence ! rugit Sidney Devonport.

Tout le monde battit en retraite. S'ensuivit un feu roulant de questions formulées par Sidney d'une voix tonitruante. Il exigea que Poirot lui répète précisément ce que Daisy lui avait confié à bord de l'autocar. Mon ami se livra une fois encore à un « subterfuge », et raconta que Daisy avait avoué le meurtre d'« un homme qu'elle aimait », sans lui en révéler davantage. Je remarquai non sans intérêt que Daisy ne corrigea pas Poirot sur ce point. De fait, tous deux – le détective et la meurtrière passée aux aveux – s'étaient lancés de connivence dans une sorte de conspiration visant à tromper Sidney Devonport. Ce qui faisait de moi leur associé.

Ensuite, Sidney insista pour que Poirot lui dise si Daisy nous avait convoqués l'un et l'autre à Little Key afin que nous soyons les témoins de ses aveux publics devant la famille rassemblée – était-ce ainsi que le meurtre de Frank était arrivé aux oreilles de Poirot ? Sans quoi, comment avait-il bien pu avoir vent de l'affaire, étant donné que le dossier était officiellement classé et que la coupable était appelée, de manière imminente, à payer son crime au prix fort ?

À côté de moi, Richard Devonport se raidit. Je ressentis sa peur aussi intensément que si elle s'imprégnait dans l'air pour s'immiscer dans mon cœur : son père ne devait jamais apprendre que c'était lui qui nous avait invités. L'urgence de cette promesse ne m'échappait pas : je comprenais à présent pourquoi ce pauvre gars avait une peur bleue de son père. Si je trouvais cette facette de Sidney Devonport cauchemardesque à côtoyer, j'imaginais à peine l'enfer de ceux qui vivaient sous son toit depuis leur naissance.

Daisy écouta la diatribe de son père sans broncher. De bout en bout, elle resta d'un calme olympien, sans jamais se départir de son air d'autorité – comme si chaque tête de pipe jouait son rôle exactement tel qu'elle l'avait escompté. Lilian, Godfrey et Verna semblaient figés dans une résolution conjointe à ne pas ciller jusqu'à ce que l'orage soit passé.

Poirot continua ses explications, en revenant sur le fait que sa rencontre avec Daisy à bord de l'autocar de Londres était purement fortuite. Le meurtre de Frank

Devonport, les aveux d'Helen Acton et l'exécution imminente de cette dernière avaient été portés à son attention par «une connaissance de Catchpool et de moi-même qui travaille dans les forces de l'ordre». J'entendis Richard Devonport pousser un soupir de soulagement.

Sidney s'en prit à Daisy et lui demanda pourquoi, puisqu'elle était dans l'autocar à destination de Kingfisher Hill, elle n'était pas restée jusqu'à son terminus. Pourquoi, à la place, était-elle descendue à Cobham, obligeant Oliver à sortir l'automobile pour aller la chercher?

— Après tout ce que je viens de vous dire, c'est la première question qui vous vient à l'esprit? Vous êtes plus intrigué par l'organisation de mon voyage que par les raisons qui m'ont poussée à tuer votre fils?

— Tu n'as pas fait une chose pareille! tonna Sidney. (Puis, prenant Poirot à partie:) Quelles inepties! Vous voyez aussi bien que moi qu'elle affabule. Je ne comprends pas qu'elle profère un tel mensonge pour nous tourmenter, sa mère et moi, mais je ne vois pas comment appeler cela autrement – c'est un fieffé mensonge! Helen Acton a tué Frank et elle sera exécutée pour ce meurtre! Quant à la police... personne ne la préviendra et personne ne la fera intervenir ici.

Il braqua sur moi son regard menaçant. Je fis de mon mieux pour prendre l'air non interventionniste de celui qui n'est au courant de rien. J'ignorais si je parvenais à obtenir l'expression faciale la plus susceptible de dissuader Sidney Devonport de me houspiller, mais en tout cas, je m'y employai.

— Vous m'entendez ? Personne ! m'aboya-t-il dessus comme un chien sauvage.

La salive fusait de sa bouche. Fort heureusement, je me tenais suffisamment loin pour être épargné. Une fois encore, il se tourna vers Poirot.

— Vous aurez l'amabilité d'ignorer les mensonges de Daisy et de quitter immédiatement cette maison. Richard va vous reconduire jusqu'à Londres, vous et votre… espèce de lèche-bottes hermaphrodite. Richard, fais ce que je te dis – sur-le-champ. Que ces deux canailles sortent de chez moi !

C'est ainsi que vingt minutes plus tard, après avoir bouclé nos bagages à la hâte, Poirot et moi nous retrouvâmes à bord d'une automobile conduite par Richard Devonport, dont les phares perçaient la pénombre pour nous exfiltrer du domaine de Kingfisher Hill.

Les mots « lèche-bottes hermaphrodite » – de loin le pire affront que j'aie eu à essuyer – résonnaient dans ma tête tandis que j'attendais que Poirot interroge notre chauffeur. Pour l'heure, il avait l'air de se contenter du silence, si bien que c'est Richard qui prit la parole en premier :

— Il ne peut pas vous en empêcher.

— Pardon, monsieur ? fit Poirot.

— Mon père. Moi je suis obligé de lui obéir au doigt et à l'œil, mais il n'a aucune emprise sur vous – sur aucun de vous deux. Vous devez faire le nécessaire pour qu'Helen soit remise en liberté. Inspecteur Catchpool, je vous en conjure.

Je ne dis rien. En cet instant précis, je ne me sentais

enclin à faire le nécessaire pour strictement aucun membre, ami ou associé de la famille Devonport. J'étais éreinté, une fois encore je mourais de froid et j'avais l'estomac effroyablement vide : depuis le Tartar Inn, à peine avais-je avalé quelques maigres cuillerées de soupe à la tomate tiède. C'est donc dans le silence que je me représentai un gigot d'agneau bien chaud sorti du four et badigeonné de sauce à la menthe. Voilà précisément ce que j'allais demander à Mme Unsworth, ma logeuse, sitôt arrivé chez moi.

— Ce n'est pas si simple, mon ami, répondit Poirot à Richard Devonport comme je restais mutique. Votre Helen a avoué ce meurtre, n'est-ce pas ? Elle a été reconnue coupable et condamnée à mort. Ce ne sera pas aussi facile de faire marche arrière.

— Êtes-vous en train de me dire que vous avez l'intention de… ?

— Mon intention est de m'adresser aux bonnes personnes et d'attirer leur attention sur ce rebondissement : il existe désormais un second aveu concernant le meurtre de Frank Devonport. Je m'entretiendrai également avec Mlle Helen à la première occasion. Dites-moi… pensez-vous qu'elle puisse décider, en fin de compte, qu'elle est innocente du crime, une fois qu'elle aura appris que Mlle Daisy a avoué ?

— Je ne sais pas, dit Richard d'un air grave. Je l'espère sincèrement. Mais si… ?

Sa question resta en suspens.

— Mais si elle ne désavoue pas sa première déposition qui la désigne comme coupable ? compléta Poirot. Eh bien, alors les choses se corsent. Avec un peu de

145

chance, et mon intervention, il devrait être possible de retarder la procédure judiciaire. Cela donnera bien évidemment lieu à une enquête, visant à asseoir la vérité. Puis-je vous poser une question, monsieur Devonport ?

— Allez-y.

— Pensez-vous que votre sœur soit une meurtrière, ainsi qu'elle le proclame ?

Richard ne répondit pas immédiatement. Près d'une minute s'écoula avant qu'il ne reprenne la parole :

— Jamais je n'aurais envisagé une chose pareille, mais je n'affirmerais pas que c'est impossible. Daisy ne se comporte pas comme la plupart des honnêtes gens. Si vous voulez la vérité, elle m'est parfaitement incompréhensible. Avec Oliver, son petit toutou en adoration devant elle, et avec moi, elle est tout miel une minute et d'une muflerie sans fond la suivante, sachant qu'elle s'en tirera toujours à bon compte. Mais la manière qu'elle a eue de parler à mes parents à table… Si je n'avais pas vu la scène de mes propres yeux… (Il secoua la tête d'un air incrédule.) Toute sa vie, elle les a traités avec une déférence et un respect profonds, même dans les moments où ils ne méritaient pas tant. Elle n'avait pas le choix ! Elle a toujours craint leur réprobation et leurs menaces de châtiment autant que moi-même je les crains – encore aujourd'hui. Ils étaient les seuls individus, la seule force sur terre capables de la freiner. Mais après son coup d'éclat de ce soir… Soudain, elle était en position de domination et c'étaient eux, les victimes. C'était tout bonnement extraordinaire. (Dans sa voix, l'admiration se mêlait au ressentiment. Après une pause, il ajouta :) J'imagine que c'est logique, quand on réfléchit.

— C'est-à-dire ? interrogea Poirot.

— Elle avoue le meurtre alors qu'elle est assise à côté de vous dans un autocar et qu'elle ignore que vous descendez à Kingfisher Hill. À l'évidence, elle cherche le parfum du scandale. Elle adore choquer, être au centre de l'attention. Elle est convaincue que ses aveux n'auront aucune conséquence néfaste pour elle. Puis elle arrive à la maison et tombe nez à nez avec vous. Elle se dit que rien ne vous empêche de nous raconter qu'elle vous a avoué un crime. Elle se rend compte que son père pourrait découvrir que c'est elle et non pas Helen qui a assassiné son fils préféré. Cette certitude l'arme d'une bravoure exceptionnelle – ou irréfléchie, selon le point de vue. Elle refuse de subir l'humiliation de passer pour une faible devant toute la famille – ma sœur est très vaniteuse –, donc elle avoue avant que vous n'ayez l'occasion de l'incriminer.

— Vous avez peut-être raison, observa Poirot. Quand ce que l'on craint depuis longtemps devient inéluctable, il nous vient parfois des trésors de courage que l'on ignorait posséder.

— Ce n'est pas mon cas, marmonna Richard Devonport. Ma sœur avoue le meurtre de mon frère et je me retrouve pétrifié à l'idée que mon père apprenne que c'est moi qui vous ai invités à Little Key.

— Il n'est pas nécessaire qu'il le sache, le rassura Poirot.

— Merci. Vous ne savez pas à quel point je vous suis reconnaissant pour votre aide. Vous aussi, inspecteur Catchpool. Et malgré tout ce que j'ai pu dire sur Daisy, sincèrement, je ne la vois pas tuer qui que ce soit. Il doit y avoir une raison alambiquée qui explique son comportement. Avec elle, rien n'est jamais simple.

— Néanmoins, vous souhaitez que je m'appuie sur ses aveux pour obtenir la relaxe de Mlle Helen ?

— Je suis convaincu de l'innocence d'Helen.

— Comment pouvez-vous en être sûr ?

— Allez lui parler, vous aurez la même impression. Elle n'avait aucune raison de désirer la mort de Frank. Absolument aucune. Elle… elle l'aimait beaucoup.

— Supposons un instant que ces deux femmes soient innocentes : votre sœur et Helen Acton. Cela signifie que quelqu'un d'autre a tué Frank, n'est-ce pas ? Qui, à votre avis, serait coupable ? Qui avait une bonne raison de le faire ?

— Je n'en sais rien ! Personne. (Sa réponse avait fusé un peu rapidement.) Ce sont les innocentes qui m'inquiètent. Je ne veux pas qu'Helen ou Daisy soient exécutées et je ne pense d'ailleurs pas que cela soit inéluctable.

— Qu'entendez-vous par là ? demandai-je.

— Si deux personnes avouent le même meurtre, que les deux insistent sur leur culpabilité – à l'exclusion de tout autre – et qu'il n'y a aucun témoin, dans ce cas, il semble évident que personne ne peut encourir la peine de mort, déduisit Richard Devonport.

Le soulagement net dans sa voix laissait entendre que cette issue avait ses faveurs, sans aucune considération pour le fait que la victime n'était autre que son propre frère.

— Chaque aveu viendrait invalider l'autre et il n'y aurait aucun moyen de découvrir ce qui s'est réellement passé. Ce serait tout bonnement impossible.

8

La chronologie

Deux jours plus tard, Poirot et moi étions dans le village de Chiddingfold en train de prendre le thé dans la demeure de l'inspecteur Marcus Capeling, de la police du Surrey. Nos recherches nous avaient appris que Capeling avait été chargé de l'enquête sur le meurtre de Frank Devonport à l'époque des faits. Il s'était montré volontiers disposé à nous rencontrer et, dès notre arrivée, s'était révélé fort sympathique. Je notai d'emblée qu'il avait l'air bien trop jeune pour être inspecteur de police.

C'est son épouse qui nous ouvrit la porte, avec une joie que je trouvai quelque peu excessive, mais je compris bientôt quelle en était la cause. Elle était de ces femmes qui déploient devant vous des assiettes garnies de toutes sortes de petites douceurs faites maison et qui parviennent à vous persuader de vous sustenter à vous en faire crever la panse. Poirot et moi n'étions pas tant des convives que les dépositaires indispensables de son avitaillement débridé.

Par chance, juste au moment où je me laissais tenter par un troisième scone aux fruits, une voisine fit irruption dans le salon des Capeling pour annoncer que bébé Dunbar – «un vrai chérubin» – acceptait désormais les visites et Mme Capeling s'en fut précipitamment avec une telle quantité de parts de gâteau, qu'elle alarmerait tout nouveau-né sensé.

Une fois les deux femmes parties, Poirot se tourna vers Capeling.

— Parlez-nous du meurtre de Frank Devonport. Sans omettre le moindre détail, je vous prie.

Nous lui avions déjà décrit scrupuleusement notre voyage depuis Londres, ainsi que notre bref séjour à Kingfisher Hill. Capeling s'était exclamé : «Ça m'sidère !» un nombre incalculable de fois.

— Savez-vous qu'Helen Acton a avoué le meurtre immédiatement ?

— Je sais qu'elle a avoué, rétorqua Poirot. J'ignorais qu'elle l'avait fait aussitôt.

— Ah ça oui. Comme a pu l'observer un de mes agents à l'époque : «Elle était occupée à avouer que le corps du pauvre Frank était encore chaud.» Elle n'a pas démordu de son histoire depuis. Et elle ne va pas tarder à en payer le prix fort. (Capeling se frotta le menton, sourcils froncés.) Si c'est bien elle qui a commis le crime. Maintenant que Daisy Devonport a fait des aveux, je commence à me demander si je n'avais pas raison depuis le début. Sauf que Daisy… (Il secoua la tête.) J'ai du mal à croire qu'elle ait pu tuer son frère, mais cela étant, ce n'est pas facile de la cerner – c'est sans doute la plus fascinante de tous les Devonport – et il m'est déjà arrivé de me tromper, monsieur Poirot. Très, très souvent, dans la vie de tous les jours comme au travail.

Il avait proclamé cette affirmation d'une mine parfaitement enjouée. Il n'avait manifestement pas l'air de faire grand cas de ces multiples erreurs, tant personnelles que professionnelles.

— Mes sincères condoléances, mon ami. Ce doit être une expérience fort déplaisante.

— Oh, fit Capeling en haussant les épaules. Vous me dites avoir informé le ministère de l'Intérieur des derniers rebondissements ? De l'aveu de Daisy Devonport, je veux dire.

— Oui, j'ai contacté mes amis là-bas, acquiesça Poirot. C'est le premier arrêt que j'ai fait à mon retour à Londres.

— Ah. Je pose la question parce que… eh bien, on ne m'a rien dit.

— Tout est sous contrôle, l'assura Poirot. L'exécution d'Helen Acton va être reportée et une nouvelle enquête sur le meurtre de Frank Devonport va s'ouvrir. J'ai bien peur que pour une raison que vous n'aurez aucun mal à comprendre…, conclut-il avec tact.

— Oh, tout à fait. Bien sûr, souffla Capeling d'un air soulagé. J'imagine que l'Intérieur va mandater Scotland Yard ? La famille Devonport… disons que ce ne sont pas les premiers venus. L'affaire nous a été confiée, à la police locale, uniquement parce qu'elle semblait limpide – jusqu'à ce que nous fassions la connaissance des protagonistes, bien entendu. En confiant le dossier à la police du Surrey, on pensait éviter de nuire à la réputation de la famille. Laisser la presse londonienne en dehors de tout ça, vous voyez.

— En effet, acquiesça Poirot. Cependant, à présent que ce meurtre résolu est de nouveau un meurtre non résolu, c'est bien Scotland Yard qui va prendre le relais.

Sur ce, il fit un geste exubérant dans ma direction, tel un magicien exaltant la matérialisation d'un objet qu'il avait plus tôt réussi à faire disparaître.

— L'inspecteur Catchpool dirigera l'enquête et je ferai de mon mieux pour l'aider, n'est-ce pas, Catchpool ?

— C'est à peu près ça, acquiesçai-je.

Nous savions l'un comme l'autre que l'inverse exact allait se produire. À vrai dire, j'aurais aimé que Poirot se voie confier la charge officielle du dossier et que toutes les personnes concernées le sachent. Je n'avais aucune envie de retourner à Little Key, où j'allais devoir brandir mon badge de Scotland Yard et expliquer aux Devonport qu'après m'avoir expulsé *manu militari* de chez eux, ils n'avaient désormais d'autre choix que de m'accueillir et de répondre à mes questions importunes. Le fait d'être accompagné de Poirot, mon acolyte de jeu, ne contribuerait en rien à détendre l'atmosphère. Sur la route de Chiddingfold, j'avais fait valoir tous ces arguments à Poirot, qui les avait écartés d'un revers de la main en me taxant d'un pessimisme intempestif.

— Tout va bien se passer, mon cher. Ayez confiance en Poirot, qui ne vous a jamais déçu.

Et voilà qu'il annonçait à Marcus Capeling :

— Inspecteur, vous venez de dire que vous aviez

peut-être raison depuis le début. À quel propos ? Doutiez-vous de la culpabilité d'Helen Acton, quand bien même elle était passée aux aveux ?

— Non. Pas au début. Elle restait campée sur ses positions, alors je me suis dit... ma foi, pourquoi risquerait-elle sa peau si elle était innocente ?

— Néanmoins, votre première conviction était effectivement son innocence.

— Oui, j'en ai bien peur.

— Qu'est-ce qui vous fait dire cela ?

— Pour commencer, sa peine était évidente après la tragédie. Si vous aviez été là, monsieur Poirot, je suis sûr que vous auriez pensé la même chose. Jamais de ma vie je n'avais vu exemple plus probant d'une femme qui aurait tout donné pour que l'homme qu'elle aimait soit encore de ce monde.

— L'homme qu'elle aimait ? répéta Poirot en se penchant en avant. (Sur ce, il se mit à débiter à toute allure :) Voulez-vous dire plutôt le frère de l'homme qu'elle aimait ? Elle est fiancée à Richard Devonport, je ne me trompe pas ? Richard Devonport est encore de ce monde.

Capeling écarquilla les yeux.

— Non, non, monsieur Poirot. Aujourd'hui, Helen Acton est fiancée à Richard Devonport, en effet. Mais c'est arrivé après, après la mort de Frank.

Poirot et moi échangeâmes un regard. Nous n'en croyions pas nos oreilles. Les yeux de mon ami brillaient d'un vert encore plus vif qu'à l'accoutumée – on aurait dit deux émeraudes sous une lumière éclatante, alors que le petit salon des Capeling était chichement éclairé. Souvent, les gens ne me croient pas quand je leur décris la transformation qu'opère le regard de Poirot aux moments clés du processus d'élucidation dont il est si friand, pourtant c'est la stricte vérité. J'ai été plusieurs fois témoin du phénomène : ses yeux revêtent une lueur aigue-marine étrange, comme s'ils brûlaient d'un feu intérieur.

Après m'être éclairci la gorge, j'interrogeai Capeling :

— Êtes-vous en train de nous dire qu'Helen Acton et Frank Devonport étaient, ma foi… quoi, précisément ?

— Eh bien, à la mort de Frank, ils étaient fiancés et allaient se marier, répondit l'inspecteur. Au dire de tous, ils étaient inséparables et follement amoureux. Toute la famille s'accorde là-dessus.

— Et à quel moment Richard Devonport entre-t-il dans le tableau ? demandai-je.

Capeling secoua la tête.

— C'est ça le plus bizarre. Voyez-vous, avant la mort de Frank, Helen Acton ne connaissait pas Richard Devonport. Et lui non plus ne l'avait jamais vue.

— Et pourtant, ils ont fini fiancés ? releva Poirot d'une voix qui faisait écho à ma perplexité. Le tout après qu'elle avoue le meurtre de son frère ?

— Oh, c'est encore plus curieux que cela, monsieur Poirot. Il y a tellement de points qui restent incompréhensibles, je ne sais même plus par quel bout prendre les choses. Voyez-vous, avant de présenter Helen comme étant sa fiancée, Frank avait été longuement brouillé avec sa famille – ce que Daisy vous a raconté. Vous connaissez l'histoire. Il s'est servi dans les caisses afin d'aider un ami dans le besoin. J'imagine que Daisy a dû vous dire le nom de l'ami en question ? L'homme qu'elle compte épouser : Oliver Prowd.

Dans ma tête, je traçai de nouveaux liens qui rattachaient les Devonport aux divers membres de leur cercle. J'avais déjà esquissé mentalement un nouveau trait qui allait d'Helen à Frank, et qui faisait de lui non seulement son beau-frère assassiné, mais aussi son presque mari assassiné. À présent, j'ajoutai une nouvelle ligne à mon schéma imaginaire, qui reliait Oliver Prowd directement à Frank Devonport. Désormais, Prowd ne se contentait plus d'être le fiancé de Daisy Devonport ; soudain, il était propulsé au rang d'ami proche de Frank Devonport et de récipiendaire de l'argent volé. Ce qui voulait dire…

Mon esprit se brouilla, et tout s'effaça. Malgré l'excès de scones qui avait lourdement altéré mes capacités de déduction, je finis par reprendre le fil de ma pensée : ce qui voulait dire que Daisy Devonport, selon ses propres dires, avait à la fois assassiné son frère, Frank le voleur, et choisi d'épouser son complice, à savoir le bénéficiaire du crime.

Pourquoi Daisy irait-elle tuer l'un des responsables du vol avant de consentir à épouser l'autre ? À moins que le mobile du meurtre de Frank n'ait rien à voir avec l'argent dérobé ? Je me rappelai néanmoins qu'il était tout aussi vraisemblable qu'elle n'ait pas du tout assassiné Frank et qu'elle ait menti sur toute la ligne.

— Ah, ainsi vous ne saviez pas qu'Oliver Prowd était l'ami pour lequel Frank Devonport avait dérobé l'argent ? s'enquit Capeling.

— Non. Je vois que Richard Devonport nous a livré

155

très peu d'informations. Il s'est gardé de nous dire qu'Helen Acton allait épouser son frère au moment du meurtre de ce dernier. (Il secoua la tête.) Malgré son invitation requérant l'aide urgente de Poirot, M. Richard semble désormais juger ce concours superflu. À présent qu'il existe deux aveux contradictoires, il est persuadé que personne ne sera condamné pour le meurtre de son frère. Alors il ne se sent plus dans l'obligation de me fournir les informations d'usage. Il prétend ne pas savoir pourquoi quelqu'un pouvait souhaiter la mort de Frank. Pourtant, quelqu'un l'a bel et bien tué !

— Jusqu'ici, la réponse du ministère de l'Intérieur laisse penser que Richard Devonport n'a pas tout à fait tort dans sa vision des choses, précisai-je à l'intention de Capeling. L'exécution d'Helen Acton a été différée – et si Daisy Devonport et elle continuent à maintenir leurs versions respectives, elle risque d'être annulée, purement et simplement… (Puis, m'adressant à Poirot, je poursuivis :) Dites donc, et si elles souhaitaient toutes les deux la mort de Frank et qu'elles avaient élaboré toute cette intrigue à l'avance, sachant qu'en avouant de concert, elles se protégeraient mutuellement ?

— Oh, Catchpool. Je vous prie de bien vouloir réfléchir avant d'avancer des théories farfelues. À vous entendre, vous venez de rejoindre les rangs de la police et vous n'avez pas encore suivi de formation. Avez-vous oublié tout le mal que Daisy Devonport s'est donné pour dissimuler son nom et son identité – sans oublier sa destination – quand je l'ai rencontrée ? Elle n'a jamais eu l'intention de voir ses aveux arriver aux oreilles de la police ou du ministère de l'Intérieur à temps pour sauver la vie d'Helen Acton.

En mon for intérieur, je me demandai pourtant : *Et si Daisy était plus intelligente qu'on ne le croyait ?*

— Quel genre d'homme demande en mariage la femme qui a assassiné son frère ? demandai-je à Marcus Capeling.

— Un homme qui croit en son innocence, je suppose, fut sa réponse.

Je me tournai vers Poirot.

— Sidney Devonport, pour le coup, est absolument convaincu de la culpabilité d'Helen Acton. Quant à Richard, il est clairement terrorisé par son père. Il se recroqueville dès que Sidney ouvre la bouche, il obéit au doigt et à l'œil au moindre de ses caprices…

— Où voulez-vous en venir, mon ami ?

— Est-ce à dire que Sidney n'a aucune objection à ce que Richard soit fiancé à Helen Acton ? Ou que Richard est prêt à lui tenir tête à ce sujet en particulier alors qu'il continue à s'incliner devant lui sur tous les autres ?

— À ce stade, nous n'en savons pas suffisamment sur les membres de la famille Devonport et les relations qu'ils entretiennent, contra Poirot. Il est trop tôt pour se livrer à de telles suppositions.

— Avez-vous entendu parler du père d'Oliver Prowd ? demanda Capeling. Il s'appelait Otto.

— Mlle Daisy l'a évoqué, mais sans donner son nom. Il jouait un rôle dans l'histoire qu'elle m'a racontée.

— Ce n'était pas uniquement pour Oliver Prowd que Frank Devonport a volé tout l'argent, continua Capeling. C'était aussi pour son père, Otto, un vieillard malade. Le père et le fils s'étaient retrouvés ruinés après la légère déconvenue de la bourse. Frank voulait les aider tous les deux. À la mort d'Otto, Oliver était de nouveau un homme riche – et tout ça grâce à Frank Devonport. Lui et Oliver avaient investi l'argent volé et fait fortune. Otto a pu vivre ses derniers instants à l'abri du besoin. Il est mort sachant qu'Oliver n'aurait plus de soucis d'argent pour le restant de ses jours. Enfin, à moins qu'il ne prenne des décisions imprudentes. (Capeling agita soudain son index en observant avec regret:) Ce qu'il ne faut jamais négliger, quand il est question d'argent.

On aurait presque dit qu'il parlait d'expérience.

— Daisy Devonport était-elle fiancée à Oliver Prowd quand son frère Frank est mort? demanda Poirot.

Capeling opina.

— Elle l'était, en effet. Mais pas depuis longtemps, je dirais. Quelques semaines, tout au plus.

— Je vois. Donc leur projet de mariage ne s'est pas concrétisé après les faits, pour ainsi dire.

— Non, pas du tout – mais pourquoi cette question? s'étonna l'inspecteur.

— Il est essentiel de comprendre la chronologie des relations humaines, estima Poirot. Comment les pièces s'emboîtent. Il y a beaucoup de questions en suspens que j'aurais souhaité poser à Richard Devonport – je lui en ai posé quantité entre Kingfisher Hill et Londres –, mais il n'a pas souhaité y répondre, n'est-ce pas, Catchpool?

— Oui, il s'est refermé comme une huître. Une fois qu'il a eu l'assurance que ni Helen Acton ni Daisy ne pouvaient être exécutées pour le meurtre de Frank…

— Rien ne me semble moins sûr à ce stade, s'alarma Capeling.

— Je suis bien de cet avis, acquiesçai-je. Rien n'est garanti. La situation est tout à fait irrégulière. Cependant, Richard Devonport en est convaincu. Et c'est pourquoi il a dit à Poirot et à moi-même qu'il ne pouvait pas en même temps répondre aux questions concernant sa famille et se concentrer sur la route.

— Un prétexte, souligna Poirot.

— Il en a avancé plus d'un, complétai-je. À un moment, il a prétendu être trop épuisé par les événements de la journée pour pouvoir suivre la moindre conversation. Personnellement, je pense qu'il a une théorie concernant le meurtre de son frère, mais que pour une raison ou une autre, il refuse de nous la soumettre. En tout état de cause, sa théorie disculpe Helen et Daisy, cela semble évident.

— Oui, c'est intéressant, poursuivit Poirot. Quel membre du clan Devonport peut-il bien souhaiter protéger ? Sa mère, peut-être…

Une autre idée avait mes faveurs.

— Ou son père. Quand on craint un parent aussi fort que Richard Devonport a l'air de craindre Sidney Devonport, peut-être y réfléchit-on à deux fois avant de porter des accusations de meurtre, au cas où l'accusé serait exonéré et reviendrait sous son toit punir son délateur.

— Voilà une analyse des plus intéressantes, Catchpool, me complimenta Poirot avec un sourire encourageant qui m'emplit d'une satisfaction démesurée. Inspecteur Capeling, j'ai pris mes dispositions pour m'entretenir avec Helen Acton demain à la première heure, mais en attendant, ma curiosité l'emporte : ses aveux contiennent-ils un mobile ? J'imagine que vous lui avez demandé pourquoi elle aurait tué l'homme qu'elle aimait et qu'elle allait épouser ?

— Oh, ses raisons étaient on ne peut plus claires. Elle a répondu, et persiste et signe à ce jour encore, qu'elle l'avait fait parce qu'elle lui préférait son frère Richard. Et ça, si je peux me permettre, j'ai toujours eu du mal à le croire. En partie parce que, comme je vous l'ai dit, Helen et Richard ne se connaissaient pas avant la mort de Frank. Et puis... ma foi, non pas que je sois un spécialiste des femmes en matière romantique, mais force est de reconnaître que Frank Devonport était bel homme : grand, séduisant. Beau comme une star de cinéma – c'est ce que ma femme a dit quand je lui ai montré une photographie. Je ne crois pas un seul instant que son frère – court sur pattes et passablement quelconque – puisse le supplanter dans le cœur d'une femme. Et ce n'est pas uniquement une affaire d'esthétique, notez bien. Tout le monde s'accorde à dire que Frank était un homme de poigne, un leader né. Tous ont évoqué son charisme. Or vous avez fait la connaissance de Richard. Une vraie poule mouillée, vous ne trouvez pas ? Toujours en train de s'esquiver en priant pour que personne ne le surprenne. Non, je ne vois vraiment pas la future épouse de Frank Devonport offrir son cœur à son frère. Mais évidemment, je peux me tromper. J'imagine que les gens ont des tas de bonnes raisons de vouloir ce qu'ils veulent, vous ne pensez pas ?

— Ce n'est certainement pas en tuant son frère qu'on peut s'assurer de gagner le cœur d'un homme, observai-je.

Poirot secoua la tête.

— Catchpool, n'oubliez pas que nous ne savons rien de la force ou de la faiblesse du lien fraternel qui unissait Frank et Richard. Ce dernier vous a-t-il semblé déterminé à ce que l'assassin de Frank soit démasqué et remis à la justice ? À moi, non, en tout cas. (Poirot se tourna vers Marcus Capeling.) Par deux fois, vous nous avez dit qu'Helen Acton et Richard Devonport ne se connaissaient pas. Pourriez-vous être plus précis, je vous prie ? Voulez-vous dire par là que leur accointance était superficielle, ou… ?

— Oh, je peux être tout à fait précis, acquiesça Capeling en riant. À l'heure près, même. Probablement à la minute et la seconde près, si vous le souhaitez.

— À la minute et… la seconde ?

Poirot lissa sa moustache. Je me préparai psychologiquement à ce qui allait suivre. Je m'attendais à ce que l'annonce soit aussi saugrenue que tout ce qui avait pu nous arriver depuis l'instant où nous avions fait le pied de grue dans Buckingham Palace Road.

— Oh, oui, monsieur Poirot. Voyez-vous, quelques heures à peine s'étaient écoulées depuis la mort de Frank lorsqu'ils ont fait connaissance.

— Mon ami, êtes-vous en train de me dire… ?

— Oui, acquiesça Capeling. Richard Devonport et Helen Acton se sont rencontrés pour la toute première fois le jour du meurtre de Frank Devonport.

Poirot quitta le fauteuil et se dirigea vers la fenêtre, d'où il contempla la rangée de petites maisons qui se découpaient en face de celle des Capeling. Un long moment s'écoula avant qu'il ne reprenne la parole. Un grommellement grave s'échappait de ses lèvres, ponctué de temps à autre par des exclamations étouffées. Tandis que je scrutais l'arrière de son singulier crâne d'œuf, je me plus à imaginer qu'il grossissait à vue d'œil en même temps que les pensées, déductions et autres questions infusaient dans le plus puissant cerveau de tout le pays.

Poirot finit par interroger Capeling :

— Avez-vous dit à Helen Acton que vous n'ajoutiez pas foi à son histoire ? Lorsqu'elle vous a dit qu'elle ne connaissait Richard Devonport que depuis un jour…

— Moins que ça, rectifia l'inspecteur. C'était une affaire de quelques heures. Une partie de la journée, seulement.

— Et pourtant, c'est pour lui qu'elle affirme avoir été poussée au meurtre ?

— Pas exactement pour lui, monsieur Poirot. Elle s'est contentée d'affirmer qu'elle l'aimait et… et qu'elle avait fait ce qu'elle avait fait à Frank pour être libre d'épouser Richard.

J'émis un petit grognement dédaigneux.

— Pourquoi ne pas tout simplement rompre ses fiançailles avec Frank Devonport s'il se trouvait qu'elle aimait Richard ? Ce seul prétexte ne justifiait pas de le tuer. Helen Acton est une menteuse, un point c'est tout. Elle a peut-être assassiné Frank, mais dans ce cas, c'était pour une autre raison.

— Je ne fais que vous répéter ce qu'elle m'a dit, inspecteur, s'excusa Capeling. À chaque fois, elle me disait : « Je l'ai fait parce que je n'aimais plus Frank. J'aimais Richard. Je voulais être avec lui. » Ces mêmes mots, tout le temps. Quand les autres entretiens m'ont appris qu'elle venait tout juste de rencontrer Richard Devonport, je suis retourné la voir et… eh bien, je lui ai soumis l'objection qu'elle et Richard avaient fait connaissance ce fameux jour – le jour du meurtre de Frank.

— Et qu'a-t-elle répondu ? s'enquit Poirot.

— Elle ne l'a pas nié. Mais elle ne l'a pas confirmé pour autant. Et Richard Devonport m'a fait la même réponse quand je lui ai posé la question.

— Sur le jour de leur rencontre ?

Capeling opina.

— Aucun des deux n'a répondu à la question de savoir s'ils s'étaient ou non vus pour la première fois de leur vie ce jour-là. Tout ce que je peux vous dire, c'est que tous les autres jurent que c'est le cas.

— Nous reviendrons en détail sur le jour du meurtre dans un moment, temporisa Poirot. Inspecteur, Helen Acton a-t-elle jamais prétendu avoir eu le coup de foudre pour M. Richard ?

Marcus Capeling sourit.

— « Mon cœur a-t-il aimé jusqu'ici ? Non ; jurez-le, mes yeux. Car jusqu'à ce soir, je n'avais pas vu la vraie beauté. »

— *Roméo et Juliette*, lançai-je par pur réflexe.

J'avais étudié le texte à l'école et ses enseignements ne m'avaient jamais quitté : si tu t'obstines à étancher tes désirs romantiques au mépris des lois de la société, attends-toi à finir promptement en fâcheuse posture.

— Non, Helen ne m'a jamais parlé d'un quelconque coup de foudre, répondit Capeling. À personne d'autre non plus, pour autant que je le sache. Si je devais me prononcer… ma foi, je dirais qu'elle et Richard se connaissaient déjà, avant que Frank ne meure, mais que pour une raison ou pour une autre, ils ne voulaient pas l'admettre.

— Combien de temps après la mort de Frank Mlle Helen s'est-elle fiancée à son frère ? interrogea Poirot.

— Deux semaines. Richard lui a rendu visite deux fois en prison. Il tenait absolument à le faire depuis qu'elle avait confessé que son amour pour lui était à l'origine de toute cette affaire. En fait…

La voix de Capeling resta en suspens.

— Quoi ? s'impatienta Poirot.

— Je viens de me souvenir de quelque chose : j'étais sur place le jour où Richard a appris ce qu'Helen avait… ce qu'elle avait avancé pour expliquer son crime. Richard a eu l'air totalement stupéfait.

— Stupéfait ? répétai-je.

— Eh bien oui, confirma Capeling. Imaginez votre réaction si l'on vous apprenait que vous étiez à l'origine de l'assassinat de votre frère. À la place de Richard, je me serais senti terriblement coupable.

— Et auriez-vous désiré, ou accepté, d'épouser l'assassin de votre frère deux semaines plus tard ? demandai-je.

— Mon ami Catchpool est tristement célèbre pour n'avoir jamais accepté d'épouser qui que ce soit,

164

observa Poirot à l'intention de Capeling. Sa mère en perd son latin.

— Oh, vous devriez passer le pas, inspecteur ! s'exclama Capeling en jetant un coup d'œil aux derniers scones d'un air réjoui. Vous aussi, monsieur Poirot. En tant qu'homme marié moi-même, je vous le recommande chaudement.

— Donc Richard Devonport était stupéfait d'être aimé par la femme qui a tué son frère, énonça Poirot d'un air pensif. Pourtant, peu de temps après, il lui passe la bague au doigt…

— La bague au doigt, répéta Capeling en écho. C'est drôle que vous disiez ça, monsieur Poirot.

— En quoi est-ce drôle ?

— À l'époque de son arrestation, Helen Acton portait la bague que Frank lui avait offerte : un solitaire rubis. Un bijou remarquable.

— Un rubis ? dis-je en scrutant Poirot. Inspecteur, vous venez de décrire la bague de fiançailles de Daisy Devonport. Vous souvenez-vous, Poirot ? Elle la portait pendant le trajet en autocar.

Il opina.

— C'est ce que j'essaie de vous dire, continua Capeling. Lorsque j'ai rencontré Daisy Devonport pour la première fois, elle allait épouser Oliver Prowd et elle portait la bague qu'il lui avait achetée : une émeraude sertie de diamants. À ce moment, Helen Acton portait la bague de Frank : le solitaire rubis. Mais après la fameuse première visite de Richard à la prison d'Holloway, Helen a demandé aux gardiens d'aller retirer son rubis parmi ses effets personnels et de l'envoyer à Richard à Kingfisher Hill. Quelques jours plus tard, lorsque je me suis rendu chez les Devonport, Daisy n'avait plus sa bague en émeraude sertie de diamants. À la place, elle portait le solitaire rubis que Frank avait offert à Helen !

— Pourtant, Mlle Daisy reste fiancée à Oliver Prowd, souligna Poirot. C'est vraiment extraordinaire. *C'est merveilleux !* s'exclama-t-il en français en tapant dans ses mains.

— En quoi est-ce merveilleux ? m'étonnai-je. Je trouve ça tout sauf merveilleux. Franchement, Poirot, je ne comprends pas pourquoi vous vous donnez tout ce mal.

— Vous ne voyez vraiment pas ? objecta-t-il. (De nouveau, ses yeux avaient revêtu une teinte vert d'eau.) J'ai beaucoup de plaisir à me donner du mal, Catchpool.

— Mais vous ne tirerez jamais rien au clair ! C'est impossible : cette énigme est insoluble. Helen Acton ment et Daisy Devonport ment. Richard Devonport nous a cédé tellement peu d'informations qu'il aurait tout aussi bien pu mentir – et d'ailleurs, rien ne dit qu'il ne se soit pas gêné pour le faire. Et maintenant, voilà que vient s'ajouter cette affaire de bagues de fiançailles et de gens qui décident de se marier alors qu'ils se connaissent à peine – sans parler du fait que l'une d'elles est condamnée à mort, ce qui en règle générale exclut de convoler en justes noces ! Quant à Joan Blythe…

Je terminai ma tirade par un grognement de dépit.

— Ah ! Je me demandais à quel moment vous alliez parler d'elle, se réjouit Poirot. (Il sourit à Capeling, comme s'il s'agissait d'une *private joke*.) Vous en revenez systématiquement à elle, n'est-ce pas ? Vous pensez qu'elle est liée à toutes les autres énigmes.

— Tout ce que je sais, c'est que c'est par elle que tout a commencé. Dès l'instant où elle est entrée en scène, tout est devenu absurde. Et depuis, tout ce qu'on a pu voir ou qu'on nous a rapporté, sans exception, est encore plus extravagant !

— Et cette absence de cohérence vous exaspère, commenta Poirot doucement. Je comprends bien. Mais vous faites fausse route, mon ami, à bien des égards. Plus tard, je vous expliquerai en quoi, et vous vous en sentirez bien mieux. (Il se tourna vers Capeling.) Inspecteur, abordons les faits incontestables entourant le décès de Frank Devonport. Veuillez, je vous prie, commencer au début et me raconter ce que l'on sait.

— Fort bien, acquiesça Capeling. Je commencerai par la matinée du meurtre. Vous connaissez sans doute la date : c'était le 6 décembre de l'année passée. Jusqu'ici, Frank s'était retrouvé banni par sa famille à la suite d'un vol – tout ça, vous le savez déjà. Banni, sans espoir d'être gracié. Or, quand on diagnostiqua à sa mère une maladie incurable, quand elle sut que ses jours étaient comptés, il semblerait qu'elle et Sidney Devonport aient assoupli quelque peu leur position et décidé que le moment était venu de faire revenir Frank. À l'époque, il occupait un poste d'instituteur dans le Lincolnshire. Lui et Oliver Prowd avaient mis à profit l'excédent d'argent qu'ils n'auraient jamais dû toucher – les bénéfices de l'argent volé et investi – pour ouvrir un certain nombre d'établissements scolaires. Le saviez-vous ?

Je répondis par la négative, avant d'être instantanément repris par Poirot qui lui fit valoir que oui, Daisy Devonport l'avait évoqué dans l'autocar et qu'il m'avait transmis l'information. J'avais dû omettre ce détail.

— Ces écoles ont remporté un franc succès, souligna Capeling. À la mort de Frank, elles ont été vendues au philanthrope Josiah Blantyre moyennant une coquette somme.

— Vous soulevez une question importante, souligna Poirot. Qui a bénéficié financièrement de la mort de Frank Devonport ?

— Ses parents, Sidney et Lilian Devonport.

— Et avez-vous creusé la situation financière de Sidney et Lilian Devonport ? demandai-je.

Je songeai à certaines personnes à Scotland Yard qui ne se seraient pas cassé la tête après qu'Helen Acton s'était confessée si rapidement.

— Oh oui, je n'y ai pas manqué, répondit Capeling avec fierté. Les chiffres sont sidérants, vous pouvez me croire. Les Devonport, père et fils, ont tellement d'argent à eux deux que si on leur en enlevait les trois quarts, ils ne s'en rendraient même pas compte. Enfin si... évidemment, ils s'en apercevraient, corrigea-t-il. Je suis sûr qu'ils restent aux aguets, après le coup de Frank. Mais leur richesse resterait immense, c'est ce que je veux dire par là. Ce ne sont certainement pas les problèmes d'argent qui pourraient pousser au crime les membres de la famille Devonport.

— Revenons s'il vous plaît au 6 décembre, l'invita Poirot. En démarrant par le début.

— Frank est arrivé à Little Key avec sa fiancée Helen

Acton aux environs de 10 heures du matin, commença Capeling. Lorsque je les ai interrogés par la suite, Sidney et Lilian Devonport m'ont confié qu'ils avaient ressenti une certaine trépidation à l'idée de ces retrouvailles : le retour de l'enfant prodigue, en quelque sorte. Ils avaient échangé des courriers et parlé au téléphone, mais, comme vous l'imaginerez sans peine, la perspective de revoir Frank en chair et en os les mettait dans tous leurs états. Après que le lien avait été renoué par courrier, Frank les avait informés de ses fiançailles avec une femme qu'ils ne connaissaient pas. Et voilà qu'il se proposait de venir avec elle. Une inconnue ! Lilian a lourdement insisté sur le fait qu'elle n'avait rien contre la jeune fille en question – pas avant ce jour funeste, j'entends –, mais que Sidney et elle auraient préféré que Frank se présente seul après une si longue période de séparation.

— En ont-ils fait part à Frank ? demanda Poirot.

— Non. Ils m'ont assuré qu'ils avaient réservé le plus chaleureux des accueils à Helen et qu'ils s'étaient gardés d'émettre la moindre objection.

— Ils ne souhaitaient pas mettre en péril ce rapprochement.

— Tout à fait, monsieur Poirot. Mais permettez-moi de vous dire que ce jour-là, ils ne se sont pas gênés pour faire sentir aux autres à quel point ils n'étaient pas les bienvenus. À cette époque, un couple d'amis de la famille rendait visite aux Devonport : Godfrey et Verna Laviolette, dont vous avez fait la connaissance, évidemment. Eh bien, on leur a fait comprendre, à eux comme au reste de la famille, que Sidney et Lilian préféraient être seuls avec Frank et Helen à leur arrivée, et j'ai la nette impression que personne ne s'aventure jamais à contredire Sidney Devonport quand il a une idée en tête – ainsi donc, tout ce petit monde s'est fait éjecter de la maison.

— Éjecter, répéta Poirot d'un ton neutre.

— C'est exact. Ils sont allés chez une voisine, qui en plus n'habitait pas la porte à côté. La demeure se situait à l'autre bout du domaine de Kingfisher Hill : une maison du nom de Kingfisher's View. Daisy Devonport s'est plainte de ce qu'il fallait une éternité pour faire l'aller-retour à pied.

— Kingfisher's View ? (Je regardai Poirot.) N'était-ce pas le nom de Little Key quand la maison appartenait encore aux Laviolette, avant que les Devonport ne le changent ?

— Non, corrigea Poirot. À l'origine, Little Key s'appelait Kingfisher's Rest.

— Ah oui, vous avez raison. Mais pourquoi tout le monde se sent obligé de tout baptiser Kingfisher ceci ou Kingfisher cela ? Kingfisher's Rest, Kingfisher's View, la Kingfisher Coach Company. C'est pénible, à la fin. Les Devonport doivent être les seuls à avoir un brin d'imagination.

— Mon ami, il y a quelques secondes encore, vous vous plaigniez de ce qu'ils étaient tous des menteurs à l'imagination débridée ! Continuez, je vous en prie, inspecteur Capeling.

— Sidney et Lilian ont retrouvé Frank et fait la connaissance d'Helen. De ce que j'ai compris, tout s'est bien passé. La seule personne présente à leur domicile à ce moment-là était Winnifred Lord, une domestique. Le couple Laviolette, ainsi que Richard et Daisy Devonport, étaient à Kingfisher's View et Winnifred – de son surnom Winnie, il me semble – était censée aller les chercher une fois que Sidney en aurait donné la permission. Ce qu'il fit aux alentours de 14 heures – même si avant ça, à 2 heures moins le quart, Oliver Prowd était rentré de Londres et s'était rendu directement à Kingfisher's View, conformément aux instructions qui lui avaient été données. Ils ont tous patienté là-bas – Richard, Daisy, Oliver et les Laviolette –, jusqu'à ce qu'on les convoque.

— Donc, en résumé : Frank Devonport et Helen Acton sont arrivés à Little Key à 10 heures ; puis Oliver Prowd, les Laviolette et Richard et Daisy Devonport sont arrivés aux alentours de 14 heures, synthétisa Poirot.

— Il me semble qu'Oliver est resté un peu plus longtemps que les autres à Kingfisher's View, pointa Marcus Capeling. Mais oui, lui aussi est arrivé à Little Key en temps voulu. Après ça, pour autant que je le sache et si j'en crois ce qu'on m'a dit, il ne s'est rien passé de notable jusqu'au meurtre à proprement parler. Au dire de tous, Frank, Richard et Daisy étaient aux anges de se retrouver et ont passé le plus clair de l'après-midi à bavarder à bâtons rompus, pour rattraper le temps perdu. Les Laviolette, parrain et marraine de Frank, étaient ravis de le voir. C'était un moment heureux – tout le monde l'affirme. Et puis, à 6 heures moins 20…

Marcus Capeling se tut. Son visage revêtit une expression solennelle.

— Continuez, l'incita Poirot.

— À 6 heures moins 20, Frank Devonport a fait une chute mortelle depuis le palier, tout en haut du monumental hall d'entrée. Quelqu'un l'avait poussé par-dessus la balustrade en feuilles de bananier. Il s'est fracassé le crâne sur les dalles en contrebas.

— En feuilles de bananier ? demandai-je.

Poirot me lança un regard agacé.

— Ne remarquez-vous donc pas ce que vous avez sous les yeux, Catchpool ? Les ferronneries de la galerie dessinent des petites feuilles.

— Je n'ai pas remarqué, non.

— Ce sont des feuilles de bananier, répéta Capeling. Verna Laviolette m'a tout expliqué. La galerie a été conçue par un ami du couple. Elle a été ajoutée à la maison après qu'ils en ont fait l'acquisition. La galerie d'origine était affreuse, m'a-t-elle dit. Je ne lui ai posé aucune question à ce propos, vous pensez bien. Elle m'a donné l'impression de vouloir en parler. Tout ce qui m'importait, c'était de voir si une femme de la taille et du gabarit d'Helen Acton avait pu pousser Frank Devonport dans le vide. Mes agents et moi avons rapidement déterminé que c'était tout à fait plausible. Frank était grand et la rambarde n'est pas particulièrement haute. Il aurait suffi qu'Helen le pousse vigoureusement et il aurait basculé par-dessus bord. Enfin, tel qu'il l'a fait.

« Je n'oublierai jamais tout ce sang, poursuivit Capeling. Quand je suis arrivé sur les lieux – à peine l'espace d'un instant, notez bien –, j'ai cru que j'avais posé les yeux sur un immense tapis rouge sur lequel gisait un homme.

Il secoua la tête pour chasser cette image.

— Donc, vous pouvez certifier qu'Helen Acton se trouvait également sur le palier à l'étage quand Frank est tombé, s'assura Poirot.

— Oh, oui, cela ne fait pas l'ombre d'un doute, affirma Capeling. Helen était là-haut, ça oui. Elle n'était pas la seule – il y avait aussi Sidney et Lilian, ainsi que Daisy et Verna Laviolette. À peine le corps de Frank avait-il percuté le sol qu'Helen est arrivée comme une fusée en annonçant que c'était elle qui l'avait poussé. Vous demanderez à Oliver Prowd, il vous le dira. Tout le monde vous le confirmera. Quasiment tout le monde l'a entendue, même si elle est d'abord tombée sur Prowd en bas de l'escalier. Elle l'a agrippé par les bras et elle a dit : « Je l'ai tué, Oliver. Mon Dieu, Frank est mort et c'est moi qui l'ai tué. »

9

L'entraînement des méninges

Avant de prendre congé de Marcus Capeling, Poirot lui demanda un crayon et une feuille de papier, que l'inspecteur lui procura. Une fois que nous fûmes seuls et en route pour Londres, Poirot me les tendit.

— Qu'est-ce que vous voulez que j'en fasse ? demandai-je d'un ton laconique. (Puis, craignant de paraître désobligeant, j'arrondis les angles avec une boutade :) Si vous croyez qu'on va dessiner un plateau de jeu, tous les deux, j'ai bien peur de ne pas être le partenaire le mieux choisi.

— Nous pouvons oublier les jeux de plateau, mon ami. Je ne vous demanderai jamais plus de penser au Peepers. Pas même à notre retour à Kingfisher Hill. Nous sommes désormais en position favorable par rapport à la famille Devonport. Ils savent qui nous sommes et nous n'avons plus à faire semblant. (Après coup, il ajouta :) S'il veut prétendre à réussir sur le marché, le Peepers nécessite un travail de refonte. Or je n'y crois pas. L'orgueil de ses créateurs s'y opposera. Lorsqu'ils évoquent d'éventuelles améliorations, leurs propositions restent superficielles. Ils ne se rendent pas compte que c'est l'intégralité de la structure du jeu qui doit changer.

— Pourquoi ne leur offrez-vous pas vos services ? suggérai-je. Le jeu leur rapporterait vraisemblablement plus d'argent s'ils vous embauchaient comme cocréateur, quand bien même il faudra diviser les bénéfices par trois.

— Cela ne fait aucun doute. Sans mon intervention, ils ne gagneront pas un sou. Bien évidemment, nous parlons de deux hommes qui n'ont nul besoin d'accroître davantage leur richesse – et c'est d'ailleurs peut-être là que le bât blesse. Si je leur faisais part de ma vision, ils doubleraient leur fortune. Toutefois, Hercule Poirot ne s'intéresse pas particulièrement à la création de jeux de société. Et maintenant, prenez donc ce crayon et cette feuille.

— Pourquoi ?

— Vous avez dit précédemment que vous ne compreniez pas pourquoi je me donnais tout ce mal pour élucider le meurtre de Frank Devonport. À ma place, vous n'en feriez pas autant, n'est-ce pas ? Votre nonchalance vous perdra.

— Ce n'est pas de la nonchalance. Mais de la frustration. Je ne crois pas que nous arriverons à tirer cette affaire au clair. Oh, je sais bien que vous ne baisserez jamais les bras. Mais si vous voulez le fond de ma pensée, je crois qu'en l'occurrence, nous allons faire chou blanc.

— Mais Hercule Poirot ne fait jamais chou blanc. Vous le savez très bien, Catchpool. Une fois que je me mets en tête de résoudre un mystère, il ne fait absolument pas le moindre doute que le mystère sera résolu.

— Vous partez du principe qu'un examen du passé peut permettre de prédire l'avenir avec précision, devinai-je.

— Pas du tout, trancha Poirot. Mon hypothèse est tout autre : les résultats que j'ai obtenus par le passé l'ont été uniquement parce que j'ai appliqué auxdits problèmes l'expertise la plus pointue en matière de savoir-faire et de déduction, doublée de la plus grande détermination. C'est pour cela que mon bilan se résume exclusivement à de francs succès. Je sais, par conséquent, que si je continue à fournir tous ces ingrédients – et notez bien, Catchpool, qu'ils sont de mon fait et non pas le fruit des circonstances de l'affaire en question –, alors il est certain que j'engrangerai d'autres succès.

Il sourit.

— Ma foi, j'espère que vous avez raison.

Le visage de Poirot s'illumina.

— Cela vous échappera probablement, Catchpool, mais en mon for intérieur, j'ai d'ores et déjà le plaisir et la satisfaction d'avoir répondu à toutes les interrogations et d'avoir très clairement résolu le mystère de la mort de Frank Devonport.

— Quoi ? (Cette annonce, même connaissant Poirot, me prenait de court.) Êtes-vous en train de dire que vous savez déjà…

— Non, non. Vous m'avez mal compris. Je n'ai pas encore toutes les réponses. Comme vous, j'ai surtout des questions. Mais quand Marcus Capeling nous a parlé de Daisy Devonport et des deux bagues – d'abord l'émeraude sertie de diamants d'Oliver Prowd, puis le rubis qui a appartenu naguère à Helen Acton –, j'ai senti souffler en moi un vent d'optimisme. À cet instant précis, j'ai su que tout allait bien se passer.

— Quelle drôle de coïncidence. Ce micmac avec les bagues m'a fait exactement l'effet inverse. Il a fini de me convaincre qu'il n'y avait rien d'autre à attendre de la famille Devonport que la confusion la plus totale.

Poirot lissa chaque côté de sa moustache de l'index et du majeur des deux mains.

— Dans chaque enquête, il y a un moment – et ce depuis mes tout débuts dans la police belge – où soudain, avant la résolution du mystère, j'ai une vision suffisamment claire de l'ensemble pour avoir la conviction qu'il sera bel et bien résolu. À ce moment-là – et c'est une sensation délicieuse, Catchpool… –, à ce moment-là, je suis traversé par les mêmes émotions que si je connaissais déjà le dénouement.

— Je vois, fis-je sans grande conviction.

— Dès lors que je suis traversé par ce sentiment de triomphe qui accompagne la résolution infaillible d'une intrigue, je suis bien obligé de le justifier. Vous voyez ? Il est de mon devoir envers moi-même de créer, dans mon esprit, une résolution qui donne raison à mon émotion. Je vous souhaite de faire un jour cette expérience, mon ami. Sincèrement, c'est la seule façon d'y parvenir.

— J'arriverais peut-être mieux à atteindre l'état d'exaltation que vous décrivez si vous aviez l'amabilité de m'expliquer cette histoire de bagues. En quoi un déluge de détails sur des bijoux de femme peut-il vous procurer une telle joie ? Pourquoi vous êtes-vous exclamé que c'était « merveilleux » ?

Mon ami tressaillit en entendant mon effroyable accent français, ce que je pouvais difficilement lui reprocher.

— Je pourrais vous retourner la question dans l'autre sens. Pourquoi n'étiez-vous pas content de voir de nouveaux détails enrichir l'image partielle que nous tentions de compléter ? Je vous le répète, tout est une question d'état d'esprit, mon ami. À vos yeux, l'anecdote des bagues venait ajouter une difficulté. Encore un obstacle qui se met en travers de la vérité et qui nous en éloigne.

— Exactement, dis-je avec sentiment.

— Mais, mon ami, il faut la découvrir, cette vérité. Elle existe ! Tout ce qui relève de l'expérience humaine a du sens, il suffit pour cela de lui attribuer des faits pertinents. Alors, quand on nous sert un nouvel élément sur un plateau d'argent, il faut en être reconnaissant. Chaque bribe d'information est une fête ! Surtout quand l'information en question est aussi saisissante que l'anecdote des bagues. Il y a d'autant plus lieu de se réjouir que cette histoire sort du lot. Elle devient un point de mire dans notre image balbutiante, justement parce qu'à première vue, elle est déconcertante. Et à partir du moment où l'on possède une cible, tous les autres détails commencent à s'agencer autour.

Je marmonnai deux trois mots sur le fait qu'on était encore loin du compte. Bien évidemment, Poirot avait la réponse toute prête :

— Si vous êtes agacé parce que ça n'arrive pas

avant l'heure, vous repoussez d'autant plus l'échéance. Moi, je préfère me dire que tout arrive à point nommé. Demain, lors de notre entretien avec Helen Acton, nous glanerons encore d'autres pièces pour notre puzzle !

— Demain ? Je suis attendu à Scotland Yard.

— Je vous laisse le soin de modifier cet impératif, rétorqua Poirot avec fermeté. Vous m'accompagnerez à la prison d'Holloway à la première heure. Tout est arrangé.

— Vous ne m'avez toujours pas expliqué quoi faire de ce papier et de ce crayon.

— Ils vous serviront à dresser une liste. J'ai remarqué que les listes calmaient votre irascibilité.

— Je ne suis pas du tout irascible. Quelle liste, d'abord ?

— La liste de tout ce que vous ne comprenez pas.

— Je n'ai pas envie d'en faire. Je ne comprends rien à cet embrouillamini. La liste serait interminable.

— Si après avoir dressé cette liste, vous ne vous sentez pas mieux, je m'excuserai de vous avoir fait perdre votre temps, me rassura Poirot. À moins qu'elle ne m'aide à mûrir ma réflexion, auquel cas je ne m'excuserai pas – même si je doute qu'elle me soit d'un quelconque secours. Habituellement, vos listes sont incomplètes. Et elles pâtissent d'un manque de méthode.

— Allons bon ? Eh bien, cette fois-ci, ma méthode consistera à ne pas faire de liste du tout.

— D'une humeur de dogue, marmonna Poirot dans sa moustache.

Après ce dialogue, nous n'échangeâmes plus un mot pendant le reste du trajet. Lorsque je me retrouvai seul dans mon appartement cet après-midi-là, je déchirai la feuille de papier et brisai le crayon en deux. Je me régalai d'un délicieux filet de porc que m'avait cuisiné ma logeuse, Blanche Unsworth. Après quoi je pris place devant la cheminée en compagnie d'une bonne dose de brandy et d'une grille de mots croisés. Néanmoins, les indices glissés dans les définitions se révélant moins évidents qu'à l'accoutumée, je ne tardai pas à jeter l'éponge.

Plus tard, pris d'un regain d'admiration pour mon ami belge et déconcerté par l'emprise qu'il semblait exercer sur moi, je sortis une feuille et un crayon et m'attelai à la tâche. J'inscrivis « Liste » au sommet de la page. Ce faisant, je vis le visage inachevé de Joan Blythe se dessiner dans mon esprit et je sus aussitôt qu'elle constituait le point numéro 1.

1. Comment s'explique l'affaire Joan Blythe ? Quelqu'un cherchait-il à la tuer ? Auquel cas, qui et pourquoi ? L'homme qui l'a mise en garde avait-il l'intention de l'aider, de lui sauver la vie, ou au contraire de la menacer et de lui faire peur ? Qui est-il ? Pourquoi est-elle montée dans l'autocar, sachant que ses jours étaient en danger ? Et, si telle était sa résolution, pourquoi n'est-elle pas montée à bord suffisamment tôt pour pouvoir choisir sa place ? Quand enfin elle est montée à bord et qu'elle a vu que la seule place disponible était celle qu'on lui avait dit d'éviter, pourquoi n'a-t-elle pas pris la fuite ?

Je reposai mon crayon en poussant un gros soupir. J'étais à deux doigts d'abandonner. Pris dans une avalanche de questions. Poirot se moquerait de moi s'il voyait mon incapacité à dresser correctement cette liste.

Je décidai de persévérer.

2. Le mystère Joan Blythe a-t-il un rapport avec le meurtre de Frank Devonport?

3. Pourquoi a-t-elle eu aussi peur quand j'ai prononcé les mots «*midnight gathering*» et pourquoi n'a-t-elle plus eu peur après que je lui ai dit qu'il s'agissait du titre d'un livre que lisait Daisy Devonport?

4. Pourquoi Poirot l'a-t-il interrogée sur le livre? En quoi pensait-il que c'était important?

5. Qui a tué Frank Devonport? Daisy Devonport, Helen Acton? Quelqu'un d'autre?

6. Si ni Helen ni Daisy n'a assassiné Frank, pourquoi affirment-elles l'avoir fait?

7. Comment Helen aurait-elle pu tomber amoureuse de Richard Devonport en l'espace de quelques heures seulement, d'un amour si passionné qu'elle décide de tuer Frank (si c'est elle qui l'a fait)? Est-ce plausible? (Probablement pas – mais elle connaissait peut-être Richard d'avant, à l'insu de tous.)

8. Pourquoi Helen pensait-elle que seule la mort de Frank pouvait lui permettre d'épouser Richard? Le croyait-elle vraiment ou souhaitait-elle la mort de Frank pour une autre raison?

9. Pourquoi Daisy a-t-elle échangé son alliance en émeraude sertie de diamants avec le rubis d'Helen, et Oliver Prowd y a-t-il vu un inconvénient? (Richard Devonport suggère qu'Oliver tolère tout venant de Daisy.)

10. Pourquoi Richard voulait-il épouser Helen alors qu'elle avait tué son frère ? (Réponse évidente : parce qu'il a toujours cru en son innocence.)

11. Pourquoi Sidney Devonport a-t-il autorisé Richard à se fiancer à une femme qui a tué son autre fils ? (Croit-il lui aussi en l'innocence d'Helen Acton ? Est-il totalement indifférent à Richard, ou à Frank, ou aux deux ? Peut-être partait-il du principe qu'Helen allait bientôt monter à l'échafaud et que donc cela n'avait que peu d'importance, mais cela semble étrange venant d'un homme qui a l'habitude par ailleurs de gérer sa famille d'une main de fer.)

12. Pourquoi Sidney Devonport tenait-il à ce que Richard détourne l'attention de Lilian avant d'informer Verna Laviolette du sort de Winnie ? Pourquoi Winnie ne retournerait-elle pas à Little Key ? Avant son départ, quel était son rôle dans la demeure des Devonport ? Domestique/cuisinière ?

13. Pourquoi Godfrey Laviolette nous a-t-il demandé de ne pas mentionner le changement de nom de la maison – de Kingfisher's Rest à Little Key – aux Devonport ?

14. Pourquoi Verna Laviolette s'est-elle excusée auprès d'Oliver Prowd et de Lilian Devonport après avoir prononcé le mot « tombe » au cours du dîner ? (Vraisemblablement parce que Lilian est mourante et que le père d'Oliver est décédé récemment.)

15. Pourquoi les Devonport jugent-ils nécessaire de donner l'impression en société que tout va bien alors que leur fils a été assassiné et que son ancienne fiancée est sur le point d'être exécutée pour ce crime (ou était sur le point de l'être, avant que Daisy Devonport n'avoue à son tour) ?

16. Que voulait dire Godfrey Laviolette lorsqu'il a affirmé que « le jardin d'Éden » de Kingfisher Hill partait à vau-l'eau ? Qu'est-ce qui les a incités, Verna et lui, à vendre leur maison aux Devonport ?

17. Comment expliquer l'étrange comportement de Verna Laviolette ? Est-il étrange ou est-ce moi qui me fais des idées ?

J'étais venu à bout de mes interrogations. Je pliai donc la feuille que je glissai dans ma poche. Au même instant, on frappa à la porte et ma logeuse, Blanche Unsworth, pénétra dans le salon.

— Bonté divine ! Mais il fait un de ces froids là-dedans, déplora-t-elle en se frictionnant les bras.

Je m'apprêtais à répondre : « Allons, allons, il y a une belle flambée dans l'âtre » quand je constatai que le feu était éteint. J'étais tellement absorbé dans la rédaction de ma liste que je ne m'en étais pas aperçu.

— Je suis désolée de vous déranger, Edward. Un monsieur a téléphoné pour vous, de Scotland Yard. Il a dit qu'il travaillait avec vous – un certain sergent Giddy ?

— Gidley, peut-être ?

— Oui, ce doit être ça. C'est exact. Le sergent Gidley.

— J'arrive tout de suite, annonçai-je en me levant.

— Oh, non, il a raccroché. Il voulait vous laisser un message, mais... (Son visage revêtit une expression offensée.) Pourquoi ne m'avez-vous pas dit que vous étiez chargé d'une affaire de meurtre ? Vous savez pourtant bien que j'aime entendre vos histoires.

— Pour que ce soit une histoire, il faut une fin, répliquai-je. Pour l'instant, celle-ci n'en a pas. L'affaire ne m'a été confiée que très récemment.

— Eh bien, c'est de ça que le sergent Giddy voulait vous parler – de cette nouvelle affaire. L'affaire Devonshire.

— Devonport.

— Oui, voilà. Une femme s'est présentée à Scotland Yard pour vous : une certaine Mlle Winnifred Lord.

Ah ! Ainsi donc, voilà la fameuse Winnie, la domestique des Devonport, jusqu'ici portée disparue.

— Elle souhaite vous parler dans les plus brefs délais, précisa Mme Unsworth. Elle dit qu'elle sait qui a tué Frank Devonshire, qu'en plus elle sait pourquoi et que ce n'est pas du tout ce que vous croyez. Elle a dicté un numéro de téléphone. Je l'ai noté et je l'ai posé à côté du téléphone.

— Mais… (Mon cerveau se mit en ébullition.) Pourquoi n'a-t-elle pas donné l'information au sergent Gidley ? Pourquoi l'a-t-il laissée partir ?

— Il a dit qu'elle ne voulait parler qu'à vous et à personne d'autre. Je ne lui jette pas la pierre ! Moi aussi, si je détenais une information capitale sur une affaire de meurtre, je demanderais à parler au responsable. Je n'irais pas bavasser avec le premier venu. (Elle me dévisagea avec insistance.) Je demanderais à vous parler à vous, Edward, et à personne d'autre.

J'eus soudain un terrible pressentiment à propos de la pauvre Winnie, que je n'avais encore pas rencontrée. À part le sergent Gidley, Blanche Unsworth et moi, qui d'autre était susceptible de savoir – si tel était le cas – qu'elle détenait des informations sur le meurtre de Frank Devonport ? Était-elle en danger ? Il fallait que je la voie, et vite.

Elle dit qu'elle sait qui a tué Frank, qu'en plus elle sait pourquoi, et que ce n'est pas du tout ce que vous croyez.

Était-ce bien ce que je pensais ?

Je me précipitai sur le téléphone et composai le numéro que Mme Unsworth avait noté. Une femme répondit : la mère de Winnifred Lord. Ma conversation avec elle n'apaisa en rien mes craintes. Elle m'informa que Winnie s'était rendue à Scotland Yard plus tôt dans la journée, et que depuis elle n'était pas rentrée, contrairement à ce qu'elle lui avait promis, et qu'elle n'avait aucune nouvelle d'elle.

Le lendemain matin, je me débarbouillai à la hâte, m'habillai et j'avalai un petit déjeuner à toute vitesse, le tout en l'espace de vingt minutes, au grand dam de Mme Unsworth. Je suspecte de longue date qu'elle élabore les plans les plus diaboliques pour me retenir à sa table du petit déjeuner le plus longtemps possible. Eh bien ce matin, son plan échoua.

J'avais commandé un chauffeur de la police à 9 h 30 pour qu'il me conduise depuis la pension jusqu'à la prison d'Holloway, en prenant Poirot en chemin. Après Holloway, nous pousserions jusqu'à Kingfisher Hill et Little Key. Je me demandais bien comment diable j'allais réussir à asseoir mon autorité après que Poirot et moi avions tenté de rouler tout ce petit monde dans la farine. Ce serait sans doute plus simple si personne ne mentionnait le Peepers, mais il y avait peu de chance que ce soit le cas.

À mon arrivée, Poirot m'attendait de pied ferme sur le trottoir, plus élégant que jamais. En le voyant, je dus me rappeler que nous n'allions pas passer une agréable journée aux célèbres courses d'Ascot, mais bien dans la pire des geôles du pays. Mon travail m'amène à me rendre dans plus d'un établissement pénitentiaire et aucun n'est agréable, mais Holloway est de loin le plus atroce. Moi qui n'ai jamais toléré le spectacle de la souffrance des femmes, je n'ai jamais pu supporter cet endroit. Tout entre ces murs me révulse, à commencer par son aspect. Si l'on plisse les yeux, l'extérieur ressemble à une foule d'individus qui manifestent la bouche grande ouverte en brandissant furieusement le poing.

L'intérieur ne vaut guère mieux. Le plus étrange, dans un pénitencier, c'est que l'on s'attend à trouver le mal à l'état pur, alors qu'en réalité, il n'y a que très peu de manifestations du mal à Holloway ou dans n'importe quelle autre prison. En revanche, on y côtoie inlassablement le désespoir et la repentance : les stigmates laissés par de vieilles trahisons, des emportements fatals et d'abominables compromis concédés dans des situations impossibles.

Je fis part de ces observations à Poirot. Il me répondit :

— Aujourd'hui, ce sera différent, car nous donnerons de l'espoir à Helen Acton. Nous lui apportons la nouvelle que sa vie est temporairement sauve, grâce à Daisy Devonport.

— On l'aura déjà mise au courant.

— Certes. (Son visage s'illumina de plus belle.) Alors, nous nous ferons les hérauts de nouvelles encore plus réjouissantes ! Si elle nous dit la vérité, elle n'aura jamais à payer ce meurtre de sa vie.

— Oui, enfin à moins que la vérité soit qu'elle ait effectivement tué Frank. Et puis…

— Quoi donc, Catchpool ? Je vous en prie, exprimez-vous. J'aimerais fort entendre chacune de vos réserves.

Il me sembla que Poirot m'avait répondu sans l'ombre d'un sarcasme.

— Je me disais seulement qu'étant donné qu'Helen Acton a avoué le meurtre de Frank Devonport, elle désire peut-être ardemment le payer de sa vie, qu'elle l'ait ou non assassiné.

— Suicide par pendaison ? C'est possible, oui. Nous le saurons en temps voulu, rétorqua Poirot de la manière brusque qu'il adoptait quand il brûlait de changer de sujet. À présent, dites-moi, mon ami… les mots de Winnifred Lord qui vous ont été rapportés par Blanche Unsworth, qui elle-même les tient du sergent Gidley : « Je sais qui s'est débarrassé de Frank Devonport, en plus je sais pourquoi et ce n'est pas du tout ce que vous croyez. »

— Qui s'est « débarrassé » ?

— Tout à fait. Tels sont les mots exacts qu'a utilisés Winnifred Lord. J'ai parlé au sergent Gidley en personne ce matin. Ne vous êtes-vous pas demandé pourquoi je vous attendais dans la rue ? Je suis sorti tôt, non seulement pour rendre visite au sergent Gidley, mais aussi à la mère de Winnifred Lord à Kennington.

187

— Tout ça avant 10 heures du matin ? me suis-je étonné en haussant un sourcil.

— Je déteste foncièrement me lever de bonne heure, Catchpool, mais il faut parfois se soumettre à la nécessité. Oui. Winnie Lord n'est toujours pas rentrée chez elle. Sa mère se fait un sang d'encre. Elle n'a plus aucune nouvelle depuis que sa fille a quitté son domicile hier pour se rendre à Scotland Yard. J'ai tenté, en vain, d'apaiser les craintes de la mère. En fin de compte, tout au plus ai-je réussi à promettre de porter la disparition de sa fille à l'attention de la police. C'est à ce propos que je me suis entretenu avec le sergent Gidley. Il m'a fait part précisément de ce que Winnifred Lord lui avait dit – la seule chose qu'elle lui ait confiée, au demeurant, car c'est à vous seul qu'elle voulait raconter toute l'histoire. Mais au sergent Gidley elle a adressé ces mots : « Je sais qui s'est débarrassé de Frank Devonport, en plus je sais pourquoi et ce n'est pas du tout ce que vous croyez. » Hier soir, quand nous avons discuté au téléphone, vous et moi, vous sembliez penser que ces derniers mots – « ce n'est pas du tout ce que vous croyez » – revêtaient une signification spéciale ?

— Ma foi, oui. Pour autant que je le sache, personne ne sait pourquoi quelqu'un a pu souhaiter la mort de Frank Devonport. La seule raison qui ait été avancée est celle d'Helen Acton : elle voulait écarter Frank pour pouvoir épouser Richard. Par conséquent, « ce que vous croyez » doit renvoyer à cela, à savoir – sauf erreur de ma part – que Winnie Lord est convaincue de la culpabilité d'Helen Acton, mais que cette dernière ment sur le mobile.

— Je le savais ! s'est écrié Poirot d'un air triomphant. Mon ami, vous faites fausse route. Je vous connais si bien que je perçois vos conclusions erronées sans même que vous les formuliez ! Réfléchissez une seconde, je vous en conjure. « Je sais qui s'est débarrassé de Frank Devonport, en plus je sais pourquoi et ce n'est pas du tout ce que vous croyez. » Telle est la déclaration de Winnie Lord, n'est-ce pas ? Bien, à présent imaginez, de façon purement théorique, que c'est Alfred Bixby, l'impresario des chars à bancs, qui a commis ce meurtre. C'est tout à fait inconcevable, j'en conviens, mais faites-moi ce plaisir. M. Bixby entre à la dérobée dans la maison, se cache sur le palier et pousse Frank Devonport dans le vide. Imaginez que Winnie Lord soit au courant, et qu'en plus elle sache que son mobile était la vengeance. Mettons par exemple que Frank Devonport avait dit du mal de la Kingfisher Coach Company.

— Si vous voulez, acquiesçai-je, curieux de voir où il voulait en venir.

— À présent, repensez aux mots de Winnie Lord : « Je sais qui s'est débarrassé de Frank Devonport » – elle veut dire qu'elle sait qu'il s'agit d'Alfred Bixby. « En plus je sais pourquoi » – parce qu'il a dit du mal de la Kingfisher Coach Company. « Et ce n'est pas du tout ce que vous croyez » – cela peut aisément renvoyer à « vous toutes et tous », *nous* tous pensons que le mobile du meurtre est le désir d'épouser Richard Devonport – parce que nous n'avons pas le bon coupable à l'esprit. *Et le motif d'Alfred Bixby était tout autre !* Vous voyez, Catchpool ?

— Certes. Je ne suis pas convaincu, Poirot. D'un

point de vue théorique, cela fonctionne, mais si le meurtrier n'est pas Helen Acton, je ne pense pas que Winnie aurait prononcé les mots «Et ce n'est pas du tout ce que vous croyez». Elle aurait dit tout simplement «Je sais qui a tué Frank et ce n'est pas qui vous croyez» ou «Je sais qui a tué Frank et pour quelle raison».

— Non, non, contra Poirot avec douceur. Nous ne pouvons pas en avoir la certitude, mon ami. Réfléchissez: si Helen Acton est en effet coupable et que Winnie Lord le sait, pourquoi dirait-elle au sergent Gidley «Je sais qui l'a fait»? Ne dirait-elle pas plutôt «Vous avez la bonne coupable mais vous vous méprenez sur les raisons de son geste»? Je suis certain que «Je sais qui a tué Frank» pèse tout aussi lourdement en faveur de l'innocence d'Helen Acton – ou tout du moins, de la conviction qu'a Winnie Lord de son innocence – que «et ce n'est pas du tout ce que vous croyez» pèse en faveur de la culpabilité de Mlle Helen.

Plus je cogitais sur la question, moins j'y trouvais de sens. J'avais beau retourner les mots dans ma tête, ils finissaient par perdre l'écho que j'avais pu leur trouver au début.

— Dites-moi, avez-vous fait la liste que je vous ai demandée? m'interrogea Poirot.

Sans un mot, je sortis la feuille de ma poche et la lui tendis.

Nous continuâmes en silence pendant qu'il la lisait. Je me préparais à essuyer ses critiques. Je fus donc agréablement surpris lorsqu'il commenta:

— C'est du beau travail, Catchpool. Pas mal du tout. Vous avez compilé des interrogations fort intéressantes.

Vous avez seulement oublié deux ou trois questions fondamentales. Mais c'est bien mieux que ce que j'escomptais. Une personne plus ordonnée aurait attribué à chaque question un numéro propre, bien évidemment, or vous avez aggloméré au sommet de votre liste quantité de questions touchant à Joan Blythe…

La fierté qui m'avait effleuré s'évapora instantanément.

— Quelles questions fondamentales ai-je oubliées ?

— Eh bien, pour commencer, il y a une question vitale qui touche à Winnie Lord et à ce qu'elle a confié au sergent Gidley. À moins que vous n'ayez dressé cette liste avant de recevoir le message du sergent hier soir ?

— C'est le cas, en effet. Donc, il faut l'ajouter à la liste : que sait Winnie Lord ? Qui a commis le crime selon elle et pour quel mobile ?

— Non, mon ami. Vous avez raison, il faut l'ajouter, mais ce n'est pas la question que j'avais à l'esprit. Ah, si seulement vous parveniez à voir de quoi il s'agit…, déplora-t-il.

— Oui, si seulement, dis-je avec un soupir feint. Si seulement je trouvais le moyen de mettre le doigt sur cette insaisissable question pour que nous puissions en discuter.

Poirot gloussa :

— Ah, vous me taquinez. Je vois en outre que vous avez omis des questions essentielles concernant Kingfisher's View et le livre, *Midnight Gathering*…

— Le livre figure en bonne place sur la liste.

— Mais il manque les deux questions essentielles à son sujet, ainsi que les réponses à la fois évidentes et

191

captivantes qui les accompagnent, rétorqua Poirot. Sans oublier un autre point dont j'étais pourtant persuadé qu'il ne vous échapperait pas : le comportement et le tempérament de Daisy Devonport.

— Quoi donc ? Quand ? Dans l'autocar ou une fois à Kingfisher Hill ?

— Les deux, répondit-il. La personnalité et la psychologie de Daisy Devonport – c'est ce qui me fascine le plus dans cette affaire.

— Je trouve cette femme parfaitement rébarbative. Elle se comporte comme une enfant gâtée, elle est manipulatrice et déplaisante et je serais bien aise de ne plus jamais croiser son chemin. Quant à la question essentielle touchant Kingfisher's View… vous voulez dire Kingfisher's Rest, le nom d'origine de Little Key ? Si c'est le cas, c'est dans la liste. Point numéro treize, je crois.

— Je sais ce que contient la liste. Je l'ai sous les yeux en ce moment même. Pourquoi partez-vous du principe qu'il y a un écart entre les mots que j'utilise et ce que je veux dire ? Ce n'est pas par hasard que j'ai dit « Kingfisher's View » : c'est la demeure dans laquelle les Laviolette et Richard et Daisy Devonport ont été expédiés le jour de la mort de Frank afin que Sidney et Lilian puissent être seuls avec Frank. L'inspecteur Capeling nous a précisé qu'elle était éloignée de Little Key, vous vous souvenez ? « Pas la porte à côté », a-t-il dit. Et n'a-t-il pas ajouté que Daisy s'était plainte de la distance qui séparait les deux maisons ? Auquel cas…

Poirot me fit un signe d'encouragement, comme s'il m'incitait à formuler la réponse.

Pour une fois, j'étais sûr de mon fait :

— Auquel cas, qui a choisi cette maison et pourquoi ? Qui a décidé d'envoyer les Laviolette, Daisy et Richard à Kingfisher's View et pour quelle raison ? Cette maison appartient-elle à des amis de Sidney Devonport, par exemple ?

Poirot applaudit d'un air enchanté.

— Exactement, Catchpool. Vous avez tapé dans le mille !

L'espace d'un très court instant, je me sentis transporté de joie. Jusqu'à ce que Poirot conclue :

— Finalement ça n'avance pas si mal, l'entraînement de vos méninges.

10

Helen Acton

La prison d'Holloway était plus sinistre que jamais. L'avantage de s'y rendre en compagnie de Poirot était qu'on nous traita comme des têtes couronnées : on nous conduisit séance tenante dans une pièce confortablement aménagée, pourvue de café d'une qualité inattendue, ainsi que d'une assiette de biscuits plus ou moins ragoûtants. Certains avaient un aspect de biscuit et une forme symétrique tandis que d'autres, de couleur grisâtre, étaient difformes. Poirot et moi évitâmes soigneusement celui qui avait une marque visiblement laissée par un pouce ou un gros doigt. Je repensai non sans nostalgie aux scones de la femme de Marcus Capeling et à l'imbécile que j'avais été la veille en m'imaginant que je risquais de pêcher par gourmandise.

Helen Acton arriva flanquée de deux gardiens. Je notai aussitôt qu'elle n'était pas attachée, menottée ni entravée d'aucune façon. Elle nous sourit – d'un sourire à la fois timide, accueillant et prudent – tandis qu'elle prenait place sur la chaise qui lui avait été avancée. Avant de nous laisser seuls en sa compagnie, un des gardiens nous annonça :

— Ouvrez la porte quand vous aurez terminé. Je serai de l'autre côté. Ne vous inquiétez pas, Mlle Acton ne vous posera aucune difficulté.

Il accompagna ses mots d'un sourire adressé à l'intéressée, qui semblait traduire un profond respect. Elle lui répondit à son tour par un sourire.

Cet échange m'étonna. Les femmes détenues en milieu carcéral étaient globalement traitées de manière indigne et le plus souvent brutale par les gardes-chiourme. Cela faisait partie des choses dont je détestais être témoin lorsque je me rendais dans ce genre d'institutions. Voilà qui me donnait un sujet opportun pour ouvrir la conversation avec Helen Acton.

— Vous semblez bien vous entendre avec les gardiens.

— Oui, ils me traitent bien.

Ses cheveux brun sombre coupés court encadraient un visage intelligent au front large. Ses grands yeux noisette dardaient des regards attentifs. Elle portait l'uniforme des détenues que l'on pouvait voir dans toutes les prisons d'Angleterre.

— Vous avez de la chance, mademoiselle, commença Poirot. Avez-vous eu la nouvelle du renvoi de votre exécution ?

— Oui, répondit-elle.

— Et vous en connaissez la cause ?

— Oui. Daisy a avoué le meurtre de Frank. (Elle se pencha en avant.) Monsieur Poirot, elle ne l'a pas tué.

C'est moi qui l'ai tué. Vous devez faire tout votre possible pour protéger Daisy.

— Pourquoi a-t-elle avoué si elle est innocente ? demandai-je.

— Je l'ignore. Pourquoi ferait-elle une chose pareille ? Je ne vois pas. (Elle poursuivit comme si nous étions tous les trois chargés d'élucider le mystère.) Ce ne peut pas être pour me sauver la vie – Daisy et moi… eh bien nous sommes de véritables inconnues l'une pour l'autre. Elle avait beau être la sœur de Frank, je ne la connaissais pas. Elle n'a aucune raison de vouloir sauver la vie de la femme qui a tué son frère adoré, alors pourquoi persiste-t-elle à mentir ? (Son regard revint sur Poirot.) C'est très important que je le sache. Vous le découvrirez pour moi, monsieur Poirot ?

— Oh, j'ai l'intention de découvrir l'entière vérité, mademoiselle. Soyez-en assurée.

Helen Acton n'eut pas l'air entièrement satisfaite par sa réponse.

— Puis-je vous parler avec franchise ? hasarda-t-elle.

— Je vous en prie.

— Très peu de choses m'importent encore, en ce bas monde. Presque rien. Je vais être exécutée – pas à la date attendue, mais plus tard. C'est ainsi. J'ai tué Frank et je dois payer pour mon geste. Mais… après m'être résignée à mon sort depuis si longtemps, et à presque m'en réjouir, je suis très tourmentée par l'annonce de Daisy. Je ne supporte pas l'idée de mourir sans en saisir la signification. Vous ne comprenez peut-être pas ce que je veux dire par là, mais c'est ce que je ressens. De toute la famille Devonport, c'est Daisy que Frank aimait le plus. Elle

196

comptait beaucoup, à ses yeux. Pour sa mémoire, j'ai besoin de savoir pourquoi elle affirme l'avoir tué.

— Je comprends, acquiesça Poirot. Comme je l'ai dit, je me pencherai sur toutes les questions concernant Mlle Daisy. Quand j'aurai les réponses, je viendrai vous les apporter.

— Merci.

— En échange, j'espère que vous nous direz, à moi-même et à mon ami l'inspecteur Catchpool ici présent, toute la vérité sur la mort de Frank Devonport.

L'expression d'Helen Acton passa de la gratitude à la crainte.

— Dire la vérité est une perspective si effrayante ? demandai-je. Vous venez tout juste de déclarer que Frank aimait beaucoup Daisy et qu'en sa mémoire, vous teniez à connaître la vérité. À vous entendre, vous aimiez beaucoup Frank Devonport. Ce que suggère également le fait que, jusqu'à sa mort, vous lui étiez fiancée. Permettez-vous que je vous fasse part de ma conviction ? Je pense que vous aimiez profondément Frank et que c'est encore le cas.

Elle me dévisagea attentivement. Une minute ou presque se déroula dans le plus grand silence. Puis elle répondit d'une voix enrouée par l'émotion :

— C'est vrai. J'aimerai Frank jusqu'à mon dernier souffle. Merci… Personne ne m'avait jamais posé la question. On m'a demandé sans relâche si je l'avais tué et pourquoi je l'avais tué, mais jamais si je l'aimais.

— Pourtant, en dépit de cet amour, vous affirmez l'avoir tué, observai-je.

— Oui.

— Regrettez-vous votre geste ? Si vous pouviez remonter le temps jusqu'à la date du 6 décembre de l'année dernière, feriez-vous la même chose ?

— Là encore, vous êtes la première personne à me poser la question. Oui, je le regrette profondément. Je n'aurais pas dû le faire. Si seulement je ne l'avais pas fait. Je…

— Quoi ? l'incitai-je.

Des larmes coulèrent sur son visage. Elle secoua violemment la tête.

— Tout ce que je peux vous dire, c'est que j'avais l'intention de tuer Frank et que je l'ai fait.

— Pourquoi ? intervint Poirot. Dites-nous pourquoi vous avez tué l'homme que vous aimiez.

Elle resta muette. Aucun de nous deux n'insista. Il y avait chez elle quelque chose de farouchement inébranlable.

— Donc, vous êtes heureuse de mourir, dis-je en retournant au sujet qu'elle était disposée à aborder.

— Oui.

— Vous regrettez votre geste et vous souhaitez l'expier par votre propre mort.

Elle opina :

— Je prie pour retrouver Frank. Oh, je ne crois pas véritablement que c'est ce qui m'attend. Il est au paradis et je n'ai aucune chance de finir là-haut, je le sais bien. Mais je sais aussi que le Seigneur est miséricordieux, ou en tout cas c'est ce que l'on m'a appris et je prie des heures durant pour obtenir Son pardon. Je ne fais rien d'autre entre ces murs. Et parfois, je me laisse aller à espérer que mes prières sont entendues.

— Mademoiselle, dit Poirot en se levant pour contourner la table qui nous séparait d'elle. Vous semblez sincère, néanmoins je trouve peu de sens à vos propos. Puis-je vous demander : quels sont vos sentiments envers Richard Devonport ? Ne lui êtes-vous pas actuellement fiancée ?

— Ah, Richard, répéta-t-elle avec un mince sourire. Je me demandais à quel moment vous alliez m'interroger sur lui. Oui, j'ai promis d'épouser Richard, même s'il s'agit d'une promesse bien vaine étant donné ce qui m'attend.

— Aimez-vous M. Richard ? s'enquit Poirot.

— Non, je ne l'aime pas.

Ses paroles sombrèrent lourdement dans l'air creux. Nous attendîmes qu'elle poursuive.

— Vous m'avez demandé la vérité, n'est-ce pas ? La vérité, c'est que je n'ai jamais aimé Richard. Je voulais avouer l'assassinat de Frank et il me fallait donner une raison et… et la police m'a crue. Les gens sont capables d'une telle stupidité. Je ne connaissais pas Richard avant ce fameux jour, le jour de la mort de Frank. Cet après-midi-là, j'ai passé près de deux heures en sa compagnie, entourée la plupart du temps de Frank et d'un tas d'autres personnes – et la police est allée croire que ça suffisait pour que je tombe follement amoureuse de Richard ? Où sont-ils allés chercher ça ? Frank était grand et bel homme, il était sociable et courageux. Il n'y avait pas la moindre ressemblance physique entre Frank et Richard. Leurs personnalités aussi étaient diamétralement opposées. Richard est timide et effacé, on dirait un pudding à la graisse de bœuf. (Elle ferma les paupières.) Je suis désolée, je n'aurais pas dû dire ça. Loin de moi l'idée d'être méchante, je veux seulement dire que personne ne remarque jamais Richard, alors de là à tomber amoureuse de lui ! C'est parfaitement ridicule de penser qu'une femme qui a pu aimer Frank puisse tomber amoureuse de Richard.

— Pourtant, vous lui êtes fiancée, observai-je.

— Il a fait sa demande. Je ne sais pas ce qui lui est passé par la tête, mais… eh bien, c'était pratique. J'ai accepté, sachant ce qui m'attendait et que je n'aurais pas à aller jusqu'au bout. Ça ne pouvait pas vraiment porter préjudice, si ? Et puis ça donnait plus de crédibilité à mon histoire.

— Si vous n'avez jamais aimé Richard Devonport, vous avez dû assassiner Frank pour une tout autre raison, souligna Poirot.

— Oui. Je crains de ne pouvoir vous la dévoiler.

— Pourquoi ?

— Ça non plus, je ne peux le dire.

— Vous ne pouvez pas ou vous ne voulez pas le dire ?

Après une hésitation, elle répondit :

— Parce que ce ne serait pas convenable.

— À moins que vous n'ayez pas tué Frank Devonport et que ce soit quelqu'un d'autre, comme Daisy, qui l'ait fait et que vous la protégiez depuis le début, objectai-je. Comme vous l'avez dit vous-même, de tous les Devonport, c'est elle que Frank aimait le plus. Vous vous dites peut-être qu'il aurait voulu qu'on lui sauve la mise, quoi qu'elle ait pu faire. Et comme la vie sans lui ne vaut plus la peine d'être vécue… Pas étonnant que vous soyez chamboulée par la décision soudaine de Daisy de mettre à bas tout le mal que vous vous êtes donné jusqu'ici.

— Parlez-nous du jour où Frank Devonport est mort, l'incita Poirot. Que s'est-il passé exactement ?

— C'était horrible, répondit Helen du tac au tac. Insupportable de bout en bout. Je m'attendais à une rude épreuve, étant donné les circonstances, mais rien n'aurait pu me préparer à un tel supplice dès l'instant où je suis arrivée à Little Key.

— Pourquoi anticipiez-vous une rude épreuve ? demandai-je.

— Frank et ses parents étaient brouillés de longue date. J'imagine que vous avez entendu l'histoire : il leur avait volé de l'argent pour venir en aide à Oliver Prowd et à son père invalide.

— J'aimerais beaucoup entendre votre version, contrai-je.

— Ma version, comme vous l'appelez, c'est que jamais je ne retournerais dans une famille qui m'a désavouée après un épisode tout à fait compréhensible et pour lequel je me serais confondue en excuses. Frank a remboursé jusqu'au dernier *penny* à son père. Il a avoué le vol alors que cet aveu n'était vraiment pas indispensable. Sidney et Lilian ne se seraient jamais rendu compte que quelque chose clochait. Mais Frank était un homme d'honneur. Il chérissait l'honnêteté et l'intégrité par-dessus tout. Il tenait absolument à dire la vérité, ce pour quoi ils l'ont banni – un bannissement que Frank a non seulement compris, mais qu'il a aussi pardonné. Frank… (Son visage se tordit de douleur.) Il pardonnait. Toujours. Il…

Les sanglots lui coupèrent le souffle et elle enfouit son visage entre ses mains. Il n'y avait guère autre chose à faire qu'attendre.

Lorsque Helen recouvra sa contenance, elle poursuivit :

— Frank n'aurait pas été de cet avis, mais moi je pense que Sidney et Lilian Devonport sont malfaisants, monsieur Poirot. Ils amenaient Daisy et Richard à se soumettre par la terreur. Aucun des deux ne souhaitait couper les ponts avec Frank, pourtant ils ont obéi à leurs parents sans broncher. Personne n'a envie de se mettre à dos deux monstres que rien n'arrête, et c'est exactement ça : Sidney et Lilian Devonport sont des monstres.

— C'est la raison pour laquelle votre première visite à Kingfisher Hill s'annonçait si difficile ? demanda Poirot. Frank souhaitait se réconcilier avec ces monstres tandis que vous auriez voulu éviter le rapprochement ?

— C'est vrai que j'aurais préféré qu'il n'ait pas lieu. Vous allez me trouver bien insensible à vouloir priver Frank de la famille qu'il aimait, mais je ne voyais pas comment il pouvait passer outre le traitement qu'ils lui avaient infligé. De mon point de vue, on ne peut pas passer ce genre de choses sous silence. Même le comportement de Richard et de Daisy… à l'époque, et c'était il n'y a pas si longtemps, je pensais qu'une telle couardise était impardonnable. J'y voyais une docilité aveugle face à la tyrannie. (Une expression lointaine traversa son visage.) C'est étrange comme une personne peut se révéler d'une bravoure remarquable à certains égards et d'une lâcheté crasse à d'autres, vous ne trouvez pas ? Quoi qu'il en soit, c'était la famille de Frank, donc je me suis contentée de respecter son souhait du mieux possible, même si de mon point de vue on se serait bien mieux débrouillés sans eux. (Elle poussa un soupir.) Si seulement nous n'étions pas allés à Kingfisher Hill ce jour-là, Frank serait encore de ce monde. J'aurais dû déchirer cette satanée lettre !

— Quelle lettre ? demandai-je.

— Celle qui lui demandait de revenir. Elle était parfaitement écœurante. Sidney et Lilian n'y présentaient aucune excuse et ne prenaient aucunement leur part de responsabilité dans le traitement cruel qu'ils lui avaient fait subir. Ils ne lui disaient pas non plus qu'ils l'aimaient ou qu'il leur manquait, seulement qu'il avait trahi la famille de façon impardonnable et qu'il avait de la chance de se voir offrir une deuxième chance. Surtout, la lettre montrait très clairement que tout ce qui s'était passé ne devait plus jamais être évoqué. Frank pouvait être réadmis dans la famille à condition qu'il ne fasse aucune mention des ennuis du passé, parce que la situation était déjà suffisamment pénible comme ça. Les mots « Nous te pardonnons » ne figuraient nulle part. À la place, la missive affirmait que Frank avait de la chance que la maladie ait affaibli leur code moral au point qu'ils soient désormais prêts à tolérer l'impardonnable. J'ai dit à Frank : « Comment osent-ils écrire de telles choses et s'attendre à ce que tu te précipites dans leurs bras ?

— Et qu'a-t-il dit ? s'enquit Poirot.

— Il m'a dit que je ne comprenais pas – il m'a assuré

qu'ils l'aimaient et qu'ils lui pardonnaient, mais qu'ils étaient tout bonnement trop orgueilleux pour reconnaître qu'ils avaient fait une erreur qu'ils regrettaient. Frank voyait toujours le meilleur chez les autres. J'ai bien peur de ne pas avoir ce talent. Je lui ai rétorqué qu'il ferait mieux de se rendre tout seul à Kingfisher Hill, mais il était absolument résolu à me présenter à sa famille. «Je veux que tous les gens que j'aime s'apprécient», m'a-t-il dit. Surtout, il voulait que je fasse la connaissance de Daisy. Je n'ai pas eu le cœur de le lui refuser. Et puis j'espérais qu'après avoir rencontré ses parents en personne, je parviendrais à leur trouver un peu de bienveillance. En même temps, je craignais d'être trop tendre envers eux : je n'avais aucune intention de réviser mon opinion d'eux après ce qu'ils avaient fait à Frank. Voilà pourquoi je redoutais de me rendre à Little Key pour la toute première fois.

Un coup violent retentit à la porte. Nous sursautâmes tous les trois. Un nouveau gardien fit irruption dans la pièce et lança :

— Monsieur Poirot ?

— Oui, lui-même.

— Vous voulez bien me suivre, monsieur ? Nous avons reçu une communication urgente pour vous. (Il baissa la voix.) De la part du ministère de l'Intérieur.

— Le ministère de l'Intérieur ? (Poirot se leva d'un bond.) Catchpool, je vous prie, poursuivez avec Mlle Acton selon l'ordre précis des événements qui se sont déroulés le jour de la mort de Frank Devonport, dit-il en emboîtant le pas au gardien. Qui était où, à quelle heure et pendant combien de temps ? Je reviens !

Ne voulant pas donner l'impression d'être d'une docilité aveugle après avoir entendu Helen Acton condamner ce trait de caractère, je démarrai par une question différente aussitôt que Poirot eut quitté la pièce :

— Qui a eu l'idée des fiançailles entre vous et Richard Devonport ?

Elle eut le bon goût d'avoir l'air contrite.

— C'est lui. Je vous ai dit, il a fait sa demande.

— Quand ?

— Après que j'ai expliqué que j'avais tué Frank parce que j'étais amoureuse de lui. C'est arrivé jusqu'à lui, évidemment, j'aurais dû m'en douter. Et il est venu me voir.

— Ici ?

Elle opina.

— Nous avons eu une conversation tout à fait étrange. Je m'attendais à ce qu'il me demande si c'était vrai, mais il n'en a rien fait. Il s'est contenté de me demander si ce que j'avais dit à la police était juste. Je lui ai répondu oui. C'est là qu'il a fait sa demande. Vous voulez mon avis ?

J'acquiesçai d'un hochement de la tête.

— Richard savait parfaitement que mon amour soudain était absurde, mais ça lui était égal. Il s'est jeté sur l'opportunité d'avoir quelque chose qui avait appartenu à Frank. Je pense qu'il se disait qu'en étant avec moi, il ne perdait pas irrémédiablement son frère adoré. Richard idolâtrait Frank. Il était persuadé que c'était l'élu à qui la vie souriait. J'ai bien conscience de ne pas être d'une très grande beauté, inspecteur, si c'est ce que vous êtes en train de vous dire…

— Pas du tout.

— … mais le fait que j'aie été la fiancée de Frank m'aura donné de la valeur aux yeux de Richard, et cela n'a rien à voir avec mes qualités. Une fois que j'ai accepté sa demande, il m'a fait part de sa détermination à prouver mon innocence. Or c'était exactement ce que je voulais éviter.

— Richard vous a-t-il donné une alliance au moment de vos fiançailles ?

— Non.

— Mais vous en aviez une de Frank ?

— Oui. Un rubis. J'ai demandé à ce qu'on la confie à Richard pour qu'il soit à l'abri. Je ne peux bien évidemment pas le porter en prison.

— Êtes-vous au courant que Daisy Devonport arbore désormais ce rubis à la place de sa propre alliance – celle qu'Oliver Prowd lui a achetée ?

Helen acquiesça.

— J'imagine que vous trouvez cela étrange. Daisy adorait Frank, elle aussi, et je suis sûre qu'elle fait tout son possible pour se raccrocher à son souvenir. Si par hasard ma vie est épargnée… (Elle s'interrompit comme si elle songeait à quelque chose. Elle finit par conclure :) Non, non, je ne supporterais pas la vie sans Frank, pas en sachant ce que je lui ai fait. Quoi qu'il advienne, je préfère que Daisy conserve l'alliance. Je ne la mérite pas.

— Oliver Prowd ne doit pas être particulièrement content que Daisy se soit débarrassée de l'alliance qu'il lui a donnée ?

Helen eut un rire creux.

— Oh, Daisy aura fait le nécessaire pour qu'Oliver comprenne bien qu'il n'a pas voix au chapitre et aucun droit de se plaindre. Frank disait toujours que Daisy pouvait être un vrai tyran. Il le disait affectueusement, mais après l'avoir rencontrée, ne serait-ce qu'un bref instant, force est de constater qu'il disait vrai. Elle a une peur bleue de son père, pourtant elle a appris de lui l'art d'obtenir la soumission des autres par la terreur. Frank m'a rapporté certaines anecdotes… (Helen frissonna.) Et vu la manière dont Daisy m'a parlé d'Oliver le jour de la mort de Frank, il me paraît absolument évident qu'il la laisse le mener à la baguette. L'après-midi en question en est une bonne illustration ! Elle était furieuse contre lui. Il n'était pas là, en tout cas pas à ce moment-là, et elle m'a raconté comment elle avait refusé qu'il mette un pied à la maison pour le punir de l'avoir contrariée.

— C'est ce qui a fait de cette journée à Little Key une expérience si déplaisante ? ai-je interrogé. (Je me rendis compte de la tournure malheureuse de ma question et me repris instantanément :) Avant la mort de Frank, j'entends. Bien évidemment, son décès a été le pire moment de la journée.

Helen Acton sourit.

— Inspecteur, vous dites cela comme si on m'avait infligé sa mort tragique alors que j'en suis en réalité responsable.

— Parlez-moi de cette journée déplaisante, en commençant par le début.

— Tout a été éprouvant dès l'instant où Frank et moi sommes arrivés à Kingfisher Hill. Bien pire que ce que j'avais anticipé. Pour commencer, Lilian Devonport n'a eu aucun égard pour moi. Elle regardait vers moi, mais m'évitait soigneusement. Personne d'autre ne s'en sera aperçu, mais elle a fait le nécessaire pour ne pas poser les yeux sur moi, de l'instant où nous sommes arrivés jusqu'au moment où… (Elle ne trouva pas la force d'articuler la fin de sa phrase.) Après, elle m'a regardée – elle m'a hurlé dessus que j'étais une meurtrière, qu'on allait me pendre et qu'elle irait danser sur ma tombe. Tels sont les premiers mots qu'elle m'a adressés de toute la journée.

— Et Sidney Devonport ?

— Il m'a toisée avec un air évident de dédain, comme s'il voulait me chasser de chez lui par la pensée. C'était en partie ma faute. Je n'ai sans doute pas maquillé le mépris que j'éprouvais pour les parents de Frank aussi efficacement que je l'aurais souhaité. Je ne suis pas très douée pour dissimuler mes sentiments.

— Et les autres ? Vous ont-ils approchée, vous ont-ils parlé ?

— C'est Verna Laviolette qui a été la plus aimable avec moi. Elle a fait tout particulièrement l'effort de m'inclure dans la conversation. Richard et Daisy m'ont adressé la parole, mais là aussi, c'était horrible. Daisy ne s'adressait pas véritablement à moi – elle est restée assise une demi-heure à côté de moi à me mitrailler de paroles, à se plaindre d'Oliver et de tout ce qu'il avait fait de travers. J'avais l'impression d'être un réceptacle à remontrances. Richard avait l'air déchiré entre l'envie de faire plaisir à sa mère et donc de m'ignorer en suivant son exemple, et celle de se montrer poli et de réjouir Frank en me faisant bon accueil. À chaque fois qu'il prenait son courage à deux mains pour m'adresser un mot courtois, il coulait un regard en biais à Sidney ou à Lilian pour vérifier qu'il n'allait pas essuyer une réprimande. Il ne s'est pas trop hasardé à me parler.

— Verna Laviolette était particulièrement aimable avec vous ?

Cette femme m'avait fait l'impression d'être tout sauf aimable.

— Oui. Verna était de mon côté. Elle l'a clairement montré. Sidney et Lilian ont dû enrager de voir leur amie se comporter de la sorte alors qu'ils se donnaient tout ce mal pour paraître distants et froids. Oh, Verna n'a rien dit d'explicite, mais son attitude était sans ambiguïté et je lui en ai été très reconnaissante. J'ignore ce que j'ai bien pu dire pour m'en faire une alliée – Sidney et Lilian étaient si mufles qu'elle a dû avoir de la peine pour moi.

— Daisy et Oliver était fiancés depuis combien de temps ? demandai-je en songeant qu'il était bien étrange que Sidney Devonport ait accepté que sa fille épouse le bénéficiaire de l'argent que Frank lui avait volé.

— Pas longtemps. Sept semaines, pour être tout à fait précise. Frank m'avait fait part de l'adoration d'Oliver pour Daisy. Par deux fois déjà, il lui avait demandé sa main. Elle avait dit non. C'était bien avant le vol. Puis, le jour de la mort de Frank, juste après que j'avais fait sa connaissance, Daisy m'a raconté la même histoire avec une joie non dissimulée : cela faisait une éternité qu'Oliver avait le béguin pour elle et elle l'avait toujours éconduit jusqu'à ce que, le jour même où Sidney et Lilian avaient écrit à Frank pour lui proposer de se réconcilier, elle envoie un télégramme à Oliver lui demandant de l'épouser. Ce qu'il accepta immédiatement, bien entendu.

— Pourquoi a-t-elle changé d'avis ?

— Je ne saurais pas vous dire. Je venais tout juste de rencontrer Daisy et je ne la connaissais qu'au travers des anecdotes de Frank. Je ne crois pas qu'ils soient faits l'un pour l'autre. Pas du tout. (Elle sourit faiblement.) Mais personne ne veut l'avis d'une meurtrière.

— Moi, j'aimerais bien avoir votre avis, l'invitai-je.

— Daisy a un fort caractère et Oliver est trop faible. C'est une combinaison dangereuse. (L'expression d'Helen se durcit.) Saviez-vous qu'Oliver avait coupé les liens avec Frank, lui aussi, après qu'ils avaient conspiré pour voler l'argent ? Oh, il ne présentait pas les choses comme ça, il n'a jamais dit : « J'en ai fini avec toi », mais ça revenait à ça. Tous les deux ne s'étaient pas revus jusqu'à ce jour funeste.

— Mais j'ai cru comprendre qu'Oliver et Frank avaient fait des investissements ensemble et qu'ils avaient cofondé des écoles après avoir volé l'argent de Sidney Devonport.

— Oui, ils étaient impliqués conjointement dans ces entreprises, mais leur amitié s'était délitée, précisa Helen. Tout se faisait par personne interposée. Oliver y tenait. Tout ça, c'était de son fait. Quand Frank aurait eu besoin d'un ami loyal… (Elle cligna des yeux pour retenir ses larmes.) Oliver refusait de voir Frank en face à face ou même de lui adresser la parole. Eux qui étaient les meilleurs amis du monde, ils sont devenus des partenaires commerciaux de loin. Frank en était profondément blessé, mais il ne se résignait pas à blâmer Oliver. Il me disait : « Tout le monde n'a pas le courage de regarder la réalité en face, Helen. Si Oliver ressent le besoin de me faire porter le chapeau et de m'éviter pour pouvoir être en paix avec lui-même, alors c'est ainsi et je lui souhaite tout le meilleur. » Frank trouvait toujours le moyen d'endosser la responsabilité et d'absoudre les autres. Oliver était à l'opposé de ça. Le jour et la nuit !

J'avais hâte de partager ces nouvelles données avec Poirot. Je ne comprenais toujours pas comment Daisy avait été prise du soudain désir d'épouser Oliver Prowd, après l'avoir éconduit par deux fois, et qui plus est le jour même où ses parents avaient écrit à Frank pour proposer leur réconciliation.

— À quoi pensez-vous ? me demanda Helen.

Je ne voyais pas d'objection à lui répondre franchement. Elle m'écouta sans émettre de commentaire, puis elle sourit.

— C'est Frank qui a eu l'idée du nom Little Key. C'est une phrase extraite de Dickens : « Une toute petite clé ouvrira une très lourde porte. »

— La maison s'appelait auparavant Kingfisher's Rest, si je ne m'abuse.

— Oui. Frank trouvait le nom parfaitement insipide. Il a persuadé Sidney de le changer lorsqu'ils ont acheté la demeure aux Laviolette.

— Cela remonte à quand ? Combien de temps avant la mort de Frank ?

— Longtemps. Au moins deux ans.

Je m'éclaircis la gorge avant de me lancer :

— Retournons à la date du 6 décembre, le jour où vous avez tué Frank… Daisy vous a-t-elle dit pourquoi elle était en colère contre Oliver Prowd ?

— Oh, oui. Elle me l'a rabâché de toutes les manières possibles et imaginables. Elle, Richard et les Laviolette avaient passé la matinée dans une autre maison du domaine de Kingfisher Hill pendant qu'Oliver était retenu par ses affaires à Londres. Daisy l'avait prévenu qu'à son arrivée à Kingfisher Hill, il devait aller directement dans l'autre maison et non pas à Little Key comme il l'aurait fait en temps normal. Il n'a pas apprécié qu'on le fasse poireauter sans raison chez des inconnus, et Daisy lui en a voulu de sa réaction – d'autant plus que normalement, pour reprendre ses mots, il était « aussi docile qu'un agneau ». Mais Oliver ne voyait pas pourquoi le retour de Frank nécessitait d'expulser tout le monde jusqu'à nouvel ordre, et Daisy ne comprenait pas pourquoi son compagnon habituellement si obéissant avait choisi ce jour-là pour faire des siennes. Daisy a vu d'un très mauvais œil cet acte de rébellion – ce qui a eu pour effet qu'Oliver est resté bien plus longtemps que tout le monde dans l'autre maison, chez ces gens qu'il ne connaissait pas. Daisy lui avait formellement interdit de revenir à Little Key avec elle.

— Mais Oliver était dans la maison lorsque vous avez poussé Frank de la galerie, affirmai-je en me souvenant du récit de la tragédie que nous avait fait Marcus Capeling.

D'après l'inspecteur, Helen s'était précipitée sur Oliver Prowd pour avouer son geste. C'est à lui qu'elle avait reconnu le crime en premier lieu.

— Oui, il était là. Il s'est montré gentil avec moi, quand je lui ai dit que j'avais tué Frank – c'est à lui que j'ai tout dit, voyez-vous, et il est resté à mes côtés jusqu'à l'arrivée de la police. (Une larme s'échappa de son œil gauche et roula sur sa joue. Elle la fit disparaître.) Tous les autres étaient avec Frank, mais Oliver a veillé sur moi. Il m'a amenée à l'écart, il s'est assis à côté de moi, il a essayé de me calmer. Il a été gentil.

Elle hocha la tête, comme si ce souvenir l'apaisait.

— Mais il y a quelques instants, vous disiez que Daisy lui avait formellement interdit de retourner à Little Key. A-t-elle changé d'avis ultérieurement de sorte qu'il est revenu ?

— Oui. C'est exactement ça. Daisy est imprévisible, confirma Helen. Frank m'a dit qu'elle avait toujours eu ce genre de comportement. À un moment donné de l'après-midi, elle a décidé de passer l'éponge, et il a eu l'autorisation de revenir. Puis elle s'est de nouveau mise en colère contre lui parce qu'il était venu accompagné, sans demander l'autorisation. Frank m'avait expliqué les règles strictes en vigueur chez les Devonport : pas d'invités ni de visiteurs, jamais, à moins qu'ils aient été conviés ou validés par Sidney en personne. Ce qui n'était pas le cas de cet homme.

— Qui donc ?

Marcus Capeling n'avait fait mention d'aucun hôte indésirable le jour de la mort de Frank Devonport. D'après lui, les seules personnes présentes à Little Key le 6 décembre avaient été les Devonport, les Laviolette et Winnie Lord.

— Il s'agissait d'un homme. D'à peu près l'âge

d'Oliver. Il habitait l'autre maison – celle où se trouvait Oliver.

— Kingfisher's View ?

— Oui. Je crois qu'il s'appelait Percy. Percy Semley, c'est ça. Il était là quand Frank est mort. Oliver est revenu à Little Key accompagné de M. Semley. Godfrey Laviolette se trouvait également avec eux – lui aussi était resté plus longuement dans l'autre maison. Quand ils sont revenus, tous les trois, ils parlaient parties de pêche à bâtons rompus. Frank et moi les avons entendus depuis la chambre à l'étage, où je m'étais réfugiée en prétextant vouloir me reposer pour échapper au regard glacial de Sidney. Frank m'avait rejointe là-haut quelques instants plus tard – il était venu vérifier que tout allait bien. Daisy aussi a dû les entendre arriver. Elle se trouvait à l'étage et sa chambre jouxtait la mienne. Elle était à l'affût du retour d'Oliver, prête à lui pardonner son indocilité. Elle s'attendait à le voir revenir dans le seul but de se jeter à ses pieds et d'implorer son pardon. À la place, voilà qu'il débarquait en pleine conversation enjouée sur la pêche en compagnie de deux autres gars, dont un n'était même pas un invité de la famille. Elle devait être furibonde.

— Personne n'a informé Poirot ou moi-même de la présence de ce M. Semley, indiquai-je.

— Il n'est pas resté longtemps à Little Key. Attendez… (Helen fronça les sourcils, avant d'écarquiller les yeux.) Je ne suis pas sûre que la police soit même au courant qu'il est passé. Je n'ai rien dit à ce propos dans ma déclaration et j'imagine mal quelqu'un d'autre s'en charger. Quelques minutes après la mort de Frank,

Sidney l'a flanqué dehors, tandis que Lilian poussait des hurlements comme si on était en train de l'écarteler. Je ne pense pas… eh bien, je ne devrais peut-être pas affirmer cela, mais à mon avis plus personne n'a pensé à M. Semley une fois qu'il est sorti du tableau. Quand on ne les connaît pas et qu'on n'est pas au fait de toutes les petites histoires, c'est difficile à comprendre, mais pour tous les Devonport, exception faite de Frank, c'est un peu comme si le reste du monde n'existait pas en dehors de la famille. Ils traitent toutes les personnes de l'extérieur soit comme une gêne, soit comme un accessoire opportun. Ce M. Semley n'a vraiment rien à voir avec ce qui s'est passé. Il est hors de propos – d'où l'extrême mécontentement de Sidney à tomber sur lui dans des circonstances aussi graves. Personne ne souhaite que de parfaits étrangers soient témoins des pires moments de sa vie, n'est-ce pas ?

À n'en pas douter, Poirot serait du même avis que moi : si Percy Semley était présent lors de la mort de Frank Devonport, il était tout sauf hors de propos. Nous allions devoir nous entretenir avec ce monsieur dans les plus brefs délais.

— Avez-vous parlé avec M. Semley ?

Helen secoua la tête.

— Il est arrivé à la toute dernière minute, avant… avant la mort de Frank. Avec Godfrey Laviolette, Oliver et Winnie Lord.

— Winnie Lord était avec eux ?

— Oui, c'est elle que Daisy a envoyée dire à Oliver qu'il pouvait revenir. Ce jour-là, elle s'est rendue deux fois dans l'autre maison : la première pour aller chercher

Daisy, Richard et Verna, et la deuxième pour Oliver, qui a ramené Godfrey Laviolette et Percy Semley avec lui. Mais Winnie n'est pas restée en leur compagnie très longtemps après leur retour. Elle a dû vaquer à ses occupations. Il y avait seulement les trois hommes quand je... quand j'ai fait ce que j'ai fait à Frank : Godfrey Laviolette, Oliver et Percy Semley.

— Comment vous a semblé Winnie ? Lui avez-vous parlé ?

— Pas vraiment. Elle était avec nous au salon pendant une partie de l'après-midi – enfin, elle faisait des allers-retours pour apporter des plateaux de boissons et de nourriture, ce genre de choses – et de temps à autre elle m'adressait un sourire de sympathie. Elle voyait bien que Sidney et Lilian étaient d'une impolitesse peu commune envers moi. Et puis c'est elle qui m'a accompagnée dans ma chambre quand j'ai déclaré que j'étais fatiguée et que je voulais me reposer avant le dîner. Je n'ai pas dormi, j'en aurais été incapable tant j'étais furieuse et désespérée. En vérité, je voulais fuir tout le monde et me retrouver seule.

Je pris mentalement note de trouver pourquoi Godfrey Laviolette n'était pas rentré à Little Key en même temps que Verna, Richard et Daisy.

Au même moment, la porte s'ouvrit et Poirot pénétra dans la pièce. Il avait le visage tout rouge et sa moustache, dont il s'enorgueillissait tant, était en bataille. Un seul coup d'œil m'informa qu'il était dans un profond état d'agitation.

— Mille excuses, mademoiselle, lança-t-il à Helen Acton. Je crains que l'inspecteur Catchpool et moi-même ne devions partir. Nous reviendrons vraisemblablement vous voir très prochainement. Catchpool, faites vite, je vous prie.

Et sur ce, nous prîmes congé d'Helen Acton.

— Que diable se passe-t-il, Poirot ? m'enquis-je une fois à l'écart des gardiens.

— On me rapporte des nouvelles alarmantes, mon ami. Il y a eu un autre meurtre à Little Key. Nous devons nous y rendre séance tenante. Une voiture est en route pour nous y conduire.

— Un autre… qui ? Qui a été tué ?

— C'est là ce qui m'inquiète le plus, avoua Poirot en secouant légèrement la tête. D'après ce que l'on m'a dit, personne parmi les membres de la famille Devonport et leurs invités, qui tous sont sains et saufs, ne saurait dire à qui appartient le cadavre. Un meurtre a été commis sous leur toit… et pourtant tout le monde ignore de qui il s'agit.

11

Un cadavre à Little Key

À notre arrivée à Kingfisher Hill, le sergent Gidley de Scotland Yard était déjà sur les lieux. Il avait de toute évidence préparé Sidney Devonport à notre venue imminente, ce qui m'épargna la lourde tâche d'avoir à expliquer qu'après m'être présenté chez lui sous un prétexte fallacieux, j'étais désormais la personne chargée d'élucider non pas un, mais deux meurtres qui avaient eu lieu sous son toit.

Je remarquai la présence de plusieurs membres de la famille Devonport dans le vestibule tandis que le sergent Gidley nous devançait, Poirot et moi-même, jusqu'au salon, en nous indiquant que nous allions y trouver à la fois le cadavre et le médecin de la police.

Avant de pousser la porte close qui se trouvait devant nous, Poirot me confia à voix basse :

— Je crains le pire, Catchpool.

— Pourquoi ? Nous savons à quoi nous attendre, plus ou moins.

— Certes, mais nous ne savons pas encore qui a été tué. C'est-à-dire… je crains de connaître l'identité de la victime et j'espère sincèrement me tromper. C'est insensé, n'est-ce pas ? Quelle que soit l'identité de la victime, c'est une tragédie. Pourtant, quand on a le sentiment que l'on aurait pu l'empêcher…

Ses réflexions furent interrompues par l'invitation enthousiaste du sergent Gidley :

— Quand vous voulez, messieurs !

Il avait ouvert en grand la porte du salon. Poirot prit une profonde inspiration avant de franchir le seuil. Je lui emboîtai le pas.

Le cadavre d'une femme gisait devant la cheminée, parallèle au mur auquel était adossé le foyer. Un homme courtaud arborant des lunettes à monture d'acier et une barbe en biseau – le médecin de la police, vraisemblablement – était agenouillé à côté de la dépouille. La femme était allongée sur le dos, un bras le long du corps et l'autre sur le ventre. Un tisonnier à la pointe ensanglantée reposait à côté de ses pieds recouverts de simples bas. Je jetai un œil à la ronde, mais ne remarquai aucune paire de chaussures de femme dans la pièce ; pourtant elle n'était tout de même pas arrivée ici pieds nus, d'autant plus que son manteau vert émeraude était boutonné jusqu'au cou. Pourquoi aurait-elle retiré ses chaussures mais pas son manteau ?

Un bonnet en laine verte assortie recouvrait l'intégralité de son visage et donnait l'impression, de notre point de vue près de la porte, de flotter sur une vaste mer d'un rouge vif.

— La victime est morte sous les coups du tisonnier,

annonça le sergent Gidley. Et si le projet était d'entraîner la mort… ma foi ce n'était pas la peine de se donner tant de mal.

— Les coups ont été violents ?

— Oui, monsieur. Bien après l'avoir tuée, l'assassin a continué à matraquer son crâne et son visage jusqu'à ce qu'elle soit méconnaissable. Le plus curieux reste son accoutrement – ou plutôt l'absence de vêtements. Sous ce manteau, elle ne porte ni robe, ni chemisier, ni jupe. Seulement ses sous-vêtements.

— Ce qui signifie, embrayai-je en réfléchissant à voix haute, que l'assassin a dû lui retirer son manteau afin de lui enlever sa robe, ou bien son chemisier et sa jupe, avant de lui remettre le manteau et de le boutonner jusqu'au col. Le tout en escamotant ses chaussures. Très intéressant.

— En effet, agréa Poirot. Pourquoi lui avoir retiré ses vêtements ? Pourquoi l'assassin voulait-il qu'on la découvre avec son manteau, son bonnet, ses bas et ses sous-vêtements, mais sans sa robe ni ses chaussures ? Bien sûr ! (Il hocha vivement la tête.) Je sais pourquoi. (Il désigna l'âtre). J'imagine que la robe et les chaussures ont été brûlées dans la cheminée ? N'est-ce pas le talon d'une chaussure que je discerne parmi les cendres ?

Le sergent Gidley se pencha pour examiner la grille de foyer.

— On dirait bien que vous avez raison, monsieur ! s'exclama-t-il avec émerveillement.

Poirot me gratifia d'un regard qui voulait dire : *C'est ce qu'ils ont de mieux, à Scotland Yard ?* Je haussai les épaules. Moi aussi, j'avais omis d'analyser le contenu de la cheminée. J'avais un mal fou à m'arracher au spectacle atroce qui se déployait sur le plancher. Le tableau me rappelait quelque chose – un souvenir à la fois vague et pressant. Où avais-je vu récemment ce bonnet et ce manteau verts ? Minute... un flash me traversa l'esprit...

Au moment même où l'image se précisait sans aucun doute possible, Poirot affirma :

— C'est ce que je craignais.

— Joan Blythe, complétai-je d'une voix pâteuse.

La femme au visage inachevé. Ma bouche était engourdie. Je ne comprenais pas le sens de ce que je voyais. Des bribes de questions se disputaient la première place dans mon esprit : quoi... ? Comment... ?

— Ce doit être elle, soufflai-je. Le manteau et le bonnet – je les reconnais.

Le plus étrange, c'est que si dix minutes plus tôt on m'avait demandé de décrire le bonnet et le manteau que portait Joan Blythe le jour où nous l'avions rencontrée, j'aurais été bien en peine de répondre.

— Oui, oui, c'est bien elle, acquiesça Poirot. Notre amie effrayée de l'autocar.

— Nous ne pourrons l'affirmer qu'après avoir vu son visage, objectai-je.

— J'ai bien peur que cela ne soit impossible, intervint le médecin de la police qui s'approchait de nous, la main tendue. Dr Jens Niemietz. Je suis enchanté de faire votre connaissance, monsieur Poirot, j'ai tant entendu parler de vous. On vous décrit comme un grand homme.

Il parlait un anglais instruit, délicat, continental. Il

me plut d'emblée ; la joie évidente qu'il avait à côtoyer Poirot était contagieuse, et je me fis la réflexion que j'avais beaucoup de chance de pouvoir travailler aux côtés d'un ami cher doublé d'un esprit d'une si grande finesse ; il était trop facile de prendre une telle aubaine pour acquise.

— C'est un honneur de vous apporter mon concours, continua Niemietz. Ainsi qu'à vous, inspecteur Catchpool. Et si un visage nous serait en effet d'un grand secours pour retrouver l'identité de la victime, j'ai bien peur de ne pas pouvoir vous en montrer un. Le tisonnier que vous voyez là a été manié avec une sauvagerie brutale. Non seulement le visage, mais toute la tête a été… Comment décrire cela avec délicatesse ? Il ne reste plus rien d'identifiable, je le crains. Je sais que vous allez devoir soulever le bonnet pour regarder en dessous, mais préparez-vous à subir un choc, quand bien même vous pensez avoir déjà vu maintes horreurs.

— Personne ne touche à ce bonnet sans mon approbation, ordonna Poirot.

— Sergent Gidley, interjetai-je, qui se trouve à la maison en ce moment à part vous, moi, Poirot, le Dr Niemietz et la victime ?

— Les Devonport – tous les quatre. À part eux, il y a des amis de la famille, M. et Mme Laviolette, et Oliver Prowd, le fiancé de Daisy Devonport.

— Il n'y a personne d'autre ?

— Non, c'est tout – ce sont les personnes qui étaient là quand l'assassin a frappé entre 10 et 11 heures ce matin, confirma Gidley. Daisy Devonport a découvert le cadavre ce matin à 11 heures.

— Sergent Gidley, ordonna Poirot, allez trouver Mlle Daisy et faites-la venir ici.

— Bien, monsieur…

Daisy apparut dans la pièce moins d'une minute plus tard.

— Vous avez demandé à me voir, monsieur Poirot ?

Son visage me sembla plus pâle que la dernière fois. Elle paraissait tendue.

— En effet, acquiesça Poirot. Je veux que vous regardiez le cadavre de cette femme.

Daisy Devonport le dévisagea en haussant un sourcil.

— Je l'ai déjà vu. Comme nous tous, bien avant que vous débarquiez : c'est nous qui l'avons découvert, ce cadavre.

— Et quand vous en avez informé la police, vous avez affirmé, est-ce bien vrai, que personne ne savait de qui il s'agissait ?

— C'est exact. Elle a le visage et le crâne réduits en bouillie.

— Comment le savez-vous, mademoiselle Devonport ? l'interrogea le sergent Gidley. Avez-vous touché à la scène de crime ?

— Êtes-vous en train de me demander si j'ai soulevé le bonnet pour essayer d'identifier la personne qui gisait sans vie sur le tapis de mon salon ? (Daisy accompagna sa question d'un rire sans joie.) Eh bien, la réponse est oui. Après quoi, j'ai reposé le bonnet là où je l'avais trouvé et aucun mal n'a été fait, à part à mon estomac. Ça m'a rendue malade comme un chien. C'est… c'est atroce, ce qu'il y a là-dessous. (Ses lèvres tremblèrent imperceptiblement.) Je n'ai pas réussi à l'identifier.

Personne d'autre n'aurait pu. Pour le bien de tout un chacun, j'ai recommandé aux autres de ne pas regarder. Quand j'ai téléphoné à la police, j'ai dit la vérité, à savoir qu'une femme non identifiée avait été assassinée sous notre toit.

— Donc, vous ne l'avez pas reconnue à partir de son manteau et de son chapeau ? enchaîna Poirot.

— À partir de son… ? (Daisy partit d'un nouveau rire, incrédule cette fois.) Non, je ne l'ai pas reconnue. J'aurais dû ?

— Regardez attentivement, mademoiselle. N'avez-vous pas déjà vu ce manteau et ce bonnet, il n'y a pas très longtemps de cela ?

— Je ne crois pas, non. Pourquoi cette question ? À vous entendre, je devrais les reconnaître.

— La femme inquiète qui était assise à côté de vous dans l'autocar de Londres à destination de Kingfisher Hill, celle qui s'est relevée d'un bond en clamant qu'elle ne pouvait pas rester sur son siège… elle portait un manteau et un bonnet de cette même couleur, n'est-ce pas ?

— Ah bon ? fit Daisy en fronçant les sourcils. Ma foi, vous avez peut-être raison, mais pour ma part, je n'ai pas fait attention. Tout ce que j'ai noté, chez elle, c'était son attitude exaspérante. Je suis certes une femme, monsieur Poirot, mais là où les autres personnes de mon sexe remarquent l'accoutrement, moi je remarque la personnalité. La sienne était déplaisante en plus d'être déséquilibrée, de sorte que je me suis détournée d'elle en faisant comme si elle n'était pas là – jusqu'à ce que Dieu merci, elle s'en aille et que vous preniez sa place.

— Je ne suis pas certain que quelqu'un qui a assassiné son frère, ou qui prétend trompeusement l'avoir fait, ait le droit de condamner la personnalité déplaisante d'autrui, énonçai-je sèchement.

— Ne soyez pas bête, inspecteur. (Daisy sembla revigorée de s'attirer mes foudres.) Personne n'a le droit de faire quoi que ce soit. Vous croyez réellement que le monde est scindé entre les personnes méritantes et les autres ? La réalité est bien plus simple que cela. Chacun peut faire et dire ce qui lui plaît, il suffit d'être prêt à en assumer les conséquences.

— Mademoiselle, intervint Poirot non sans sévérité. Que vous approuviez ou non la personnalité de Joan Blythe – car tel est son nom, tout du moins celui qu'elle nous a donné –, je suis étonné de constater que cela ne vous émeut pas plus que cela de la trouver morte au beau milieu de votre salon.

— Que voulez-vous dire… ? C'est… ce n'est pas elle, si ? (Daisy ouvrit grand la bouche.) Mais enfin, même si le manteau et le bonnet sont semblables, cela ne signifie tout de même pas… (Elle pivota pour examiner de nouveau le cadavre.) C'est impossible, marmonnat-elle. Toutefois, elle a la même carrure et…

— C'est elle, conclut Poirot.

À côté de moi, le sergent consigna une note dans son calepin : « Joan Blythe. » Manifestement, la parole de Poirot était d'or.

— Gidley, voyons si vous parvenez à dégoter une tante dont la nièce a disparu à Cobham ou dans les alentours, ordonnai-je. Mlle Blythe nous a informés qu'elle vivait chez sa tante.

— Mais c'est parfaitement insensé ! s'exclama Daisy, le visage soudain sanguin et soucieux. Pourquoi diantre une parfaite inconnue qui par pur hasard s'est assise à côté de moi pendant quelques minutes à peine finirait-elle assassinée devant ma cheminée ? C'est absurde ! Qui lui aurait ouvert la porte ? Qui l'aurait tuée alors que personne parmi nous ne la connaît ? Pourquoi viendrait-elle jusque chez nous ? À moins qu'on ait traîné son cadavre jusqu'ici !

— Les choses ne se sont pas déroulées ainsi, objecta le Dr Niemietz. Le meurtre a eu lieu ici, dans cette pièce. L'agression a été frénétique. Regardez la quantité de sang. Et vous avez vu dans quel état est sa tête, mademoiselle Devonport – ou plutôt ce qu'il en reste.

— Il me semble néanmoins plus vraisemblable qu'il s'agisse de quelqu'un d'autre, pas de Joan Blythe, insista Daisy. Une femme qui, par pure coïncidence, porte le même manteau et le même bonnet.

— Monsieur Poirot, vous racontiez à l'instant que cette femme s'était relevée d'un bond de son siège, reprit le Dr Niemietz.

— C'est exact, oui.

Le médecin de la police adressa un regard entendu au sergent Gidley, qui hocha la tête, sortit une paire de gants de sa poche et les enfila. Ainsi équipé, il tira une petite feuille de papier blanc de son autre poche et la souleva de sorte que Poirot et moi puissions en décrypter le contenu.

Je clignai plusieurs fois des yeux en découvrant les mots écrits sur la page, avec la sensation distincte que les vrilles d'un cauchemar, trop convaincant pour n'être que le fruit de mon imagination, s'enroulaient lentement mais sûrement autour de moi. Les mots avaient été rédigés à l'encre noire.

— Dieu seul sait ce que cela peut bien vouloir dire, déplora le sergent Gidley. Je n'y comprends goutte. Le Dr Niemietz a trouvé ce papier posé sur le cadavre – sur sa poitrine, glissé sous le bouton du col de son manteau.

Je comprenais très bien la signification de cette note. Et Poirot aussi. À présent, l'identité de la femme décédée ne faisait plus l'ombre d'un doute.

Sur le papier, il était écrit : «Vous avez pris place sur un siège funeste, voici donc le tisonnier qui tannera votre bonnet. »

Deux heures plus tard, le Dr Niemietz et le sergent Gidley étaient repartis pour Londres en emportant la dépouille de Joan Blythe. Poirot et moi étions dans la salle à manger de Little Key. Cédant à nos instances, tout le monde s'était rassemblé après que la première demande polie que nous avions faite en ce sens eut été rejetée. Sidney et Lilian Devonport, Richard Devonport, Godfrey et Verna Laviolette ainsi que Daisy Devonport et Oliver Prowd avaient donc pris place autour de la table.

Les yeux de Sidney brillaient de colère. Son sourire fossilisé, bouche entrouverte, n'avait pas bougé d'un iota, même si aujourd'hui, il ressemblait davantage à une grimace. Oliver Prowd avait la mine passablement perplexe. Lilian arborait une expression absente et perdue, comme si elle ne savait plus ni où elle se trouvait ni ce qu'elle faisait là. Daisy était tendue, sur ses gardes, scrutant tout le monde d'un œil vif, tandis que son frère

Richard avait l'air au bord de la crise de larmes. Quant à Verna Laviolette, elle avait l'air en proie à son éternelle jubilation acerbe. Je n'arrivais toujours pas à croire en sa bonté envers Helen Acton, ni envers quiconque. À côté d'elle, son mari Godfrey n'arrêtait pas de gigoter sur sa chaise.

L'assemblée comptait également un nouveau venu – un individu qui n'était pas à Little Key lorsque Joan Blythe avait été assassinée, et dont Poirot n'avait pas encore fait la connaissance : Percy Semley de Kingfisher's View. Dès que j'avais rapporté que Semley se trouvait à Little Key quand Frank Devonport était mort, Poirot avait insisté pour le faire venir sans plus attendre.

— Pour quoi faire ? avais-je interrogé Poirot tandis qu'il me mettait à la porte pour que j'aille chercher Semley.

— L'heure est venue d'éclaircir certaines des petites aspérités qui gênent la vérité, désormais à portée de main ou presque, m'avait-il répondu de manière pour le moins absconse.

À portée de main ou presque : Poirot avait-il vraiment prononcé ces mots ? Pour ma part, je comprenais de moins en moins pourquoi deux personnes avaient été assassinées à Little Key, et par qui, et jamais de ma vie je n'avais à ce point nagé en pleine incohérence. Les mots rédigés sur le papier qui avait été trouvé sur le cadavre de Joan Blythe tournaient en boucle dans ma tête comme un disque de gramophone : *Vous avez pris place sur un siège funeste, voici donc le tisonnier qui tannera votre bonnet.*

Qu'est-ce que cela pouvait bien vouloir dire ? Pour

commencer, le bonnet vert de Joan Blythe avait réchappé aux coups du tisonnier. Il était parfaitement intact, ce qui contredisait le contenu de la note, à moins que son auteur n'ait utilisé le « bonnet » comme métaphore pour signifier la « tête » afin de satisfaire aux besoins de la prosodie.

Une question d'ordre plus pressant était soulevée par ce que laissaient entendre ces lignes, à savoir que Joan avait été punie de s'être assise sur ce siège. Si tel était le cas, comment s'expliquait ce châtiment ? Parce qu'elle avait ignoré son avertissement ? Cette éventualité faisait de l'auteur de l'alerte et de celui du crime une seule et même personne – ce qui n'avait aucun sens.

Me trouvant incapable de faire progresser mon processus de déduction, je tournai mon attention vers Percy Semley, lequel était assis en face de moi. Les yeux rivés sur la table, il se mordillait la lèvre inférieure. Il était assurément déconcerté de se retrouver dans une telle situation. Il ressemblait à une girafe – une girafe couleur sable plutôt séduisante. Je décrétai qu'il était tout à fait improbable qu'il nous soit de la moindre utilité.

Poirot était notre seul espoir. Je savais qu'il nourrissait un grand dessein en nous rassemblant dans cette pièce, et je misais tout sur lui.

Au même instant, il se leva.

— Mesdames et messieurs. Dans quelques jours – certainement moins d'une semaine –, nous serons de nouveau réunis autour de cette table. À cette occasion, une autre personne se joindra à nous : Mlle Helen Acton.

Richard Devonport ferma les yeux tandis que sa mère assénait :

— Je ne laisserai pas cette femme mettre un pied dans cette maison.

— Au contraire, madame, la contra Poirot. J'ai obtenu une autorisation spéciale pour qu'on la conduise ici et vous ferez exactement ce que l'inspecteur Catchpool et moi-même vous dirons, sans rechigner. Comme vous tous ici. En échange de votre coopération, lorsque nous serons rassemblés la fois prochaine en compagnie de Mlle Helen, je vous dirai qui a tué Frank Devonport et qui a tué la femme dont le corps vient d'être retiré du salon. Je vous révélerai qui a commis ces deux crimes abominables et pourquoi.

— Mais on sait déjà qui a tué Frank, monsieur Poyrow, coupa Godfrey Laviolette. C'est Helen Acton.

— Non, c'est faux, protesta Daisy. C'est moi qui ai tué Frank.

— Silence ! vociféra son père. (Elle trembla sur sa chaise, sans se départir pour autant de son regard de défi.) C'est Helen qui a tué Frank, clama Sidney d'une voix chevrotante de rage. Et si vous avez le moindre respect pour ma famille, monsieur, vous laisserez cette femme néfaste là où elle est, à croupir en prison, jusqu'à ce qu'elle monte sur l'échafaud !

— Ce sera beaucoup plus simple pour tout le monde si on s'épargne les cris, plaida Poirot. Monsieur Devonport, asseyez-vous, je vous en prie. Nous aurons tous besoin de garder nos forces pour la suite.

Sidney Devonport se laissa tomber lourdement sur sa chaise. Poirot poursuivit :

— Nous n'avons pas encore clairement déterminé

qui a tué Frank, mais nous savons en revanche qu'Helen Acton n'est pas coupable du second meurtre. Elle ne se trouvait pas à Little Key à ce moment-là. Et vous non plus, ajouta-t-il en regardant Percy Semley. Par conséquent, la femme du salon a forcément été tuée par un des quatre Devonport, ou alors par Godfrey ou Verna Laviolette, ou bien par Oliver Prowd.

— Mais aucun de nous n'avait de raison de la tuer, objecta Verna.

— Aucun de nous ne la connaissait, précisa Lilian.

— Évidemment que non, grogna Sidney. Nous n'avions aucune raison de la tuer et nous ne l'avons pas tuée. Il n'y a pas d'assassin autour de cette table !

— Des inconnus ont dû s'introduire dans la maison, fit valoir Godfrey Laviolette. La porte d'entrée n'était peut-être pas fermée à double tour.

— Aucun d'entre vous ne peut avoir la certitude de ne l'avoir jamais vue, assénai-je. Son visage a été mutilé au point d'être méconnaissable.

— J'aimerais beaucoup que chacun de vous me dise où il se trouvait quand la pauvre demoiselle a été tuée, reprit Poirot. Monsieur Devonport, en tant que chef de famille, si vous voulez bien vous donner la peine de répondre en premier ? Puisque vous m'affirmez avec autorité que personne ici présent n'a assassiné cette pauvre femme, j'en conclus qu'entre 10 et 11 heures, vous étiez tous ensemble rassemblés dans une pièce dont personne n'est sorti ?

— J'étais avec ma femme, répondit Sidney d'une voix monocorde.

— Oui, Sidney et moi étions ensemble.

— Où ? s'enquit Poirot.

— Dans ma chambre, dit Lilian.

— De quand à quand, précisément ?

— Après mon réveil, j'y suis restée toute la matinée. Sidney m'a apporté mon petit déjeuner et les journaux à… je ne sais pas exactement quelle heure il était, mais probablement aux alentours de 9 heures.

— Il était 9 h 35, rectifia Sidney. Godfrey et moi étions occupés au QG du Peepers, et j'ai bien peur d'avoir complètement oublié votre petit déjeuner, ma chère.

— Ah, je n'ai pas fait attention à l'heure, concéda Lilian.

— Donc, vous avez pris votre petit déjeuner à 9 h 35, et après… ? interrogea Poirot.

— Après ça, nous sommes restés tous les deux dans la chambre de Lilian à boire du thé et à lire la presse jusqu'à ce que les cris de Daisy viennent nous déranger.

— Des cris impies, asséna Lilian en jetant un regard désapprobateur à sa fille. C'était tout à fait inutile de faire un tel tapage. J'ai cru faire une crise cardiaque.

— Et comment aurais-je dû réagir en découvrant le cadavre d'une femme sans visage étalé sur le tapis du salon ? répondit Daisy d'une voix égale. J'étais censée dire : « Oh, mais c'est merveilleux » et vaquer à mes occupations ?

— Mademoiselle Daisy, vous avez découvert le corps à 11 heures ?

— Oui. L'horloge de grand-père du salon s'est mise à sonner l'heure pendant que je criais, justement. Avant cela, Oliver et moi nous promenions dans le jardin.

Après la météo impitoyable de ces derniers jours, le temps était enfin au redoux, le ciel à l'éclaircie et nous avons voulu en profiter. Nous sommes sortis d'ici à… en fait, je ne m'en souviens pas. Et toi, Oliver ?

— Non, pas précisément, marmonna-t-il sans lever les yeux de ses mains.

En cet instant, la profondeur de sa tristesse s'imposa à moi. Je me demandai s'il refusait toujours de croire que Daisy avait tué Frank, ou s'il était à présent convaincu de sa culpabilité et désespéré à l'idée de la perdre.

— Oh ! s'exclama Verna Laviolette. Je crois pouvoir vous aider. Sidney, êtes-vous bien sûr de l'heure à laquelle vous avez apporté son petit déjeuner à Lilian ?

— Certain, aboya l'intéressé.

— Dans ce cas, monsieur Poirot, je peux vous affirmer que Daisy et Oliver sont sortis pour se promener peu de temps après. Voyez-vous, Sidney a l'habitude de – pardonnez-moi, Sidney, mais l'on se doit d'être parfaitement honnête lorsqu'on aide la police à résoudre un meurtre –, il a l'habitude de fermer les portes un peu plus vigoureusement qu'il n'est nécessaire.

— Ça s'appelle claquer les portes, traduisit Daisy.

— Eh bien… oui. (Verna jeta un regard nerveux à Sidney avant de poursuivre :) Ma chambre, la chambre d'amis que j'occupe quand je viens ici, est à côté de celle de Lilian. Aujourd'hui, j'ai dormi jusqu'à tard, n'ayant pas réussi à fermer l'œil avant 3 ou 4 heures du matin – ce qui est tout à fait habituel chez moi, j'en ai bien peur – et j'ai été brusquement réveillée par un claquement de porte. Je me suis dit « Oh là là, l'orage couve ». Alors, j'ai enfilé ma robe de chambre et je suis sortie sur le palier. Au même instant, j'ai vu Oliver et Daisy qui sortaient se promener. Puis, de retour dans ma chambre, j'ai regardé par la fenêtre et je les ai aperçus dans le jardin.

— Vous avez entendu claquer une porte et vous vous êtes dit qu'il allait y avoir du grabuge ? demanda Poirot.

— Eh bien… oh et puis zut, monsieur Poirot, je vais être parfaitement honnête avec vous, même si ça doit vous donner une piètre opinion de moi. Parfois, comme aujourd'hui, un claquement de porte ne veut rien dire de particulier, seulement que Sidney avait fermé la porte derrière lui. Mais à d'autres occasions, ce même bruit peut être le présage que Sidney va s'énerver contre quelqu'un et que tous les autres seraient bien avisés de se mettre à l'abri.

— Pourtant, vous ne vous êtes pas mise à l'abri. Vous êtes sortie sur le palier.

— Oui, eh bien… (Les joues de Verna rosirent.) Je reconnais que ma curiosité me rend souvent intrépide, quelles que soient les circonstances.

— Verna, es-tu en train de dire devant tous ces gens que tu es sortie sur le palier pour espionner ? s'enquit Godfrey Laviolette d'un air horrifié.

— Oui, Godfrey, c'est bien ça. Oh, allez, ce n'est pas la peine de me regarder comme ça ! La curiosité est dans la nature humaine. Quoi qu'il en soit, monsieur Poirot, cela n'a aucune importance. Je ne vais pas voler la vedette à tout le monde en parlant de moi, je ne suis vraiment pas si importante que cela. J'essaie simplement de vous dire la chose suivante : une fois que j'ai eu le cœur net qu'il n'y avait aucun potin juteux à glaner, je suis retournée dans ma chambre et par la fenêtre, j'ai vu Daisy et Oliver se promener dans le jardin.

— Merci, madame, conclut Poirot.

— Plus jamais vous ne serez conviée sous ce toit, asséna Sidney à Verna.

— Oh, vous m'en direz tant? dit-elle en souriant. Comment Godfrey et vous allez bien pouvoir plancher ensemble sur le Peepers si je ne suis pas la bienvenue? Vous ne pensez tout de même pas que mon mari va venir ici sans moi, si? Il n'acceptera certainement pas une chose pareille, hein, Godfrey?

— Monsieur Prowd, interrompit Poirot. Le récit de Mme Laviolette concorde-t-il avec les souvenirs que vous avez de la matinée en question?

— Oui, répondit Daisy à sa place.

Prowd opina.

— Oui. À 9 h 40, cela me semble exact. Daisy et moi nous sommes promenés dans le jardin, puis dans le reste du domaine. Nous avons marché jusqu'à la piscine, avant de pousser jusqu'aux bois qui la jouxtent. Puis aux alentours de 11 heures moins le quart, Daisy a annoncé qu'elle était fatiguée et qu'elle voulait rentrer, alors nous avons rebroussé chemin. Elle est entrée dans le salon, a découvert le cadavre et s'est mise à crier.

— Où étiez-vous à ce moment-là? ai-je demandé.

— Dans le vestibule, à environ dix pas derrière elle. J'aurais aimé pénétrer en premier dans le salon et lui épargner cette épreuve.

Daisy lui lança un regard qui laissait entendre qu'elle était bien mieux outillée que son fiancé pour surmonter des épreuves.

Godfrey Laviolette intervint:

— À moi maintenant! Quand Sidney m'a laissé pour retourner auprès de Lilian, je suis allé lire dans la bibliothèque. J'y ai trouvé Richard.

— C'est exact. J'étais en train de rédiger mes courriers et j'ai lu jusqu'à 9 heures, enchaîna l'intéressé.

— Et vous, monsieur Semley?

Puisqu'il était là, autant avoir l'amabilité de l'inclure dans la conversation.

— J'étais chez moi, répondit Semley. Je n'ai rien à voir avec cette sombre affaire.

— Vous étiez seul à Kingfisher's View? rebondit Poirot.

— Non, ma tante était avec moi.

— Comment s'appelle-t-elle?

— Hester Semley. Je suis resté la majeure partie de la matinée en sa compagnie. Et assurément entre 10 et 11 heures.

— Et elle pourra le confirmer?

— Oui, bien sûr.

— Eh bien, lança Poirot. Il semblerait que la seule personne sous ce toit qui ait été seule au moment du meurtre brutal de cette jeune femme, et donc sans le bénéfice d'un alibi, ne soit autre que vous, madame Laviolette.

— Mince alors, souffla-t-elle en écarquillant les yeux. Vous avez raison, monsieur Poirot. J'ai passé toute la matinée seule, jusqu'à ce que Daisy se mette à hurler et que je descende. Je vous jure que je n'ai pas touché à cette fille. Pourquoi ferais-je une chose pareille?

Ignorant la question, Poirot poursuivit:

— Celles et ceux parmi vous qui se trouvaient à la maison dans la matinée : avez-vous entendu toquer à la porte ? Entre 10 et 11 heures, voire avant cela ?

— Oui, moi, répondit Richard Devonport. Mais j'ai bien peur de ne pas pouvoir vous en dire plus. J'étais plongé dans mon livre quand j'ai vaguement noté qu'on frappait à la porte. J'ai décrété, assez égoïstement, que la charge d'aller ouvrir pouvait bien incomber à une personne qui n'était pas en pleine lecture. Oh ! Si je lisais, cela veut dire que j'avais fini de rédiger mon courrier, donc que le visiteur a dû arriver un peu avant 10 heures. Godfrey se trouvait déjà dans la bibliothèque avec moi…

— Je n'ai pas entendu frapper à la porte, coupa Godfrey.

— Pourtant, c'est clairement ce qui s'est passé, insista Richard. Je dirais à 10 heures moins 10.

— Et c'est tout ce que vous avez entendu ? interrogea Poirot. Pas de conversation ni de présentation ?

— Rien de tout cela, confirma Richard. Comme je vous le disais, j'étais totalement captivé par mon livre et le heurtoir s'entend bien mieux que la rumeur d'une conversation.

— J'ai entendu… j'ai entendu quelque chose, maintenant qu'on en parle, intervint Verna. C'est étrange, je n'y avais pas pensé avant. Ce n'était pas au niveau de la porte d'entrée. J'ai entendu la porte de la chambre de Lilian se refermer doucement, un bon moment après que Sidney l'avait claquée. Je me souviens de m'être dit : « Eh bien, ça ne peut pas être Sidney cette fois-ci. Jamais il n'a fermé de porte aussi délicatement de toute sa vie. » Alors, je suis retournée sur le palier…

— Mais bon sang, Verna, veux-tu bien arrêter d'espionner nos amis ? tempêta Godfrey.

Sur son visage lisse et sans âge, ses joues avaient viré au carmin. On aurait dit une poupée en bois dont on aurait rehaussé le teint en lui peignant de gros pois rouges.

— Cesse donc de me rudoyer, Godfrey, riposta Verna. J'imagine que M. Poirot et l'inspecteur Catchpool sont ravis que je leur fasse part de tout ce que j'ai pu observer.

— Ravis, répétai-je froidement.

Décidément, je ne supportais pas cette femme.

— Qu'avez-vous observé lorsque vous êtes ressortie sur le palier ? demanda Poirot.

— J'ai vu Lilian, dit-elle. Elle s'apprêtait à descendre l'escalier. J'imagine qu'elle l'a fait, mais je ne l'ai pas suivie des yeux jusqu'en bas des marches. Je suis retournée dans ma chambre.

Lilian Devonport fronça les sourcils.

— Verna, ce n'est pas possible. Je n'ai pas quitté ma chambre, objecta-t-elle d'une voix plus perplexe que véritablement piquée.

À son tour, Verna eut l'air dubitative.

— Comme c'est étrange. Je n'ai pas entendu la porte se refermer ni claquer une troisième fois, voyez-vous, et pourtant, quand Daisy s'est mise à crier, nous avons tous surgi de nos chambres et Sidney et Lilian sont tous deux sortis de la chambre de Lilian en même temps que je quittais la mienne. Dans ce cas, pourquoi n'ai-je pas entendu Lilian remonter dans sa chambre après avoir descendu les escaliers ?

Elle avait adressé sa question à Poirot, pourtant c'est Lilian qui lui répondit :

— Pour la simple et bonne raison que je n'ai quitté ma chambre à aucun moment. Il est impossible que vous ayez vu mon visage, Verna.

— Non. Vous avez raison, en effet. J'ai aperçu votre longue chevelure, de dos. Elle était dénouée. Vous portiez votre robe de chambre. Et j'ai clairement entendu la porte de votre chambre s'ouvrir puis se refermer.

— Ce n'était pas moi, Verna, insista Lilian à mi-voix.

— Attendez, lança Oliver Prowd. Daisy et moi étions dehors, Richard et Godfrey dans la bibliothèque, Sidney était avec Lilian dans sa chambre. Il n'y avait aucun domestique à la maison ce matin – chérie, tu m'as bien dit au petit déjeuner que Sidney avait congédié le petit épouvantail, la fille qui avait brièvement remplacé Winnie ?

— Et alors ? rétorqua Daisy. Mieux valait carrément se passer de personnel de maison.

— Tout ce que je veux dire… eh bien, si ce n'est pas Lilian que Verna a aperçue dans les escaliers, vêtue de la robe de chambre de Lilian, et que tous les autres avaient un alibi, dans ce cas, de qui s'agissait-il ?

— Ça ne peut être personne d'autre, argua Richard.

— Et pourquoi pas ? insista Oliver en jetant un regard circulaire à la tablée. Et s'il y avait quelqu'un d'autre – quelqu'un qui se cache depuis Dieu sait combien de temps et qui est encore entre ces murs ?

12

Des petites questions agaçantes

Le silence s'abattit sur la pièce. Poirot le brisa au bout de quelques secondes :

— Monsieur Prowd, dites-nous, vous avez une théorie, n'est-ce pas ?

— Je n'appellerais pas cela une théorie, mais si la femme que Verna a vue dans les escaliers et la morte du salon étaient une seule et même personne ? Elle aurait pu arriver hier, passer la nuit ici dans l'une des nombreuses chambres inoccupées. (S'échauffant progressivement à l'édification de son hypothèse, Oliver poursuivit :) À part Richard, personne n'a entendu toquer à la porte d'entrée ce matin – pas même Godfrey qui se trouvait lui aussi dans la bibliothèque. Peut-être qu'au fond personne n'a frappé à la porte. Richard a très bien pu l'imaginer.

— Est-ce envisageable, monsieur Devonport ? questionnai-je l'intéressé.

— Je ne sais pas, avoua Richard. Je... bonté divine,

j'hésite à vous répondre. J'aurais dit avec certitude qu'on avait frappé à la porte, mais maintenant que c'est remis en question, peut-être que… non. Je suis navré, inspecteur. Je ne pourrais pas l'affirmer. Il se peut qu'Oliver ait raison.

— J'ai entendu dire que de nombreuses demeures de Kingfisher Hill étaient hantées, allégua Percy Semley. Par des esprits, ajouta-t-il au cas où quelqu'un parmi nous serait allé se représenter des apparitions moins conventionnelles.

Poirot se tourna vers lui.

— Monsieur Semley, dans un instant l'inspecteur Catchpool et moi-même allons vous accompagner chez vous pour nous entretenir avec votre tante. D'ici là, je vous demanderai de bien vouloir garder le silence à moins que je ne vous interroge. La même consigne s'applique à tout le monde. Je souhaite encore soulever plusieurs questions avant de partir pour Kingfisher's View. Même si certaines peuvent sembler triviales, je vous demanderai de répondre aussi clairement et honnêtement que faire se peut. Ce n'est qu'une fois ces quelques points élucidés que je pourrai résoudre les énigmes de plus grande ampleur. Madame Devonport, avez-vous pour habitude d'ouvrir et de fermer les portes sans faire de bruit ? Êtes-vous en ce sens l'opposé de votre époux ?

— Ça oui, répondit Daisy. Mère se faufile dans la maison comme une petite souris.

— Auquel cas, madame Laviolette, n'est-il pas envisageable que ce soit effectivement Lilian Devonport que vous ayez aperçue au sommet des escaliers et que vous n'ayez pas entendu revenir dans sa chambre en raison de sa légendaire discrétion ?

— J'imagine que si…, répondit Verna d'un air songeur. Je veux dire que ça me semble assez improbable, mais j'imagine que ce n'est pas impossible.

— Je n'ai jamais quitté ma chambre, répéta Lilian Devonport d'un air indigné. M'accusez-vous de mentir, monsieur Poirot ?

— Ces gens-là n'ont peur de rien, vociféra son mari.

— Monsieur Devonport, le jour du meurtre de Frank, vous avez obligé Oliver Prowd, les Laviolette et vos deux autres enfants à quitter cette maison pour passer la matinée dans une autre demeure – celle de Percy Semley –, tandis que votre épouse et vous-même accueilliez chez vous en tête à tête le fils avec qui vous étiez en rupture ainsi qu'Helen, sa fiancée. À présent, j'aimerais savoir ceci : pourquoi avez-vous jeté votre dévolu sur Kingfisher's View ?

— Je n'ai pas à me justifier auprès de vous, rétorqua Sidney.

— Le domaine comporte pourtant plusieurs maisons qui sont moins éloignées de Little Key que celle de M. Semley. Seriez-vous un ami cher de Hester Semley ? Suffisamment proche pour qu'elle ne voie pas d'inconvénient à ce que vous lui demandiez d'héberger les membres de votre famille ainsi que vos invités le temps d'une matinée ?

— Non, répondit sèchement Sidney. Cette femme est un insupportable moulin à paroles et certainement pas une amie.

— Allons, monsieur ! s'exclama Percy Semley d'un

air offensé. Qu'a bien pu faire tante Hester pour vous contrarier à ce point ? C'est une vieille dame inoffensive.

— Je n'ai jamais dit qu'elle m'avait fait quoi que ce soit, simplement que je la trouvais fatigante. J'ai cru comprendre que nous étions censés répondre en toute honnêteté. Je la trouve rapidement pénible – ce n'est rien de le dire – et c'est à peine si je la fréquente. Dans le cas contraire, je suis sûr que je la détesterais cordialement.

— Hé, là, du calme ! se récria Percy tête-de-girafe, la mine déconfite.

C'est à moi que Sidney adressa la remarque suivante :

— Nous avons failli acheter Kingfisher's View, qui était sur le marché. C'est pour cette raison que nous avons fait la connaissance de Mlle Semley. Puis Godfrey et Verna ont décidé de vendre leur maison et nous l'avons préférée à Kingfisher's View. Godfrey et Verna sont de bons amis, et ils nous ont fait une offre défiant toute concurrence qu'il aurait été insensé de refuser. Hester Semley, au lieu d'accepter notre décision et de s'occuper de ses affaires, nous a traqués sans relâche.

— Ce n'est vraiment pas justifié, monsieur Devonport, protesta Percy.

— Je vous en prie, mesdames et messieurs, pourrais-je obtenir le silence, à moins que je ne pose une question ou que vous soyez appelé à me répondre. Monsieur Devonport, pouvez-vous m'expliquer pourquoi, malgré votre aversion pour Hester Semley, c'est sous son toit que vous avez choisi d'envoyer tout le monde la matinée de l'arrivée de votre fils Frank à…

— C'est moi qui en ai décidé ainsi, interrompit Godfrey Laviolette. Verna et moi sommes de bons amis d'Hester Semley qui, permettez-moi de le dire ici, est une dame fort généreuse sans une once de méchanceté. Nous jouons souvent au golf en sa compagnie au club de Kingfisher. Quand un matin, j'ai entendu Lilian dire qu'elle souhaitait tenir tout le monde à l'écart de la maison afin qu'elle et Sidney puissent avoir un moment seuls avec Frank, j'ai suggéré d'aller chez Hester. Je savais que nous y recevrions un accueil chaleureux, et je ne m'étais pas trompé.

— Et malgré votre antipathie pour Mlle Semley, vous avez accepté ? demanda Poirot à Sidney.

— Et pourquoi pas ? Ça me semblait être une solution tout à fait raisonnable.

— Pourquoi ce désir d'intimité ? questionna Poirot. Plus tard dans la même journée, tout le monde a vu Frank et eu l'occasion de lui parler, n'est-ce pas ?

— Oui, acquiesça Daisy d'un air grandiloquent. Pour ma part, je n'ai jamais compris pourquoi mes parents avaient besoin de voir Frank avant tout le monde – et qui plus est pendant aussi longtemps. Pourquoi donc, Mère ? Racontez-nous.

Daisy mentait et voulait que tout le monde le sache. C'était le genre de mensonge ostentatoire et orgueilleux qui lorgnait carrément du côté de la mise en scène. Son emphase laissait à penser qu'elle connaissait parfaitement la réponse à sa question et qu'elle voulait contraindre Lilian à la dire à voix haute devant tout le monde, sachant que c'était ce que sa mère voulait s'éviter par-dessus tout.

— Il n'y avait pas de raison particulière, rétorqua Lilian.

Elle aussi campait sans doute un personnage – au demeurant de manière bien plus subtile et convaincante que sa fille.

— Absolument aucune raison, renchérit Sidney. Nous voulions être seuls avec Frank, un point c'est tout.

— Mais il n'était pas seul, objectai-je. Il était accompagné d'Helen Acton.

— Malheureusement, déplora Lilian.

— Vous la détestiez déjà avant le décès de Frank ? demandai-je.

— Non, j'aurais simplement préféré profiter des retrouvailles avec mon fils sans la présence d'une étrangère.

Sidney opina de la tête.

— Je vois, dit Poirot. À présent, j'ai plusieurs questions pour vous, monsieur Laviolette.

— Oh là là, Godfrey, petit veinard ! gloussa Verna.

— Pourquoi m'avez-vous demandé de ne pas souffler mot sur le changement d'appellation de cette demeure, de Kingfisher's Rest à Little Key ? Vous nous avez dit – n'est-ce pas, Catchpool ? – que nous ne pouvions pas l'évoquer en présence de M. et Mme Devonport.

Godfrey eut l'air pris au dépourvu. Puis il se contenta d'un haussement d'épaules :

— Je ne souhaitais contrarier personne. C'est Frank qui a suggéré le changement de nom quand ils nous ont acheté la maison. C'est lui qui a pensé à «Little Key». Je savais que le sujet risquait de chiffonner Sidney et Lilian. Cela leur aurait rappelé Frank.

Daisy éclata de rire.

— Godfrey est trop bien élevé pour vous préciser que, depuis la mort de Frank et l'arrestation d'Helen, il existe une règle tacite dans cette maison –, une parmi tant d'autres. Personne ne doit évoquer Frank ou Helen. Nous devons vaquer gaiement à nos occupations comme s'ils n'avaient jamais existé. Tout ce qui n'abonde pas dans le sens de mes parents se doit d'être banni de la conversation et des esprits – non seulement du leur, mais du mien et de celui de Richard, sans oublier celui d'Oliver. *Idem* pour leurs amis et égaux, Godfrey et Verna. Quiconque franchit le seuil de cette maison apprend bien vite à se plier aux règles en vigueur.

Les visages assemblés autour de la table me confirmaient la véracité des dires de Daisy. Exception faite de Sidney et Lilian, chacun se retrouvait dans la description que Daisy venait de faire de la vie à Little Key.

Poirot s'adressa à Sidney Devonport :

— Cela explique-t-il pourquoi Winnie ne pouvait pas être évoquée en présence de votre épouse ? Quand nous sommes arrivés la toute première fois, Catchpool et moi-même, vous avez fait signe à votre fils Richard de détourner l'attention de votre femme avant de rapporter un problème concernant Winnie. Pourquoi ?

— N'ai-je pas le droit de protéger ma femme des sujets qui la contrarient ? rétorqua froidement Sidney. Faire souffrir autrui est-il désormais érigé au rang de vertu ?

— Si c'était le cas, vous seriez la vertu incarnée, Père, grinça Daisy.

Ignorant la pique, Sidney dit à Poirot :

— Winnie n'a jamais été autre chose qu'un sujet de contrariété. L'incapacité de Lilian à la gérer correctement l'a suffisamment ébranlée. Oui, c'est vrai : je ne souhaitais pas qu'on l'importune davantage en évoquant cette pauvre malheureuse.

— Je vois, fit Poirot d'une voix égale. Monsieur Devonport, je crois comprendre que lorsque votre épouse et vous avez banni Frank, après qu'il vous a volé…

— Est-il absolument nécessaire d'en parler ? coupa Lilian.

— Oui, madame. Quand Frank a été banni de la famille, ni Daisy ni Richard n'ont eu l'autorisation de maintenir le lien avec leur frère, si je ne m'abuse ?

— Je refuse de répondre à cette question ! rugit Sidney Devonport en abattant le poing sur la table.

Tout autour, plusieurs personnes étouffèrent un cri. D'autres réprimèrent précipitamment des exclamations de surprise.

— C'est vrai, répondit Verna Laviolette.

Son mari lui lança un regard acerbe et Daisy hocha vigoureusement la tête.

Poirot poursuivit :

— Même s'ils rechignaient à le faire, Daisy comme Richard ont coupé les ponts avec Frank à la demande de leurs parents. Monsieur Richard, c'est bien exact ?

Au bout de quelques secondes d'un silence insupportable, Richard émit un bruit qui s'apparentait indubitablement à un oui – une sorte d'affirmation couarde.

— C'est merveilleux ! applaudit Daisy des deux mains. Richard et moi sommes terrorisés par notre père depuis si longtemps – vous ne pouvez pas imaginer, monsieur Poirot – et à présent, grâce à ce meurtre et à l'impératif de vérité, même Richard se retrouve à dire ce qu'il a sur le cœur. Quant à moi, Père, j'ai tout bonnement cessé d'avoir peur de vous, ou de Mère ! C'est merveilleux. Même si cela me met en rage. Sachant désormais que je peux dire et faire ce que je veux me rend ma personnalité servile d'autrefois parfaitement haïssable. Étiez-vous à ce point terrifiant ou n'étais-je qu'un pantin à vous obéir au doigt et à l'œil ? À ma décharge, j'imagine que j'avais besoin de votre argent. Mais plus maintenant que je suis fiancée à Oliver.

— Et vous, monsieur Prowd ? rebondit Poirot. Partagiez-vous la peur de votre fiancée à l'endroit de Sidney et Lilian Devonport ?

— Je… Je…

— Oui, coupa Daisy avec autorité. C'est vrai, chéri. Tu avais autant peur que nous et tu respectais tout aussi scrupuleusement le mutisme qui t'était imposé.

— Daisy a raison, déclara Richard après s'être éclairci la gorge. La sincérité que vous exigez de nous, à présent qu'il y a eu un meurtre – un deuxième meurtre – change la donne. Ces deux tragédies n'ont vraiment pas eu les mêmes effets. Après le meurtre de Frank, une véritable chape de plomb s'est abattue. Nous étions saisis par l'effroi, je pense. Mais Aujourd'hui…

Richard laissa la fin de sa phrase en suspens.

— Aujourd'hui, l'inspecteur Catchpool et moi-même sommes ici pour vous montrer que seule la vérité énoncée avec discernement et sans fard saura résoudre tous les problèmes, compléta Poirot.

— J'imagine que c'est pour ça que vous vous êtes présentés ici la première fois, déguisés en fanatiques du Peepers? objecta Daisy avec un petit sourire en coin.

— Ah! fit Poirot en lui souriant en retour. Très juste. J'ai beaucoup de questions à vous soumettre, mademoiselle. Pour commencer, néanmoins, je vais interroger votre père : pourquoi avez-vous cautionné ces deux fiançailles? Richard comme Daisy avaient pourtant coupé les ponts avec Frank. J'en conclus par conséquent que vous auriez pu empêcher les fiançailles de Daisy et Oliver Prowd, l'homme qui a dérobé votre argent de connivence avec Frank, et les fiançailles de Richard et Helen Acton. Or, vous n'en avez rien fait. Pourquoi? Je ne comprends pas.

— Vous n'êtes qu'une fripouille impudente et prétentieuse et je ne répondrai plus à aucune de vos questions, s'indigna Sidney Devonport.

— Il n'a peut-être pas la réponse, observa Daisy. Je ne suis pas sûre que lui-même comprenne. Pour ma part, c'est clair comme de l'eau de roche. Et pour Richard aussi. Mais c'est parce que nous tenons compte des sentiments d'autrui. Mon père se soucie exclusivement de lui et de ma mère. Personne d'autre ne compte. Et comme toutes les personnes qui imposent leur tyrannie, sa propre attitude lui échappe complètement. Si les tyrans comprenaient le pourquoi du comment de leur comportement, ils en changeraient immédiatement – vous ne croyez pas, monsieur Poirot?

Celui-ci se tourna vers Richard Devonport.

— Pourquoi avez-vous demandé la main d'Helen Acton – alors que vous veniez à peine de faire sa connaissance et qu'elle avait avoué le meurtre de votre frère ?

— Je me demandais quand la question allait tomber, remarqua Richard. Je l'ai fait pour la mettre au pied du mur.

— Développez, je vous prie, l'incita Poirot.

— Je ne croyais pas qu'elle ait pu tuer Frank. Je ne le crois toujours pas. Elle l'aimait. Les quelques instants que j'ai passés en leur compagnie m'ont amplement suffi pour le constater. Je ne voyais pas du tout pourquoi elle mentait, et j'ai pensé la mettre à l'épreuve en lui proposant de m'épouser…, dit-il avec un haussement d'épaules.

— Et tu as pensé qu'elle allait se dire, « Zut alors, je suis dans le pétrin maintenant, je ferais mieux de dire toute la vérité ! », s'exclama Daisy en riant. Les menteurs invétérés ne s'avouent pas vaincus si facilement. Mon frère est un grand naïf, monsieur Poirot. Comment diable veux-tu qu'elle refuse de t'épouser, Richard ? Ça rend son mensonge encore plus plausible, non ? Coup de foudre à Little Key, c'est d'un romanesque insupportable. Tu l'aimes, elle t'aime !

— Quand elle a accepté votre demande, vous auriez pu lui avouer que c'était un prétexte, objecta Poirot à l'intention de Richard. À la place de quoi, vous avez laissé les choses suivre leur cours…

— Je… oui, c'est vrai.

— Il adorait s'imaginer qu'une femme qui avait été amoureuse de Frank puisse l'aimer lui aussi, poursuivit Daisy.

— Chérie, ne sois pas méchante, marmonna Oliver Prowd.

— Elle a raison, intervint Richard à mi-voix. Je peux difficilement prétendre que ce genre de considération n'a pas pesé dans ma décision. Et quand j'ai eu la certitude qu'Helen n'avait pas tué Frank, qu'elle mentait, je me suis dit que je ne pouvais pas rester les bras ballants. Peut-être en étais-je arrivé en si peu de temps à avoir des sentiments pour elle, je ne sais pas trop. Tout ce que je peux dire, c'est que je ne supportais pas l'idée qu'elle soit exécutée pour un crime qu'elle n'a pas commis. (Il lança un coup d'œil à Sidney et ajouta :) C'est la raison pour laquelle je vous ai écrit, monsieur Poirot, pour solliciter votre aide, en vous suggérant de vous faire passer pour un aficionado du Peepers afin d'être convié ici par mon père.

Sidney retroussa les lèvres de colère. C'était la toute première fois que je voyais sa bouche changer de forme.

Poirot se tourna vers Verna Laviolette.

— J'ai une question pour vous, madame. Pourquoi avez-vous décidé de vendre cette maison ?

Un éclair, qui trahissait nettement la peur, traversa le regard de l'intéressée. Poirot poursuivit comme s'il n'avait rien remarqué, même si j'étais persuadé du contraire.

— Le paradis partait à vau-l'eau – c'est votre mari qui l'a formulé ainsi. Qu'est-il donc arrivé qui a gâté de la sorte le paradis de Kingfisher Hill à vos yeux ?

— Godfrey, je vais dire la vérité, que cela te plaise ou non, affirma Verna. Tout le monde s'est amusé à cracher le morceau, alors c'est à mon tour, maintenant.

Monsieur Poirot, le fait est que Godfrey et moi ne pouvions plus nous permettre de garder cette maison en plus d'une demeure à Londres.

— Balivernes, coupa Sidney. Godfrey, vous êtes aussi riche que moi ! Nous avons fait fortune ensemble.

— Sauf que vous n'êtes pas au courant que Godfrey a récemment perdu une grosse partie de notre argent dans une série de mauvais investissements, poursuivit Verna d'un ton aigre. Que dis-je, « mauvais » ? Catastrophiques, voilà le terme exact.

Son mari était rouge pivoine.

— Arrête, siffla-t-il. Arrête immédiatement ou je ne réponds plus de mes actes !

— Vous entendez ça, inspecteur Catchpool ? ironisa Daisy. On dirait bien qu'on s'achemine vers un autre meurtre. Ça fera trois, comme c'est palpitant !

— Le meurtre n'a rien de palpitant, dénonça Poirot. C'est une tragédie dévastatrice qui continue à infliger des souffrances des années durant – aux innocents, aux survivants et aux coupables. Le meurtre sera toujours une abomination – une véritable ignominie sur Terre.

Daisy lui lança un regard noir avant de rétorquer férocement :

— Vous croyez me l'apprendre ? Je suis mieux placée que vous pour le savoir.

— Dans ce cas, peut-être pourriez-vous concourir à atténuer nos souffrances en répondant à mes questions le plus sincèrement possible, trancha Poirot.

— J'imagine que vous allez me demander pourquoi j'ai tué Frank. Fort bien, je vais vous le dire.

Daisy se leva.

— J'aimais profondément Frank. C'était mon héros. Je suis le genre de personne à qui il faut des héros, monsieur Poirot. Certains s'en passent, avez-vous remarqué ? Moi, je ne peux pas faire sans et Frank… il était unique. Personne d'autre n'aurait suggéré de rebaptiser la maison Little Key en référence à une histoire de Charles Dickens. Frank voulait toujours tout arranger. Il était convaincu qu'on pouvait surmonter n'importe quel obstacle : il suffisait pour cela de s'en donner les moyens. Quand mon père l'a laissé sans le sou, il ne s'est pas dit qu'il était dans le dénuement, ni qu'il jouait de malchance. À la place, il s'en est sorti à la force du poignet, il a construit des écoles magnifiques et en tant qu'enseignant, il est devenu une source d'inspiration pour des dizaines de jeunes gens.

« Peut-être avait-il raison de croire que tout était possible, ou peut-être que cet adage ne s'appliquait qu'à lui-même : il pouvait réussir de grandes choses parce qu'il y croyait et qu'il ne baissait jamais les bras. Richard et moi n'avions pas son courage. Quand nos parents nous ont demandé de couper les ponts avec Frank et de faire comme s'il n'avait jamais existé, nous n'avons pas réussi à surmonter notre peur. Nous avons obéi. Évidemment ! Nous avons été dressés à ça depuis notre naissance. À l'époque, défier mes parents me semblait impossible, totalement inconcevable. Mais je ne manquais pas d'ingéniosité. Alors j'ai mis au point une méthode pour ne pas souffrir. Je ne supporte pas de me plier gratuitement à la souffrance. Vous devinez ce que j'ai fait, monsieur Poirot ? Inspecteur Catchpool ?

Je n'en avais pas la moindre idée. Poirot non plus.

— Vous me décevez fort, tous les deux, railla Daisy. C'est pourtant évident. J'ai entrepris de me persuader que Frank était un voleur doublé d'un scélérat, qu'il valait mieux l'éviter, que je ne l'aimais plus et qu'il ne me manquerait pas. Tu as fait pareil, Richard, n'est-ce pas ?

— J'ai essayé, mais en vain, avoua-t-il. Père et Mère avaient beau dire ce qu'ils voulaient, je n'arrivais pas à me ranger à leur avis. Certes, Frank avait mal agi, mais… l'amour qu'on porte à un frère ne disparaît pas sous prétexte qu'il a fait une erreur de jugement.

— Notamment quand c'était pour venir en aide à un ami, renchérit Oliver Prowd à mi-voix.

Daisy me sourit avant d'ajouter :

— Je suis plus résiliente et obstinée que Richard. Non seulement j'ai essayé, mais j'ai réussi. Au début, c'était difficile. Mais avec la pratique, c'est devenu plus facile. Voyez-vous, jusqu'à ce que Frank leur vole de l'argent, mes parents l'adoraient. De nous trois, c'était clairement leur préféré. Ce revirement à l'encontre de Frank voulait forcément dire quelque chose – j'ai réussi à m'en convaincre. Cela voulait forcément dire que Frank était méchant et immoral, qu'il représentait un danger pour notre famille et qu'il n'était pas du tout celui que je croyais. Je n'ai pas mis longtemps à le croire avec la même ferveur que mes parents. Et par la même occasion, j'ai recouvré le bonheur ! s'extasia Daisy en levant les mains au ciel dans une mimique parodique. Fini la souffrance.

— Et après ? questionna Poirot.

— Eh bien, après, ma mère a découvert qu'elle était atteinte d'une maladie incurable, n'est-ce pas, Mère ? Et tout à coup, elle a demandé à ce que son fils préféré lui soit rendu. Elle a demandé à mon père s'il serait prêt à le faire rentrer au bercail pour qu'ils soient réunis avant sa mort. Mon père a capitulé. Et voilà. C'est pour cela que j'ai dû tuer Frank, conclut Daisy avant de se rasseoir.

C'est avec un profond soulagement que j'accueillis la réaction de Poirot :

— Je ne comprends rien à ce que vous racontez, mademoiselle.

Son récit ne faisait qu'ajouter à ma confusion.

— C'est tout à fait clair, pourtant, rétorqua Daisy. Mon père m'a fait entrer dans le crâne que Frank représentait une menace et j'ai fini par le croire encore plus ardemment que lui ou ma mère – c'était la seule solution pour réchapper à une tristesse sans nom. Par pitié, ne me faites pas recommencer depuis le début. J'ai été endoctrinée, en partie par mes parents, en partie de mon propre fait. Et je me suis demandé si Frank ne représenterait pas pire danger encore, à présent que ma mère était en position de vulnérabilité et que mon père avait honteusement trahi ses principes en acceptant un voleur sous son toit. Et si Frank se jetait sur l'occasion pour voler encore plus d'argent ou pour se venger d'une quelconque manière ? Dans cette atmosphère de laxisme généralisé, j'ai décrété que le devoir d'être forte et de sauver la famille m'incombait.

Sans le moindre mot, Sidney Devonport se leva et quitta la pièce en claquant la porte.

Lilian s'était mise à pleurer.

— Oh, Daisy, oh mon enfant, balbutia-t-elle. Dis-moi que ce n'est pas vrai.

— C'est la vérité nue, Mère, rétorqua Daisy d'une voix égale. Et… et vous me croyez, ajouta-t-elle en souriant. Je vois bien que l'un comme l'autre, vous me croyez. J'en suis soulagée.

— Pourquoi suis-je encore de ce monde ? interrogea Lilian dans le néant. Suis-je condamnée à voir l'exécution de ma fille après qu'elle a assassiné mon fils ? ajouta-t-elle en levant les yeux vers le plafond. Pourquoi ne pas m'emporter maintenant ?

— Peut-être n'avez-vous pas suffisamment souffert, rétorqua Daisy d'une voix implacable.

Je me souvins tout à coup du surnom que je lui avais donné : Voix de diamant.

— J'aimerais dire quelque chose…, intervint Godfrey Laviolette en s'éclaircissant la voix.

— Oui, monsieur ? fit Poirot.

— À l'heure actuelle, je suis dans une position financière prospère des plus enviables.

Tout le monde tourna la tête vers lui en songeant que le moment était bien étrangement choisi pour changer de sujet.

— Une position enviable qui est d'ailleurs la mienne depuis aussi longtemps que je me souvienne, poursuivit-il. Qui plus est, Verna le sait parfaitement. Ce qu'elle vient d'affirmer concernant nos finances est un mensonge. Plusieurs de nos amis ont vu le krach anéantir leur fortune – réduite à néant ! – mais pas nous. (Il regarda Poirot :) Alors n'écoutez pas ce que raconte ma femme : ce n'est pas parce que nous étions à court d'argent que nous avons vendu la maison.

— Pour quelle autre raison, dans ce cas ? demandai-je.

— Je préfère la taire, inspecteur Catchpool. Cependant, par courtoisie, je vais vous expliquer le plus honnêtement possible les raisons de mon refus.

Son visage s'éclaira d'une étrange expression – on aurait dit un demi-sourire, comme si, après réflexion, je n'avais pas encore mérité l'autre moitié.

— Verna et moi avions nos raisons de partir de Kingfisher Hill. De bonnes raisons. Valables. Comme je vous l'ai déjà dit : pour nous, ce n'était plus qu'un paradis perdu. (Après un lourd soupir, Godfrey poursuivit :) Nous savions en outre que nos bons amis Sidney et Lilian ne seraient pas de notre avis si nous leur faisions part des circonstances qui nous avaient incités à partir. Parfois, on n'est pas d'accord sur le fait qu'un changement soit une bonne ou une mauvaise chose. Ça arrive tout le temps.

Il eut un petit rire nerveux.

— Comment ça, Godfrey ? intervint Lilian. Qu'est-ce que vous nous avez caché à propos de Kingfisher Hill ?

— Lilian, je vous jure – sur ma vie, sur celle de mes enfants et de mes petits-enfants – que si je vous le disais, vous ne verriez même pas le problème.

— Dans ce cas pourquoi nous l'avoir caché ? insista-t-elle.

— Parce que je ne voulais pas gâcher votre plaisir.

— Mais si ça ne me posait aucun problème… ?

Godfrey émit un soupir d'exaspération.

— Il n'y a rien à redire à cette maison, Lilian. Rien du tout. Sidney et vous adorez cet endroit. Laissons tomber, d'accord ?

— Pour quelqu'un qui trouve que Kingfisher Hill est un paradis perdu, vous y passez un temps considérable, lança Daisy à l'intention de Godfrey.

— C'est uniquement à cause de ce jeu insupportable, fit valoir Verna.

— Oh, alors comme ça il est insupportable, hein ? répéta Godfrey. Enfin la vérité éclate.

— Oui, très cher. Ce jeu est d'un ennui abyssal. Arrivé à la quarante-troisième règle de la liste, on a envie de s'arracher les yeux. Je rêve de ne plus jamais avoir à y toucher – et de ne plus jamais remettre les pieds à Kingfisher Hill.

— Personne ne vous retient, Verna, trancha Lilian.

— Restez encore un peu, temporisa Poirot. Pour l'heure, personne ne s'en va, je vous prie.

— Et moi ? s'enquit Percy Semley. Puis-je m'en aller ? Le maître de maison lui-même a levé le camp, alors je ne vois pas pourquoi…

— Vous allez rester ici et vous allez vous taire, ordonna Poirot. Mademoiselle Daisy, merci pour vos explications relatives au meurtre de votre frère. Il subsiste d'autres points que vous pouvez peut-être nous aider à éclaircir. (Elle le toisa d'un air impatient.) Ce matin, vous avez été la première à pénétrer dans le salon après le meurtre de cette femme. C'est vous qui avez trouvé le corps, si je ne m'abuse ?

— N'a-t-on pas déjà fait le tour de la question ? soupira Oliver Prowd.

— Oui, c'est moi qui l'ai trouvé, répondit Daisy.

— Et en dépit du manteau et du bonnet de couleur verte, vous n'avez pas songé qu'il puisse s'agir de la femme qui était assise à côté de vous dans l'autocar quelques jours plus tôt. Vous avez même été bouleversée d'apprendre que selon moi, il s'agissait de la même femme.

— Oui, acquiesça Daisy. Comme je l'ai déjà dit… je n'ai pas fait attention à sa tenue.

— Mais mademoiselle, on avait déposé un mot sur le cadavre : « Vous avez pris place sur un siège funeste, voici donc le tisonnier qui tannera votre bonnet. » Pensez-vous sérieusement, mademoiselle, que nous allons croire qu'après avoir lu cette phrase, vous n'avez toujours pas fait le rapprochement avec la femme de l'autocar, une femme qui a clamé en votre présence qu'elle avait peur de rester assise sur son siège parce qu'on lui avait dit que le cas échéant, elle serait assassinée ?

Daisy scruta Poirot comme s'il avait perdu la raison.

— Comment voulez-vous que ces mots m'aient fait penser à elle ? J'avais complètement oublié son existence jusqu'à ce que vous la mentionniez.

— Je ne vous crois pas, contra Poirot. Je ne trouve pas du tout crédible que vous n'ayez pas immédiatement déduit que ces deux femmes – celle de l'autocar et celle du salon – étaient une seule et même personne.

Daisy hocha la tête.

— Je comprends votre réticence à me croire, mais je vous jure que l'idée ne m'a pas traversé l'esprit. Vous voulez savoir pourquoi ? Parce que l'idée qu'une parfaite inconnue à bord d'un autocar, qui ne connaissait ni mon nom ni mon adresse, puisse finir assassinée dans mon salon quelques jours plus tard... eh bien, ma foi, cette hypothèse est tellement grotesque qu'elle me semble parfaitement impossible. Or personne n'envisage l'impossible comme une possibilité.

— Voici une réponse joliment tournée, commenta Poirot. Je vous en félicite. Permettez-vous que je vérifie si la question suivante vous inspire la même créativité ?

— Il vous en reste beaucoup ? s'impatienta Daisy d'une voix agacée. Sommes-nous condamnés à rester enfermés dans cette pièce *ad vitam aeternam* ?

— Non, pas du tout. Vous serez bientôt remise en liberté.

— Très bien, dans ce cas, finissons-en.

— Avant de voler l'argent, M. Prowd vous avait demandé par deux fois de l'épouser, si j'ai bien compris. Dans les deux cas, vous l'avez éconduit. Puis, le jour où vos parents ont écrit à Frank pour proposer un rapprochement, vous avez envoyé un télégramme à M. Prowd dans lequel vous demandiez sa main. Y avait-il un lien de cause à effet ? Et pourquoi avoir changé d'avis ?

— Oh, j'ai toujours su que je finirais par épouser Oliver. Il ne fallait pas que je cède trop vite si je voulais qu'il soit follement amoureux de moi. Vous ne pouvez pas comprendre, monsieur Poirot – vous n'êtes pas une femme. Mais après le vol d'argent et toute cette affaire, eh bien je craignais trop mes parents pour fréquenter Oliver. Je croyais que c'en était fini, mais j'avais tort. Quand j'ai appris que mon père avait écrit à Frank et qu'il avait l'intention de tout lui pardonner... (Elle eut un haussement d'épaules.) Mes parents pouvaient difficilement s'opposer à ce que j'épouse Oliver après ça, non?

— Puis-je vous demander… ? commença Poirot.

— Tout à fait, coupa Daisy avec un petit sourire.

Elle avait l'air tellement fière des réponses qu'elle apportait qu'elle se faisait une joie de poursuivre l'interrogatoire.

— Quand Helen Acton a avoué le meurtre de Frank, pourquoi n'avez-vous rien dit? Pourquoi n'avoir pas affirmé sur le moment que c'était vous qui l'aviez poussé?

— Quelle question absurde. (Elle rit, et pourtant je décelai une certaine tension dans ses propos.) Helen déboule dans les escaliers en hurlant «Oliver, je l'ai tué, je l'ai tué». C'était trop beau. Pour une raison totalement inouïe, Helen tenait absolument à endosser la culpabilité, alors j'ai décidé de sauver ma peau et de la laisser faire à sa guise. Si vous voulez savoir pourquoi j'ai fini par avouer plus tard, monsieur Poirot, la réponse est évidente: je vous avais déjà bêtement confessé la vérité à bord de l'autocar. Et voilà que vous étiez à la maison à mon arrivée… C'était le moment ou jamais d'assumer mes actes.

— Non, murmura Poirot. C'est impensable. Si votre but était de sauver votre peau, comme vous le dites, pourquoi avez-vous tué votre frère de cette manière et à ce moment-là – alors qu'Oliver Prowd, Percy Semley et Godfrey Laviolette se tenaient dans le vestibule en contrebas?

Voilà, ma foi, une bonne question à soumettre à

Daisy, Helen ou quiconque avait assassiné Frank Devonport. Pourquoi être passé à l'acte aussi publiquement, alors que la scène était truffée de témoins ?

— Helen Acton a dû elle aussi être la spectatrice de votre geste, poursuivit Poirot, sans quoi elle n'aurait pas pu se précipiter dans l'escalier pour informer M. Prowd que c'était elle qui avait poussé Frank dans le vide. Mademoiselle, si vous avez en effet tué votre frère tel que vous souhaitez nous le faire croire, alors il semble à Poirot que vous devez avoir planifié le meurtre pour qu'il se déroule devant témoin. Auquel cas, comment expliquez-vous ce choix ?

— Je vous laisse le soin de tirer ça au clair, rétorqua-t-elle d'un ton maussade.

Sa bonne humeur s'était soudainement évaporée. Poirot hocha la tête.

— C'est ce que je compte faire. N'ayez crainte. Bientôt, les événements n'auront plus de secret pour moi. À présent, je dois accompagner Percy Semley à Kingfisher's View. Catchpool, vous allez rester dans cette pièce. Les autres peuvent en sortir – je veux parler du salon, pas de la maison.

J'attendis la suite, dans l'espoir de comprendre pourquoi ces nouvelles consignes me traitaient avec une telle iniquité. Après être resté enfermé pendant si longtemps, je mourais d'envie de prendre l'air.

— L'un après l'autre, vous allez passer devant Catchpool et lui expliquer dans le détail vos déplacements le jour de la mort de Frank Devonport, ordonna Poirot. Est-ce bien clair ? Il est essentiel que chacun de vous nous livre un compte-rendu véridique de la journée du 6 décembre. Sidney Devonport devra lui aussi se plier à l'exercice. S'il tente de s'en dispenser, ne vous laissez pas faire, Catchpool.

La situation allait de mal en pis. Pour ce qui était de ne pas se laisser faire, j'étais un piètre élève. Poirot le savait pertinemment et je me serais employé à lui rappeler ce détail si Percy Semley et lui-même ne s'étaient pas déjà mis en route pour Kingfisher's View.

13

Tante Hester

Poirot partit sans moi à Kingfisher's View. Je ne fus donc témoin d'aucun des événements que je m'apprête à décrire. Néanmoins, c'est tout comme, tant Poirot me rapporta la scène avec une profusion de détails. J'espère que mon récit saura rendre justice à l'acuité de ses propos.

En arrivant à la demeure d'Hester et Percy Semley, mon ami fut instantanément frappé par la supériorité en tout point des lieux sur Little Key. De l'extérieur, la propriété était des plus charmantes, avec ses jardins grandioses, d'autant plus qu'elle était située dans un recoin isolé du domaine de Kingfisher Hill. L'intérieur offrait des proportions architecturales plus harmonieuses. Même s'il semblait un peu injuste d'attribuer de bons et de mauvais points à ce sujet, Poirot ne put s'empêcher de remarquer l'absence d'élévation périlleuse au-dessus du vestibule de Kingfisher's View, dont on aurait pu propulser quelqu'un dans le vide.

Tandis que Poirot arrivait dans le sillage de Percy Semley, un setter anglais bondit à leur rencontre pour leur faire la fête. L'animal, blanc avec des oreilles rousses et une poignée de taches de rousseur sur le museau (même si ce n'est vraisemblablement pas la terminologie exacte), fit des tentatives répétées mais néanmoins sympathiques pour mordiller la main gantée de Poirot. Ce n'était pas tant une attaque en règle qu'une salutation amicale à la vue enthousiasmante d'un nouveau visiteur.

Un deuxième chien s'avança d'un pas lourd tandis que Percy Semley s'évertuait à persuader son énergique acolyte de bien vouloir laisser Poirot en paix. Le nouvel arrivant, lui aussi un setter anglais, était plus grand et plus costaud que le premier : blanc, avec des taches anthracite qui, d'après Poirot, lui donnaient des airs de dalmatien conçu par quelque inventeur indiscipliné.

Hester Semley apparut dans la foulée : c'était une femme de petite taille, émaciée, affublée de lunettes et d'une épaisse tignasse de cheveux blancs bouclés. Poirot lui donna la soixantaine. Elle parlait et se mouvait avec célérité. Une fois les présentations faites, elle n'eut cesse d'épiloguer :

— Je suis ravie de faire votre connaissance, monsieur Poirot. J'ai eu vent de vos travaux, bien évidemment. Que nous vaut votre présence à Kingfisher Hill ? Oh, ma foi, je me doute que vous allez tout m'expliquer incessamment sous peu. Percy, prends son manteau. Prends son chapeau. Sterling, sois donc patient ! Je vois que vous avez fait la connaissance des garçons, monsieur Poirot. Sterling est celui qui vous enquiquine. N'ayez crainte, il ne vous fera aucun mal. Je pense qu'il n'apprécie guère le goût de votre gant. Ils sont en cuir, n'est-ce pas ? Sterling déteste l'odeur du cuir. Peu importe, vous ne pouviez pas le deviner. Attends, Sterling ! Percy, prends ses gants. Mets-les dans la poche de son manteau. Sterling a bien envie de vous mordiller la main, monsieur Poirot. C'est sa manière à lui de dire bonjour et de vous proposer son amitié. Dès que vous serez assis, il ne touchera plus à vos mains et vous gratifiera d'une grosse léchouille sur la figure à la place ! Il n'est pas timide comme son grand frère. Pound ! Pound, viens dire bonjour à notre invité. C'est un éminent détective qui a élucidé bien des crimes – n'est-ce pas, monsieur Poirot ? Ce n'est pas tous les jours que l'on reçoit un invité si distingué ! À ta place, Pound, je suivrais l'exemple de ton petit frère et je ne passerais pas à côté d'une telle opportunité.

Pound, le setter anglais, ne voyait pas l'intérêt de se mettre dans tous ses états pour un invité, aussi réputé soit-il. Il s'allongea par terre et entreprit de se lécher la patte avant.

— Vous avez appelé vos chiens Pound et Sterling ? demanda Poirot. D'après la devise britannique ?

— En effet, répondit farouchement Hester Semley, comme s'il s'agissait d'une profession de foi. Si personne ne les en empêche, les imbéciles qui nous gouvernent vont finir par nous sortir de l'étalon-or. C'est terrible. Ils prétendent que la livre sterling ne peut pas conserver sa valeur et on peut en effet compter sur leur ânerie pour en arriver là, mais de mon point de vue, les choses sont tout à fait simples, monsieur Poirot :

quand on est incompétent sur les questions fiscales, on évite de s'en occuper ! Mais je suis certaine que vous n'êtes pas venu ici pour que je vous explique comment j'organiserais les affaires de ce grand pays à la place du gouvernement.

— Je suis sûr que vous vous en acquitteriez à merveille, la complimenta Poirot.

— Oh, ça oui, acquiesça-t-elle en le précédant dans le salon. Cela ne fait pas l'ombre d'un doute. Quand j'entreprends quelque chose, je me donne les moyens de le faire correctement, raison pour laquelle je m'efforcerai de répondre au mieux à toutes vos questions. Vous désirez sans doute m'interroger à propos du meurtre de la jeune femme à Little Key ?

Les chiens leur avaient emboîté le pas dans le salon. Sterling s'assit en haletant avec entrain à côté du fauteuil qu'occupait Poirot, mais fort heureusement, s'abstint de lui lécher le visage.

— M. Poirot souhaite savoir où je me trouvais au moment du crime, tante Het, intervint Percy. Je lui ai répondu que j'étais avec toi.

— C'est bien ça, en effet, monsieur Poirot. Vous pourriez vous imaginer que je vous dirais la même chose quand bien même ce n'était pas le cas, mais vous auriez tort. Les gens doivent affronter les conséquences de leurs actes, que l'on soit ou non rattachés à eux par les liens du sang. Percy Scmley, si tu t'avisais d'enfreindre la loi, je te dénoncerais illico à la police, neveu ou pas !

— Je sais, tante Het, répondit-il d'une voix qui fit dire à Poirot qu'il connaissait le couplet par cœur.

— Et alors, c'est tout ce que vous voulez savoir ? demanda Hester Semley. Cela m'étonnerait, étant donné que cette jeune femme tuée à Little Key n'est pas la première à avoir subi un funeste sort en cette demeure. Percy, va nous préparer du thé ou du café. Que préférez-vous, monsieur Poirot ?

— Volontiers du café, je vous remercie. Vous avez raison. Je souhaite également vous interroger sur le meurtre de Frank Devonport.

Il s'apprêtait à poursuivre, mais Hester Semley s'était déjà lancée dans une réponse qui allait durer de longues minutes.

— J'ignore tout du meurtre de Frank Devonport, si ce n'est ce qui est de notoriété publique : à savoir que sa fiancée Helen Acton a avoué et sera pendue, et qu'elle a expliqué son geste à la police en disant qu'elle était tombée amoureuse de Richard Devonport. Balivernes ! Si une femme fiancée à Richard avait prétendu tomber amoureuse de Frank, je n'aurais eu aucun mal à le croire, mais l'inverse est tout simplement invraisemblable. Dans ce cas, quel était le vrai motif d'Helen Acton ? C'est ce que vous devez découvrir, monsieur Poirot. Pas vrai, Sterling ! Mais oui c'est ça ! Oh, vous faites partie de ces gens qui n'aiment pas quand on les lèche ? Ça ne va pas durer très longtemps. Ça ira mieux si vous n'en faites pas toute une affaire.

« Donc, ce que vous ne savez peut-être pas, c'est que le jour où Frank a été assassiné, il y a eu une sorte d'exode entre Little Key et ici. Richard, Daisy, Godfrey et Verna ont tous débarqué sur le coup de 9 h 30 le matin. Sidney et Lilian tenaient absolument à être seuls chez eux pour la grande cérémonie de bienvenue en l'honneur de Frank – ma foi, ils auraient pu s'épargner cette peine en s'abstenant de le bannir de la famille. Les gens sont parfois d'une bêtise ! Votre fils vous dérobe de l'argent, vous n'en dites rien aux autorités – donc, vous le soustrayez à la loi – et en même temps vous le reniez ? Mais où va-t-on, je vous le demande ! C'est insensé ! J'aurais fait exactement l'inverse.

Elle ménagea une pause pour reprendre son souffle et Poirot s'engouffra dans la brèche.

— Voulez-vous bien me raconter dans le détail ce qui s'est passé ce jour-là ? Vous avez vu venir Richard et Daisy Devonport ainsi que les Laviolette à 9 h 30. M. Prowd n'était pas avec eux ?

— Non, il était à Londres. Il est arrivé un peu avant 14 heures et n'a pas caché son mécontentement. Sans faire de vagues, notez bien. Il ne menaçait pas de prendre les armes, ni rien dans le genre. Jamais il n'oserait – Daisy le mène par le bout du nez. C'est seulement qu'il ne voyait pas pourquoi ils devaient tous patienter ici en attendant d'être de nouveau admis à Little Key par Sidney ou Lilian. Il s'est montré fort diplomate, mais à l'évidence, il trouvait toute cette mise en scène mélodramatique et irrationnelle, et quand il s'en est ouvert, Daisy s'est écriée qu'il n'avait pas le droit de critiquer sa famille, dont il ne faisait pas partie, pas même par alliance, et que cela ne risquait certainement pas de changer s'il continuait à dire des choses pareilles. Une diatribe d'une grande férocité – qui t'a contrarié, hein, Pound ? Évidemment, quand on y réfléchit bien, ça coule de source.

— Quoi donc ?

— Daisy et Oliver avaient terriblement souffert de l'absence de Frank. Le savoir à Little Key en n'ayant toujours pas l'autorisation de le voir était une vraie torture. Non pas que quiconque ait jamais interdit à Oliver de le voir, mais leur amitié s'était brisée, c'est une évidence… (Elle s'interrompit.) J'ai oublié ce que j'étais en train de dire.

— Vous…

— Ah, oui – je disais qu'on peut difficilement en vouloir à Daisy et à Oliver de s'être passé les nerfs l'un sur l'autre ce jour-là. Ils devaient être dans un état de fébrilité avancée à la perspective de revoir Frank et à cause des consignes de cette brute de Sidney Devonport. Quel atroce individu. Daisy tient de lui. Elle sait se montrer parfaitement épouvantable. Elle aime s'occuper de tout et n'a peur de rien ou presque, mais Sidney lui inspire une crainte profonde.

— Vous auriez dû la voir tout à l'heure, coupa Percy. Elle lui a livré tout le fond de sa pensée. On aurait vraiment dit qu'elle voulait l'écraser.

— Évite de parler en même temps que moi, Percy.

— Mais tu parles sans arrêt, tante Het.

— Peut-être Daisy a-t-elle enfin surmonté l'effroi que lui inspire son père, poursuivit Hester. Cela lui ferait le plus grand bien. En tout état de cause, le jour du meurtre de Frank, elle avait encore une peur bleue de lui. C'est pour cela qu'elle s'en est prise à Oliver avec une telle brutalité. Elle savait bien qu'il avait raison de déplorer le ridicule de la scène – tous là à se morfondre sans raison comme des imbéciles –, mais c'en était trop pour son amour-propre. Elle est beaucoup trop orgueil-leuse et vaniteuse pour dire : « Je sais que les exigences de mon père sont critiquables, mais j'ai peur de lui tenir tête », à la place de quoi elle s'est déchaînée sur Oliver, qui par inadvertance avait mis en lumière sa fragilité et sa soumission. Bien des gens admettent leurs peurs sans vergogne, monsieur Poirot, mais Daisy n'en fait pas partie. Sa soumission à l'autorité de Sidney la rongeait. Ça se voyait.

Poirot fit mine de répondre, ce qu'Hester Semley interpréta aussitôt comme le signe qu'il fallait accélérer le débit de son laïus.

— La plupart des gens sont volontiers enclins à s'ef-frayer de tout et de rien. Oh, ils ne voient pas les choses ainsi. Ils font valoir qu'ils respectent les conventions sociales ou qu'ils rechignent à froisser les sentiments des autres. Balivernes ! Ce sont des couards qui ne connaissent rien à la liberté. Enfin, je ne sais pas pour-quoi nous nous attardons sur ces gens-là alors que nous sommes censé parler de Daisy, qui est exactement à l'opposé. Daisy a toujours eu à cœur de vivre sa vie sans entraves et sans peur. Quelle cruelle ironie, n'est-ce pas, qu'elle soit la fille de Sidney Devonport. Percy, tu aurais dû prendre sa place. Tu aurais fait un excellent rejeton chez les Devonport. Qu'attends-tu pour aller chercher le café ?

— Oh, j'ai complètement oublié, balbutia-t-il.

Il obtempéra en s'éclipsant précipitamment, prenant bien soin de fermer la porte derrière lui.

— Ce n'est pas une lumière, commenta Hester à l'intention de Poirot. Où en étais-je... ? Ah, oui, vous vouliez savoir ce qui s'était passé le jour du meurtre de Frank. Je peux uniquement vous rapporter les événements qui se sont déroulés ici. Daisy était encore occupée à tancer Oliver quand Winnie est arrivée – Winnie est la domestique des Devonport. Faites-moi penser à vous raconter quelque chose d'important à son propos. Sidney l'avait envoyée ici pour prévenir tout ce petit monde qu'il pouvait enfin réintégrer Little Key. Ce qu'ils ont fait, sauf Oliver. Daisy lui en voulait tellement qu'elle lui a fait savoir qu'il n'était pas le bienvenu. Le pauvre bougre ! Je ne crois pas avoir été la seule à le prendre en pitié. Pour lui remonter le moral, Godfrey a proposé une partie de golf et le trio s'est mis en route sans tarder : Godfrey, Oliver et Percy. Pound, Sterling et moi sommes restés ici – n'est-ce pas, les garçons ? Nous avons fait un petit somme. Puis les golfeurs sont rentrés au bout d'une heure et demie environ. Percy est parti se promener dans les bois avec les garçons.

Devant l'air interrogatif de Poirot, Hester précisa :

— Pas Godfrey et Oliver. J'aurais du mal à décrire Godfrey Laviolette comme un garçon, quand bien même il a cette drôle de peau éternellement lisse. Je voulais parler des chiens. Mes garçons à moi.

Elle caressa Pound qui roula sur le dos, les quatre fers en l'air. Sterling, soudain soucieux de la répartition inique de l'attention, se redressa et donna un coup de patte à Poirot. Ce dernier estima qu'il valait mieux éviter tout contact, de peur de s'exposer à de nouveaux coups de langue inopinés.

— À présent, voilà quelque chose qui vous intéressera

272

à propos de la famille Devonport : il s'agit de la conversation qui s'est déroulée entre Godfrey et Oliver cet après-midi-là, après la partie de golf, pendant que Percy se promenait. Faites-moi penser à vous en parler, ainsi que de Winnie Lord. Et après… eh bien ma foi, je ne suis pas sûre de pouvoir vous être d'un plus grand secours. À l'évidence, vous ne croyez pas Helen Acton coupable du meurtre de Frank – non, certainement pas, sans quoi vous n'auriez pas posé de questions sur les déplacements des uns et des autres ce jour-là –, mais si vous avez un autre coupable en ligne de mire, je m'en remets à vous, parce que cela pouvait être n'importe qui. Mais alors vraiment n'importe qui. Je veux dire, évidemment, ce n'étaient pas les Laviolette. Mais…

— Pourquoi est-ce évident ? coupa Poirot.

— Par pitié, je suis en train de parler ! soupira Hester Semley. Maintenant, je vais devoir interrompre le flux de ma réflexion pour vous répondre. C'est évident parce que Godfrey et Verna sont des gens convenables, au grand cœur. Je suis très attachée à eux. Ils sont incapables de tuer. Contrairement aux Devonport, qui sont soit tyranniques, dans le cas de Sidney, soit des personnalités si profondément abîmées par une vie passée aux côtés d'un despote qu'ils ont forcément semé les graines de la destruction autour d'eux. Je vois que vous avez une autre question pour moi. Je vous autorise à me la poser.

Poirot hésita à briser ce silence providentiel. Il finit par se lancer :

— Mon ami l'inspecteur Catchpool… a été étonné d'entendre Helen Acton décrire Verna Laviolette comme quelqu'un de gentil. Je dois admettre avoir été, moi aussi, un peu interloqué.

— Dans ce cas, vous êtes l'un comme l'autre des idiots, trancha Hester. Verna est l'une de mes personnes préférées. On ne peut pas rêver femme plus affable et prévenante. Savez-vous comment nous nous sommes rencontrées ? Non, bien sûr, comment pouvez-vous le savoir ? Je vais vous le raconter. Little Key appartenait autrefois à Godfrey et Verna. À cette époque, la maison s'appelait Kingfisher's Rest – un nom convenable : le Comité foncier aurait été bien avisé d'interdire à Sidney d'en changer. Je me fiche qu'il sorte de la plume de Charles Dickens ! Oncle Pumblechook aussi sort de la plume de Charles Dickens. Ça vous plairait, si vos voisins baptisaient leur maison Oncle Pumblechook ?

Manifestement, elle attendait une réponse de Poirot. De son air le plus solennel, il demanda :

— Je crois comprendre que le projet d'origine des Devonport consistait à faire l'acquisition de votre maison ?

— En effet. Tout avait été convenu. Puis, ils ont découvert que les Laviolette souhaitaient vendre Kingfisher's Rest et Godfrey leur en a proposé un très bon prix. Je ne peux m'empêcher de penser qu'il devait tirer le diable par la queue. Sinon, pourquoi serait-il allé vendre sa maison en deçà du marché ? Le prix proposé défiait toute concurrence, il aurait fallu être fou pour refuser, quand bien même cette maison est amplement plus agréable sur le plan esthétique que ne l'est Oncle Pumblechook, nom que je donnerai dorénavant à la maison des Devonport.

«Quoi qu'il en soit, c'est ainsi que Verna et moi sommes devenues amies. Nous étions voisines depuis un petit moment, mais je ne la connaissais pas très bien. Quand Sidney a décidé de lui acheter sa maison à la place de la mienne, elle est venue me voir. Pour s'excuser et s'assurer que j'allais m'en sortir. Elle s'est montrée de bout en bout d'une profonde bienveillance ; elle m'a même proposé de me trouver un acheteur. Je lui ai dit «Non, merci». Voyez-vous, monsieur Poirot, il est arrivé une chose étrange : dès l'instant où Sidney Devonport m'a informée qu'il ne souhaitait plus acheter – dans la seconde où les mots ont quitté cette gargouille disgracieuse qui lui tient lieu de bouche –, j'ai su que je ne voulais plus vendre, ni à lui, ni à personne. En l'entendant affirmer avec nonchalance qu'il ne voulait pas vivre entre ces murs, je me suis rendu compte que moi, si.

S'ensuivirent plusieurs longues minutes au cours desquelles Hester Semley déroula en quoi Kingfisher's View était plus profitable que n'importe quelle autre demeure qu'il lui avait été donné de visiter. Poirot m'épargna les détails.

Dès qu'il fut en mesure d'en placer une, il sauta sur l'occasion :

— Une autre raison pourrait-elle expliquer pourquoi les Laviolette voulaient vendre ? Une raison qui n'aurait rien à voir avec l'aspect financier ?

— J'imagine que oui, mais je ne vois pas laquelle.

— Juste avant qu'ils ne prennent la décision de vendre, quelque chose a changé au domaine ?

— Rien du tout. Les choses sont assez immuables ici, à Kingfisher Hill, Dieu soit loué !

— Quid de M. Alfred Bixby et de la Kingfisher Coach Company ?

— Quid quoi ?

— Certains résidents ne désapprouvent-ils pas M. Bixby et son entreprise ? Ses chars à bancs aux couleurs criardes et l'utilisation abusive du nom « Kingfisher » ?

— Oh, si, mais c'était déjà le cas bien avant que Godfrey et Verna n'achètent au domaine. Le mauvais goût de M. Bixby nous précède largement, tous autant que nous sommes. Attendez. (Hester Semley se redressa et fit remonter ses lunettes sur l'arête de son nez.) Si, quelque chose a effectivement changé à Kingfisher Hill et qui plus est, juste avant que Godfrey et Verna décident de vendre : le portier. Je m'y suis vigoureusement opposée, mais étant la seule à protester, j'ai dû m'avouer vaincue. Personne n'a pris parti pour moi à part Lavinia Stent, mais cette femme ne sert strictement à rien. Même Percy trouvait que j'exagérais.

— Le portier ? répéta Poirot.

— Oui, celui qui surveille la grille d'entrée du domaine. L'ancien est parti à la retraite et un nouveau l'a remplacé – un homme d'aspect tout à fait inapproprié. Ne l'avez-vous pas remarqué à votre arrivée ? Des cheveux partout ! Et quasiment dénué de front. Ses cheveux sont implantés à deux centimètres à peine de ses sourcils. Or, son prédécesseur se situait exactement aux antipodes – il était chauve comme une balle de golf, sans l'ombre d'un sourcil –, ce qui ne l'empêchait pas de très bien présenter, contrairement au nouveau. Qui peut bien trouver à redire à une balle de golf ? Ce n'est pas la faute du nouveau portier, j'en ai bien conscience, et je n'ai rien contre la pilosité en soi. Je suis persuadée que ce monsieur est un employé fiable et très bien élevé – d'ailleurs, j'ai pu le vérifier –, mais était-il tout à fait indispensable de le poster à la grille d'entrée, pour que tout le monde le voie dès son arrivée ? N'aurait-il pas pu occuper un poste plus discret ? Moins visible ? Pourquoi souriez-vous, monsieur Poirot ? Êtes-vous en train de vous dire que je suis ridicule avec mes considérations ?

— Je suis en train de me dire que grâce à vous, les pièces du petit puzzle commencent à s'assembler. L'histoire du nouveau portier et de l'ancien portier à tête de balle de golf m'apporte une réponse. Avec un peu de chances, les autres suivront.

Hester Semley se pencha en avant d'un air intrigué.

— Êtes-vous en train de sous-entendre que ces deux hommes sont liés aux meurtres de Kingfisher Hill ?

— Pas du tout…

Poirot ne put en dire plus car, au même moment, Percy s'en revint dans le salon, portant maladroite-ment un plateau chargé de café, de crème et de sucre qui oscillait dangereusement entre ses mains. Les deux chiens se levèrent pour aboyer.

En temps normal, le raffut aurait dérangé Poirot, mais son haut fait de déduction venait temporairement de l'immuniser contre toute forme d'agacement. Lavinia Stent – une femme dont il n'avait jamais entendu parler et dont il ne ferait vraisemblablement jamais la connais-sance – ne servait peut-être strictement à rien à Hester Semley, mais elle venait de se révéler extrêmement utile aux yeux d'Hercule Poirot.

Le café terminé, et une fois Percy reparti avec ordre de passer des appels téléphoniques pour sa tante, Poirot rappela à cette dernière qu'elle souhaitait lui parler de Winnie Lord.

— Ah, oui, fit-elle. Cela fait un petit moment que personne ne l'a vue à Kingfisher Hill. Est-ce vrai qu'elle n'est plus au service des Devonport?

Poirot confirma l'information qui, pour autant qu'il le sache, était vraie.

— Elle n'était pas là lors de notre première visite, avec l'inspecteur Catchpool, et Sidney Devonport a fait valoir que son retour était hors de question.

— Fort bien. Ma foi, je ne vois pas ce qu'elle a pu faire pour s'attirer leurs foudres à ce point, mais je suis persuadée qu'il pourrait s'agir d'un manquement grave à son devoir tout autant que d'une brouille sans conséquence. Voilà longtemps que Sidney et Lilian l'ont prise en grippe, non pas en raison de ce qu'a pu faire l'intéressée, mais à cause de Daisy.

— Je vous remercie d'être plus claire, lui enjoignit Poirot.

— Mais évidemment! s'emporta Hester Semley en le fusillant du regard. Comment voulez-vous comprendre ce que je raconte si je ne m'explique pas? Franchement, monsieur Poirot, je ne sais pas si vous avez l'habitude de vous adresser à des gens qui souffrent de problèmes d'expression ou de compréhension, ou encore d'une tendance à ne dire les choses qu'à moitié…

— J'ai l'habitude de chercher à obtenir le maximum

d'informations d'individus bien déterminés à m'en dire le moins possible.

— Je vois. Pour ma part, j'essaie de vous en dire le plus possible, alors vous aurez l'amabilité de bien vouloir cesser de m'interrompre. Après que Sidney et Lilian ont envoyé balader Frank, Daisy s'est rapprochée de Winnie. Elles sont rapidement devenues inséparables. Sidney et Lilian en étaient horrifiés – leur fille, une Devonport, qui s'acoquinait avec une domestique ? C'était intolérable ! Daisy le savait, ce qui la rendait plus déterminée que jamais à faire étalage de son amitié avec Winnie. Elle n'avait peut-être pas le courage de tenir tête à ses parents à propos de Frank, mais elle n'a jamais hésité à les tourmenter de manière bien plus subtile, du moment qu'il était impossible de prouver que c'était à dessein.

« À mon avis, elle avait décidé de faire de Winnie sa nouvelle petite sœur, puisque ses parents avaient décrété qu'elle devait perdre un frère. La nuit, on les entendait glousser de rire dans leurs chambres, et Daisy prêtait parfois main forte à Winnie en cuisine. Puis, il y a eu les sorties au théâtre, les cadeaux, les confidences – et même des mots et des codes secrets, à en croire Verna. Si vous voulez savoir, c'est parce que Verna m'en a parlé que je sais tout ça. Daisy est loin d'être bête. Elle savait que ses parents, qui dépendaient de Winnie, rechigneraient forcément à s'en séparer.

— Pourtant, ils l'ont fait. Ils l'ont congédiée, observa Poirot.

— C'est arrivé après, rectifia Hester. Quand Daisy a décidé de prendre Winnie sous son aile, elle voyait juste : à cette époque, les Devonport jugeaient Winnie absolument indispensable à la bonne gestion de la maisonnée. Lilian la décrivait comme une domestique hors pair. Sidney et elle n'avaient aucune envie de tout recommencer en formant une nouvelle employée. Donc, en surface ils ont poursuivi comme si de rien n'était avec Winnie, mais en privé, ils piquaient des colères monstres pour que Daisy cesse de fraterniser avec le personnel. Verna a entendu plus d'une diatribe sur le sujet. Elle aurait eu bien du mal à se les épargner – Sidney ne s'embarrasse pas à baisser la voix quand il est furieux. À chaque fois, Daisy répondait : « Mais bien sûr, Père, vous avez raison. Je me conduirai mieux à l'avenir », après quoi elle continuait à se comporter exactement de la même manière avec Winnie.

« À présent, laissez-moi vous dire une chose, monsieur Poirot : il est possible que Daisy se soit sentie seule après le départ de Frank, et qu'elle ait cultivé une affection sincère pour Winnie, afin de compenser l'absence de son frère, mais à mon avis – et Verna est d'accord avec moi – son but, en adoptant cette attitude, était plutôt d'éprouver ses parents. Je pense qu'elle voulait leur faire comprendre en creux : « Regardez ce que vous avez fait. Vous avez renvoyé Frank et maintenant j'ai fait de votre fidèle servante une sœur, c'est horrible, n'est-ce pas ? Vous auriez dû le voir venir, non ? » Vous voyez ce que je veux dire ?

Poirot hocha la tête en guise d'acquiescement, avec le sentiment d'être un jeune chiot que sa maîtresse dressait pour un concours.

— Et tout cela a eu l'effet inverse sur Winnie, poursuivit Hester. J'ignore pourquoi – l'atmosphère tendue à Little Key, j'imagine, et sachant qu'elle en était partiellement la cause –, mais la qualité de son travail s'en est ressenti. Elle qui s'était toujours montrée impeccablement efficace, enjouée et à même d'exercer ses fonctions au plus haut niveau d'excellence, est soudain devenue morose, évaporée et parfaitement encombrante. Quoi qu'il y ait eu une étape intermédiaire.

Poirot entrouvrit les lèvres pour l'interroger à ce propos, mais se ravisa aussitôt.

— Au début, visiblement, Winnie était ravie d'avoir les faveurs de Daisy, au point d'en négliger certaines tâches, pour la bonne et simple raison qu'elle avait l'esprit ailleurs. Elle était aux anges d'avoir trouvé une sœur en la personne de Daisy, et elle s'est désintéressée de tout le reste. Après la mort de Frank, la qualité de son travail s'est encore plus dégradée, et cette fois-ci, ses manquements se sont accompagnés d'un repli sur elle-même, d'une insatisfaction manifeste. Une fois ou deux, elle s'est absentée – disparaissant alors que la famille comptait sur elle pour assurer les repas –, pour réapparaître quelque temps plus tard sans aucune excuse ni explication. Il n'est pas exclu, évidemment, qu'elle ait été bouleversée par cette tragédie, mais je crois pouvoir dire qu'elle était davantage attristée par la réaction de Daisy au meurtre de Frank que par le meurtre en lui-même.

— Comment a-t-elle… ?

— Monsieur Poirot, si vous me demandez comment Daisy a réagi à la mort de Frank, je lâche Pound et Sterling sur vous. C'est exactement ce que je m'apprêtais à vous raconter. Vous devez impérativement acquérir la vertu de la patience.

Hester Semley toisa Poirot d'un regard incendiaire pendant cinq bonnes secondes. Puis elle poursuivit :

— La mort de Frank a laissé Daisy désemparée. Oh, tout le monde était bouleversé, mais Verna affirme que trois personnes ont accusé le coup plus que les autres : Helen Acton, Daisy et Lilian. La tristesse profonde de Daisy a fait ressortir son côté cruel. Et qui en a fait les frais ? Winnie, évidemment – la disciple en adoration devant elle. Ma théorie est que Winnie n'a réalisé qu'à ce moment-là qu'elle n'avait jamais compté aux yeux de Daisy. Elle a compris que pour Daisy, elle n'était qu'un instrument distrayant qui lui servait à casser les pieds de ses parents. Notez bien que Verna n'est pas de cet avis. Elle pense que Daisy s'est sincèrement liée d'amitié avec Winnie après le bannissement de Frank, alors que je dirais plutôt que le désir de faire souffrir Sidney et Lilian – par quelque truchement que ce soit – était plus fort que tout. Je pense que Daisy a instrumentalisé cette pauvre Winnie dans ce seul but. (Hester poussa un soupir.) Puis, anéantie par la perte de Frank, sitôt après avoir caressé l'espoir de le retrouver, Daisy s'en est prise à Winnie qu'elle a persécutée de mille et une façons : en la critiquant sans cesse, en se moquant d'elle… Et donc, bien évidemment, le travail de Winnie s'en est ressenti d'autant. Cela ne m'étonne pas du tout d'apprendre qu'elle a fait l'erreur de trop et qu'on l'a mise à la porte. Daisy n'a pas dû accueillir favorablement cette décision.

Poirot songea à la question qu'il souhaitait poser, se ravisa et constata sans surprise qu'Hester formulait déjà sa réponse :

— Ce qui m'amène à Oliver Prowd et à la conversation qu'il a eue avec Godfrey, ici même dans cette pièce, le jour où Frank a été tué. Une fois Daisy, Richard et Verna en route pour Little Key en compagnie de Winnie, Oliver était inconsolable. Godfrey lui a intimé de se secouer, ou quelque chose dans ce goût-là, et Oliver s'est épanché d'un coup. Je me suis faite discrète pour qu'ils puissent se parler d'homme à homme, même si, bien évidemment, je n'en ai pas raté une miette. Non, je n'en suis aucunement navrée, monsieur Poirot. C'est ici chez moi et j'aime savoir ce qui s'y dit.

— L'altercation avec Mlle Daisy avait chagriné M. Prowd ?

— Certainement, mais ce n'est pas tout. Voyez-vous, il se sentait terriblement coupable de l'attitude qu'il avait eue envers Frank. Autrefois, ils étaient inséparables. Comme des frères. Frank avait volé Sidney pour arracher Oliver et son père malade des griffes de la misère et Oliver avait accepté l'argent ainsi que les conseils de Frank sur la bonne façon de l'investir. De son plein gré, il avait passé un accord commercial avec Frank – pour les écoles. Vous êtes au courant, pour les écoles ? (Poirot fit oui de la tête.) Oliver ne s'était pas gêné pour tirer parti du forfait de Frank et de son sens des affaires. Mais en tant qu'ami ? Il avait méprisé Frank. Comme il l'a confié à Godfrey ce jour-là, Frank venait lui rappeler tout ce qu'il désirait occulter : sa peur panique de la faillite et de voir son père mourir dans la misère, mais aussi son association à un acte délictuel. Et par-dessus tout, son incapacité à sauver sa propre peau. Il se sentait à la fois redevable et inférieur à Frank et ce sentiment qu'il ne valait rien, mélangé à tout le reste… eh bien, je dirais simplement que du point de vue d'Oliver, leur amitié ne pouvait pas perdurer. Frank et lui continuaient à échanger à distance en cas de besoin, mais ils ne se côtoyaient plus. Oliver a avoué à Godfrey qu'il n'aurait pas supporté de voir Frank en tête à tête. Je ne vois rien d'étonnant, dès lors, à ce qu'il ait redouté leurs retrouvailles à Little Key. Il ne pouvait plus trop se permettre d'éviter Frank, n'est-ce pas ? Maintenant qu'il était fiancé à Daisy et que Frank avait manifestement recouvré les bonnes grâces de la famille…

— Pardonnez-moi, interrompit Poirot (bien déterminé à prendre la parole, quitte à se faire vertement admonester). Il y a quelques minutes, vous avez affirmé que Frank manquait terriblement à Mlle Daisy ainsi qu'à Oliver Prowd. C'est bien pour cette raison que M. Prowd avait hâte de rentrer à Little Key à son retour de Londres, n'est-ce pas, plutôt que de rester ici contre son gré ? Et pourtant, vous affirmez également qu'il redoutait les retrouvailles avec Frank Devonport.

— Vous êtes idiot ou vous le faites exprès ? le tança carrément Hester. Vous pensez que ces deux propositions ne peuvent pas coexister ? Évidemment, Frank manquait à Oliver. Désespérément. Si vous aviez entendu Oliver se confier à Godfrey, vous auriez tout compris. C'est la mauvaise opinion qu'il avait de lui-même qui a empêché Oliver de sauvegarder son amitié avec Frank, pas son manque d'affection à son endroit. Tous ces mois au cours desquels il ne supportait pas l'idée de le voir ou de lui parler, il aurait tout donné pour que les circonstances soient différentes. L'absence de son ami lui pesait terriblement. Mais le sentiment de honte était insurmontable.

— Je vois, acquiesça Poirot en hochant la tête. Et donc, une fois qu'il lui est clairement apparu qu'il n'avait d'autre choix que de voir Frank en personne…

— Il a su que ces retrouvailles seraient une rude épreuve, mais qu'elles étaient incontournables, alors il a souhaité s'en débarrasser le plus vite possible, compléta Hester.

«Le pire, a-t-il dit à Godfrey, c'est qu'il savait que Frank lui pardonnerait sans l'ombre d'une hésitation. Et que sa honte n'en serait que plus cuisante. Et puis il s'angoissait à propos de Daisy. Elle était tellement impatiente de retrouver Frank qu'Oliver se sentait un peu lésé. Cela ne faisait que renforcer son sentiment d'infériorité. «Elle l'aime lui plus qu'elle ne m'aime moi», a-t-il dit à Godfrey. «Ça ne changera jamais.» Je ne vous ferai pas l'affront de vous conseiller d'interroger attentivement et Winnie Lord et Oliver Prowd, monsieur Poirot.

— La suggestion n'est pas dénuée d'intérêt, éluda-t-il.

— Vous seriez bien bête d'ignorer mon conseil, s'offusqua Hester. Le jour du grand retour de Frank dans ce berceau familial, Winnie et Oliver avaient parfaitement conscience que les sentiments de Daisy à leur égard n'arrivaient pas à la cheville de l'amour qu'elle portait à son frère aîné. Comment diantre pouvaient-ils espérer retenir ne serait-ce qu'un instant son attention sachant que Frank était dans les parages ? La jalousie est un moteur puissant, monsieur Poirot, je ne vous apprends rien.

— M. Prowd a-t-il dit autre chose à M. Laviolette qui vous a semblé avoir de l'importance ?

— Pas vraiment. C'était peu ou prou du même tonneau : le grand ballet de la honte et de l'auto apitoiement. Il donnait l'impression de vouloir tout confesser, la moindre erreur commise dans le passé, à croire que Godfrey était prêtre ! Oh, et il a supplié Godfrey de ne pas en souffler mot à Daisy.

— Quelles erreurs du passé ? releva Poirot.

— Toutes les femmes qui l'avaient malmené, et toutes celles qu'il avait malmenées. Une fille l'avait baladé pendant des mois, en prétendant être indigente et sans famille, jusqu'à ce qu'Oliver découvre qu'elle faisait partie de la famille royale danoise. Il était passé pour un sombre crétin à la croire sur parole.

— La… la famille roy…

— Et puis il y a eu celle envers laquelle il a eu une conduite peu scrupuleuse et non-chrétienne – pour reprendre sa propre formulation. Il voulait parler de coucheries, bien évidemment. Les jeunes gens sont d'un pudibond, ils n'arrivent même pas à prononcer le mot. Ça me dépasse. C'est un mot, voilà tout. En tout cas, Oliver avait rejeté la faute sur la fille alors que le manque de scrupule en question lui était tout aussi imputable et il se sentait pétri de honte et de culpabilité.

— Le même schéma qu'avec Frank, commenta Poirot.

— Tout à fait. Oliver en avait parfaitement conscience. Il avait sa propre hypocrisie en horreur. Pauvre Godfrey, je crois qu'il ne savait vraiment pas comment réagir. Oliver aurait été mieux avisé de se confier à moi, bien évidemment, mais quel homme de son âge rêve de s'alléger de son fardeau devant une vieille dame ? Notamment quand il s'agit de faits honteux, comme d'engrosser une fille, puis de lui faire porter le chapeau avant de la laisser tomber.

— Il y a eu un enfant ? s'enquit Poirot, soudain sur le qui-vive.

— Je ne crois pas que les choses en soient arrivées là, rectifia Hester en regardant Poirot d'un air entendu. À ce moment-là, le récit d'Oliver s'est fait plus allusif, mais il a quand même dit que le docteur d'Harley Street qui s'était occupé de son père mourant avait refusé de les aider, alors qu'il aurait pu le faire sans problème. Oliver l'a traité d'affreux bonhomme, tout en condamnant la laideur de son propre comportement, pour une seconde après encenser la sagesse et le discernement du médecin. Grand bien lui en fasse, au bon vieux docteur, s'il ne voulait pas aider Oliver et sa bonne amie à se débarrasser d'un bébé ! Les docteurs sont censés sauver des vies, pas y mettre un terme alors qu'elles ont à peine commencé.

— Qu'est-il advenu de la femme et de l'enfant ? s'enquit Poirot.

— Oliver n'en a rien dit, pas précisément. De vous à moi, que ce soit bien clair : il n'a pas dit explicitement qu'il y avait un bébé. Il n'a pas dit non plus qu'ils s'en étaient débarrassés, mais ça semblait évident. Quand on a de l'argent, rien de plus facile que de trouver un médecin malhonnête pour se plier à vos exigences. Quoi qu'il en soit, Oliver s'est montré cruel envers la fille et n'a plus jamais voulu lui parler – et à moins qu'il n'ait menti à Godfrey, ce qui m'étonnerait, il en était tout aussi désolé que du traitement qu'il avait réservé à Frank. Ma théorie, monsieur Poirot, c'est que toutes les erreurs qu'avait pu commettre ce pauvre homme par le passé repassaient sempiternellement en boucle dans sa tête à la seule perspective de revoir Frank. Le dégoût qu'il avait de lui-même devenait incontrôlable. De toute évidence, Godfrey était particulièrement mal choisi pour le réconforter. Il n'a rien trouvé de mieux que de lui proposer une partie de golf. Ça marche peut-être pour les hommes, mais en tout cas ça ne m'aurait certainement pas remonté le moral. Pousser une baballe avec un bâton pendant des heures ! Quelle perte de temps grotesque.

— Oliver Prowd aurait-il mentionné le nom du docteur qui suivait son père ? Celui qui a refusé d'aider à… à résoudre le problème ?

Il s'attendait à ce qu'Hester réponde par la négative. Il fut donc agréablement surpris de l'entendre déclarer :

— Oui, tout à fait. Je m'en souviens parce qu'au départ je croyais qu'Oliver voulait parler d'un «F. Grave, – «F» pour le prénom et «Grave» pour le nom de famille. Mais ça sonnait bizarrement dans sa bouche et j'ai fini par comprendre mon erreur. C'était «Ephgrave» d'un seul tenant – un drôle de patronyme. Maintenant que j'y pense, j'ai un exemplaire de l'annuaire téléphonique de Londres. Si on y jetait un œil ? Je ne sais pas si le nom s'épelle E-f-f ou E-p-h, et j'ignore en quoi le vieux médecin du père Prowd pourrait vous servir à élucider vos deux meurtres.

— Je vous en prie, allons consulter l'annuaire.

Hester Semley se leva avec une lenteur qui parut à Poirot tout à fait inconcevable.

— Suivez-moi. Pas de mouvements brusques, je vous prie, sinon vous allez réveiller les garçons. Et quand ils ne font pas la sieste l'après-midi, ils sont grognons pendant toute la soirée.

Il fallut à Poirot plusieurs minutes pour regagner la porte sur la pointe des pieds. En chemin, l'apparition dans son champ de vision d'un objet posé sur une étagère voisine le stoppa aussi net dans son élan que l'aurait fait un mur. Un livre avait retenu son attention, ou plus précisément le titre dudit livre : *Midnight Gathering*. La coïncidence était en soi suffisamment troublante, mais c'était sans compter le nom de l'auteur. « *Sacré tonnerre !* » marmonna Poirot de son plus beau français. Puis il sourit. *Enfin, nous allons progresser à grands pas*, songea-t-il en son for intérieur. *Il faut que je voie Catchpool. Il y a fort à faire.* Sur ce, il jeta un regard coupable en direction de Pound et Sterling, de peur que sa pétulance, flottant dans la pièce jusqu'à eux, ne les tire de leur somme.

14

La liste de Poirot

— Alors? crachotai-je en évitant tant bien que mal
de boire la tasse. Avez-vous demandé à Hester Semley
comment un livre appartenant à Daisy Devonport avait
atterri chez elle?

Je faisais des longueurs dans la célèbre piscine
Victor Marklew de Kingfisher Hill. Poirot me suivait
pas à pas sur la pelouse – vingt mètres à l'aller et vingt
mètres au retour – et nous bavardions tandis que j'évo-
luais dans l'eau. Poirot avait suggéré de procéder ainsi
«pour ne pas perdre de temps avec vos activités aqua-
tiques, Catchpool».

J'avais tenté de le persuader de se joindre à moi, mais
il avait décliné, arguant que l'eau devait être glaciale.
C'était faux. La piscine était chauffée à une tempéra-
ture tout à fait supportable du moment qu'on ne restait
pas immobile dans l'eau. Fait remarquable, j'avais le
bassin pour moi tout seul. Néanmoins, je n'avais pas
le loisir d'y nager à la vitesse de mon choix; j'étais

contraint de me freiner pour rester à hauteur de Poirot. Malgré tout, la baignade était merveilleusement revigorante. Rien de tel que de nager en extérieur et de sentir l'air frais et l'eau sur son visage.

— Vraiment, vous devriez essayer, Poirot, avais-je insisté quelques secondes plus tôt. Il n'y a rien de tel pour s'éclaircir les idées.

— Je n'ai pas besoin de m'éclaircir les idées, avait-il rétorqué. Et si vous ne pouvez pas en dire autant, vous seriez bien avisé de cesser de batifoler dans l'eau et, à l'avenir, d'organiser vos pensées avec ordre et méthode. Ne vous l'ai-je pas déjà dit mille fois ?

À présent, il poursuivait :

— Évidemment, je l'ai interrogée sur le livre. Pourquoi partez-vous du principe que c'est l'exemplaire de Daisy Devonport qui a atterri à Kingfisher's View ? Ce n'est pas le cas. Daisy avait offert un exemplaire de *Midnight Gathering* à Verna Laviolette. Verna en avait apprécié la lecture et l'avait passé à Hester Semley.

— Donc, Daisy l'avait reçu en cadeau et en avait à son tour fait cadeau, soulignai-je tout en tentant de calculer le nombre de longueurs que j'avais parcourues.

Force est de reconnaître que j'avais du mal à compter et parler en même temps.

— Elle ne l'a pas offert qu'à Verna Laviolette, rectifia Poirot. D'après Hester Semley, elle en a donné un exemplaire à Oliver Prowd après qu'il a accepté sa demande en mariage. Quand elle l'a offert à Verna, elle lui aurait dit que c'était son livre préféré au monde. Elle a dit : « J'offre ce livre à tous les gens qui comptent dans ma vie.» J'en ai lu des passages : il s'agit visiblement de l'histoire d'une famille tout à fait exaspérante.

— Pas étonnant que Daisy Devonport l'adore !

— Dites-moi, Catchpool, pourquoi affirmez-vous que Mlle Daisy, en plus d'avoir offert *Midnight Gathering,* l'a elle-même reçu en cadeau ?

Je m'arrêtai de nager pour le dévisager. Il n'avait tout de même pas pu oublier.

— C'est ce qu'elle vous a dit dans l'autocar, quand vous étiez assis côte à côte. Elle a dit que le livre qu'elle avait avec elle, celui que j'avais regardé un peu trop longuement à son goût, était à l'origine un cadeau de… Et là, elle s'est interrompue avant de dévoiler le nom de la personne qui le lui avait offert.

— Vous avez raison jusque dans les moindres détails. C'est fascinant, vous ne trouvez pas ?

— Quoi donc, qu'elle l'ait apprécié au point de l'offrir à son tour ? Je ne vois rien d'extraordinaire à cela. Le nom de l'auteur m'intéresse davantage. Comment ai-je fait pour ne pas le voir ? Il devait être sous mon nez, en plein sous le titre.

C'était la première chose que Poirot m'avait confiée au retour de son entrevue avec Hester Semley : «Catchpool, vous n'allez pas me croire quand je vais vous donner le nom de l'auteur de *Midnight Gathering.* Ce livre a été écrit par une femme du nom de Joan Blythe ! Oui, je vous promets, je suis parfaitement sérieux.»

En cet instant précis, je lui répondis :

— Je me demande si cela explique l'effroi de notre Joan Blythe à nous lorsqu'elle a entendu les mots «Midnight Gathering» à bord de l'autocar. Elle n'avait aucunement fait mention d'avoir écrit ou publié un ouvrage, et voilà que je lui débitais le titre. Elle avait dû se dire… Enfin, je ne sais pas trop ce qu'elle a pu penser, mais je comprends que cela ait pu la secouer un peu.

— Vous m'avez dit qu'elle était terrifiée, pas seulement secouée, me rappela Poirot. En outre, vous partez du principe que la Joan-Blythe-de-l'autocar et la romancière sont une seule et même personne. Pourtant, rien ne le laisse entendre.

— Quoi qu'il en soit, une coïncidence de cette ampleur… c'est impossible ! Soit Daisy voyageait avec un exemplaire de *Midnight Gathering* et s'est retrouvée par hasard à côté de la femme qui l'a écrit, soit – et c'est encore plus invraisemblable – Daisy s'est assise à côté d'une femme qui n'a rien à voir avec le livre si ce n'est qu'elle porte le même nom que la romancière.

— Catchpool, Catchpool, Catchpool, soupira Poirot. Ne voyez-vous donc pas l'évidence ?

Soudain, elle m'apparut. Enfin, c'est ce qui me sembla.

— Joan Blythe n'était peut-être pas le vrai nom de la femme de l'autocar. Elle ne voulait pas nous le donner. Ayant posé les yeux sur la couverture de l'ouvrage, elle a affirmé s'appeler : « Joan Blythe ».

— Mon ami, vous faites parfois mon désespoir, déplora Poirot. Certes, elle aurait très bien pu adopter le patronyme de Joan Blythe après l'avoir lu sur la couverture du livre de Mlle Daisy, mais… comment pouvez-vous voir ce détail et ignorer le reste de l'image ?

Je plongeai la tête sous l'eau et nageai le plus vite

possible jusqu'au bord de la piscine, puis rebroussai chemin jusqu'à Poirot, qui avait conservé la plus parfaite immobilité. Une fois remonté à la surface, j'affirmai :

— La femme retrouvée dans le salon des Devonport avec la tête en mille morceaux : c'était Joan-Blythe-de-l'autocar ? J'imagine que je dois l'appeler ainsi pour la différencier de Joan-Blythe-la-romancière ? C'est ça ?

— Elle n'a pas été officiellement...

— ... identifiée. Je sais. Néanmoins, vous avez une petite idée sur la question. Vous pensez savoir de qui il s'agit.

— Vous voulez connaître mes premières déductions ? proposa Poirot. Fort bien. Oui, la morte est en effet, telle que vous la nommez, Joan-Blythe-de-l'autocar. Son vrai nom n'est pas Joan Blythe et elle n'a certainement pas écrit *Midnight Gathering*.

— Qui était-elle, dans ce cas ?

Poirot sourit.

— Bientôt, mon ami, je serai en mesure de vous révéler tout ce que vous désirez savoir. Je suis à ça d'assembler toutes les pièces du puzzle. Il me reste cependant quelques petites choses à régler – et quelques menues tâches dont vous-même devrez vous acquitter.

— Je me disais, aussi, maugréai-je.

Je songeai aussitôt, et ce n'était pas la première fois, que j'avais bien de la chance que mon patron à Scotland Yard tienne Poirot en si haute estime. Mes autres dossiers en cours seraient discrètement réassignés à des collègues, ce qui me laisserait le champ libre pour seconder Poirot aussi longtemps qu'il le jugerait nécessaire.

— Pour commencer, parlez-moi du jour où a eu lieu le meurtre de Frank Devonport, rebondit Poirot. J'espère bien que vous avez soigneusement consigné les témoignages de tout le monde ?

— Oui, et c'est assez simple. Aucune des versions que l'on m'a faites des événements du 6 décembre ne contredit les autres. Oliver Prowd est parti pour Londres à la première heure. Peu après 9 heures, Daisy et Richard Devonport sont partis en compagnie des Laviolette pour Kingfisher's View, chez les Semley, où ils sont arrivés à 9 heures et demie. Frank est arrivé à Little Key à 10 heures avec Helen Acton. Ils y ont passé la matinée avec Lilian et Sidney Devonport.

«Un peu avant 14 heures, Oliver est rentré de Londres et s'est rendu à Kingfisher's View, conformément aux consignes qu'on lui avait données. Puis, à 14 heures, Winnie Lord est arrivée et a informé les exilés qu'ils pouvaient désormais rentrer. Daisy, Richard et Verna Laviolette se sont alors exécutés, contrairement à Oliver et Godfrey : ces derniers ont quitté Kingfisher's View à 17 heures, avec Percy Semley à la remorque. Ce dernier s'est invité, apparemment. Diverses personnes à Kingfisher Hill lui avaient raconté des histoires extraordinaires à propos de Frank et il tenait à faire sa connaissance. Ni Godfrey Laviolette ni Oliver Prowd n'ont eu le courage de lui dire qu'il ne serait pas le bienvenu.

«Pendant ce temps, de retour à Little Key, tout ce petit monde s'était rassemblé dans le salon et il était environ 14 h 20 quand Daisy, Richard et Verna sont rentrés de Kingfisher's View. Dans ce salon se trouvaient donc les cinq membres du clan Devonport – Frank, Richard,

Daisy, Sidney et Lilian –, ainsi qu'Helen Acton et Verna Laviolette. Winnie Lord a fait quelques apparitions pour servir des rafraîchissements et débarrasser.

— Excellent. Exactement ce à quoi je m'attendais, opina Poirot. Poursuivez.

Je frissonnai. Cette longue prise de parole m'empêchait de nager et je commençais à avoir froid.

— Tout le monde est d'accord sur le fait qu'Helen Acton a quitté le salon aux alentours de 16 heures. Elle a fait valoir qu'elle était fatiguée et qu'elle souhaitait se reposer avant le dîner. Elle est donc montée. Dix à quinze minutes plus tard, d'autres ont suivi son exemple. Verna Laviolette, Sidney, Lilian et Daisy ont regagné leurs pénates à l'étage. Frank a fait de même, mais pour aller dans la chambre d'Helen et non pas dans la sienne.

« Aux alentours de 16 h 30, avant de monter à son tour, Daisy a envoyé Winnie Lord chercher Oliver à Kingfisher's View. Richard Devonport, qui n'est pas monté à l'étage après que tout le monde a quitté le salon – il s'est installé dans la bibliothèque – affirme que Winnie est revenue de Kingfisher's View à 17 h 30. Il y avait trois hommes avec elle : Oliver Prowd, Godfrey Laviolette et Percy Semley. Richard a entendu leurs voix depuis la bibliothèque.

— Puis, au dire de Richard Devonport, il est resté un moment seul dans la bibliothèque ?

— Oui. Il affirme avoir entendu Winnie annoncer qu'elle allait préparer le dîner, après quoi il n'a plus entendu que les trois voix masculines, jusqu'à… eh bien ma foi, jusqu'à ce que Frank tombe du rebord et qu'Helen descende les escaliers à toute vitesse en criant :

«Oliver, c'est moi qui l'ai tué.» La formulation exacte de sa confession est sujette à dissensions, mais toutes les versions s'accordent sur le fait qu'Helen Acton a de son propre aveu poussé Frank dans le vide. Poirot, si je ne peux plus nager, je ferais mieux de sortir et de m'enrouler là-dedans, dis-je en montrant des serviettes. Ou encore mieux, retournons à Little Key pour y poursuivre la conversation.

— Jusqu'ici votre compte-rendu se révèle des plus instructifs. Je souhaite à présent entendre dans le détail ce qui s'est déroulé au cours des dix minutes qui se sont écoulées entre 17 h 30 et 17 h 40. Si nous retournons à l'intérieur, le hiatus va entraver mon raisonnement.

— Poirot, j'ai les veines qui virent au bleu à cause du froid, plaidai-je en lui montrant mon bras.

— Je vois ça. Hélas, malgré tout le mal que vous vous donnez, je ne pourrai pas être tenu pour responsable de la tournure des événements, Catchpool. Ce n'est pas Poirot qui vous a persuadé de plonger dans une flaque d'eau froide. Poursuivez, s'il vous plaît.

— Je m'en souviendrai, rétorquai-je.

Après un soupir, je m'enfonçai de nouveau dans l'eau jusqu'au cou et j'effectuai une série de mouvements des bras et des jambes pour fouetter la circulation.

— C'est après 17 h 30 que les témoignages commencent à diverger. Daisy affirme qu'elle a entendu la voix d'Oliver et en a donc conclu qu'il était rentré. Quand elle est sortie sur le palier, elle a constaté qu'il était en compagnie de Percy Semley, ce qui l'a mise en colère. Semley ne faisait pas partie des invités et Oliver avait commis un faux pas en l'amenant. À ce stade, d'après Daisy, la porte de la chambre d'Helen s'est ouverte. Frank en est sorti. Pas Helen, souligne Daisy : Helen était encore dans sa chambre. Depuis le balcon du palier, Frank a aperçu Semley, Godfrey Laviolette et Oliver Prowd dans le vestibule au rez-de-chaussée ; il s'est approché de l'escalier dans l'intention évidente de les rejoindre. Daisy affirme que c'est à cet instant-là qu'elle a décidé de faire le nécessaire pour protéger sa famille du danger que représentait le retour de Frank. Elle l'a poussé brutalement par-dessus le rebord, il est tombé et… et la suite, nous la connaissons.

« Daisy m'a confié ne pas avoir compris ce qui s'était passé dans la foulée. Soudain Helen a surgi à côté d'elle – elle ne l'avait pas entendue sortir de sa chambre – et à sa grande stupéfaction, il s'est passé une chose insensée : Helen s'est précipitée dans les escaliers en avouant le meurtre de Frank. À ce moment-là, suite au grand fracas de la chute et aux cris des hommes dans le vestibule, tous ceux qui n'étaient pas déjà en bas sont sortis sur le palier en haut – non seulement Daisy, mais également Verna Laviolette et Sidney et Lilian Devonport. Richard Devonport est sorti en courant de la bibliothèque pour s'agenouiller à côté de la dépouille de son frère. Seule Winnie Lord ne s'est pas manifestée – occupée aux fourneaux, elle n'avait pas dû entendre l'agitation. Quant aux personnes qui contemplaient la scène depuis le balcon… c'est là que le bât blesse. Les témoignages de Verna, Sidney et Lilian diffèrent, non seulement les uns des autres, mais aussi de celui qu'a donné Daisy.

— En quel sens ? s'enquit Poirot.

298

J'avais réussi à insuffler un bon rythme à la brasse, de sorte que je commençais à me réchauffer.

— La version de Verna est particulièrement intéressante. Elle dit qu'Helen Acton n'a pas pu pousser Frank, et que Daisy n'a pas pu le faire non plus, parce que Frank était déjà en train de tomber, en plein vol, quand Helen et Daisy sont sorties de leurs chambres. Elle le jure. Quand je lui ai demandé qui avait bien pu pousser Frank, elle m'a répondu du tac au tac : « Lilian. Elle se tenait suffisamment près. » D'après Verna, Sidney Devonport était également dans les parages, même s'il était un peu plus à l'écart – mais elle a reconnu qu'il aurait pu pousser Frank pendant que Lilian le regardait faire. Je ne sais pas vous, mais moi j'ai du mal à croire qu'après avoir enfin pardonné ses péchés à Frank…

— Oh, mais si Lilian et Sidney l'ont assassiné, cela veut dire que leur élan de pardon et de réconciliation n'était qu'un écran de fumée, vous ne croyez pas ?

— J'imagine, répondis-je d'un air dubitatif. Quoi qu'il en soit, le témoignage de Verna n'avait rien à voir avec celui de Sidney, Lilian et Daisy. Sidney et Lilian affirment qu'en sortant de leur chambre, ils ont aperçu Helen sur le palier et que Frank était en train de tomber. Tous deux assurent que Daisy est apparue juste après, alors que Frank s'apprêtait à percuter le sol. Pendant ce temps, Daisy prétend que ses parents ne se trouvaient pas du tout sur le palier – ni l'un ni l'autre – ou bien que s'ils s'y trouvaient, elle ne les a pas vus. Elle dit qu'elle a poussé Frank, qu'elle a remarqué la présence de Verna et, quelques secondes plus tard, celle d'Helen, mais elle soutient ne pas avoir vu ni Sidney ni Lilian sur la galerie avant de s'élancer à la suite de sa belle-sœur dans les escaliers. Quant à l'attroupement dans le vestibule… personne n'a levé la tête avant que Frank… n'atterrisse, si l'on veut, si bien qu'ils ne peuvent affirmer qui est apparu au balcon à quel moment, ni dans quel ordre.

— Voilà un compte-rendu d'excellente qualité, mon ami, me complimenta Poirot d'un air satisfait. Vous pouvez à présent sortir de l'eau, si vous le souhaitez. Il n'y a pas une minute à perdre, et tant à faire. J'ai bien peur de devoir vous laisser quelque temps seul à Kingfisher Hill.

— Pourquoi ? l'interrogeai-je tout en m'enroulant dans deux serviettes – geste assez futile sur le front du réchauffement puisqu'il faisait encore plus froid à l'extérieur que dans la piscine.

— La femme morte de l'autocar, répondit Poirot. Je vais rendre visite à son parent proche.

— Joan Blythe ? Mais… vous voulez dire sa tante à Cobham ?

— Cette tante n'existe pas. C'est sa mère que je m'en vais interroger à propos du manteau et du bonnet verts de sa fille. Le sergent Gidley a eu l'amabilité de me fournir une adresse. Après ça, j'irai rencontrer le médecin de feu Otto Prowd : un certain Dr Alexander Ephgrave de Harley Street. Après m'être entretenu avec lui, je me rendrai dans les locaux de la banque Coutts pour étudier la situation financière de Godfrey Laviolette en compagnie de son banquier. Enfin, j'irai dans les bureaux de l'éditeur d'un certain livre.

— *Midnight Gathering*, complétai-je.

Poirot sourit.

— Bien vu, Catchpool. La nage semble avoir ravigoté vos petites cellules grises. Une bien belle journée en perspective ! Car il me semble déjà connaître le résultat de tous ces rendez-vous qui vont l'émailler. Et il est fort peu probable que je fasse erreur.

Voyant mon expression désemparée, il poursuivit :

— Vous pourriez vous aussi vous retrouver en posture providentielle, si seulement vous vous donniez la peine de revenir à nos moutons. Tenez, laissez-moi vous tendre une main secourable. Réfléchissez, mon ami : ce livre, *Midnight Gathering*. Où se trouvait-il la première fois que vous l'avez vu ? Repensez à ce que Daisy Devonport m'a dit à bord de l'autocar sur le fait qu'il s'agissait d'un présent – vous m'avez répété ses paroles il y a quelques minutes à peine, je sais donc que vous les avez bien à l'esprit. Puis, songez aux aveux d'Helen Acton, quelques secondes après la chute mortelle de Frank. Quels mots a-t-elle adressés à Oliver Prowd quand elle s'est précipitée dans l'escalier ?

— Mais quel est le rapport entre tous ces éléments ?

Enrubanné dans mes serviettes, je tremblai comme une feuille et me surpris à envier le chapeau, les gants et l'épais manteau de Poirot.

— C'est la question à laquelle il nous faut répondre, conclut Poirot d'une voix pleine d'entrain. Pensez à la confession d'Oliver Prowd devant Godfrey Laviolette, telle que me l'a rapportée Hester Semley. Pensez à Helen Acton prétextant la fatigue pour échapper à la compagnie inhospitalière des Devonport. Elle est retournée dans sa chambre, n'est-ce pas ? Et puis, il y a ces deux maisons : Kingfisher's View et Little Key. Pourquoi les Devonport ont-ils fait l'acquisition de la demeure des Laviolette plutôt que de celle d'Hester Semley ? Et encore plus essentiel : pourquoi les Laviolette souhaitaient-ils vendre leur maison de Kingfisher Hill ? Une seule chose a changé au domaine juste avant qu'ils ne prennent cette décision, un détail qui peut difficilement être lourd de conséquences : le remplacement du portier. Et n'oubliez pas Lavinia Stent !

— Ma parole, vous vous moquez de moi, Poirot. Vous faites donc exprès de me farcir la tête d'informations sans queue ni tête ?

— Non. *Pas du tout.*

— Je ne vois pas en quoi Lavinia Stent, une femme qui s'accordait – bien qu'inutilement – avec Hester Semley sur le caractère inapproprié du nouveau portier, peut avoir un rapport avec le meurtre de Frank Devonport ou celui de Joan Blythe.

Poirot hocha vivement la tête.

— N'ayez crainte, mon ami. J'ai anticipé le fait que vous n'auriez pas la capacité, ou peut-être pas la volonté, d'avoir le raisonnement adéquat. C'est pourquoi je vous ai préparé une liste. En suivant les tâches ainsi énumérées, vous ferez avancer notre enquête, même si vous n'y comprenez pas grand-chose. Je vous demanderai simplement de bien vouloir suivre mes instructions à la lettre et de consigner scrupuleusement les résultats de vos démarches. Vous devriez y arriver, non ?

Poirot refusa de me confier la liste tant que je ne m'étais pas correctement séché et habillé. Une fois dans un état de disponibilité que j'espérais satisfaisant à ses yeux, je suivis sa première consigne en allant frapper à la porte de sa chambre à Little Key. J'avais par ailleurs appris la veille de la bouche de Verna Laviolette qu'elle avait hébergé Helen Acton le jour funeste de sa visite. Verna m'avait précisé qu'on m'avait attribué la chambre de Frank Devonport ; je l'avais déjà fouillée par deux fois dans l'espoir d'y faire quelque découverte. Hélas, mes recherches n'avaient rien donné.

Poirot et moi bénéficiions de ce logement temporaire à Little Key, le temps de mener à bien notre enquête, même s'il apparaissait tout à fait évident que nous n'étions pas les bienvenus. À chaque fois qu'il nous croisait, Sidney Devonport grognait et faisait aussitôt demi-tour pour repartir dans l'autre sens. Selon son humeur, Daisy nous fusillait du regard ou se fendait d'un sourire en coin, comme si elle savait quelque chose de plus que nous. Lilian et Richard Devonport évitaient soigneusement de poser les yeux sur nous. Quant à Godfrey Laviolette, il s'était fait très discret. Il avait en effet entrepris de s'enfermer des heures durant dans le fameux QG du Peepers. Sidney, en revanche, restait à l'écart de cet endroit et semblait avoir perdu tout intérêt pour le jeu de société qu'il chérissait tant. Au début, Oliver Prowd ne nous avait pas lâchés d'une semelle, demandant à connaître dans le détail et nos démarches et nos observations concernant les deux meurtres. Puis son attitude se mua en ressentiment glacial lorsqu'il comprit qu'aucun de nous deux n'avait l'intention de l'inclure dans ses réflexions.

La seule personne qui paraissait contente de notre

présence était Verna Laviolette, qui bavardait longuement avec nous sans rien demander en retour. C'était étrange : quand on me l'avait décrite comme une femme éprise de bonté, j'avais eu bien du mal à me le représenter. Elle me semblait trop caustique pour cela. Mais chemin faisant, je lui avais découvert une facette plus amène. En l'absence de domestiques à la maison, à présent que Winnie et sa remplaçante maigrichonne avaient disparu, Verna, secondée par Daisy, préparait tous les repas, qu'elle nous servait personnellement à Poirot ainsi qu'à moi-même. Depuis notre retour à Little Key, nous prenions nos petits déjeuners seuls – non seulement par choix, mais aussi parce que Sidney Devonport avait fait clairement savoir qu'il refusait de partager ses repas avec nous. Très souvent, Verna nous tenait compagnie, voire passait à table avec nous au lieu de rejoindre son mari et les Devonport. À ces quelques occasions, elle s'était montrée nettement moins susceptible que par le passé. On dit que les tragédies et les catastrophes révèlent le meilleur chez autrui – peut-être en était-elle la preuve vivante.

Comme Poirot ne répondait pas à la porte, je toquai une nouvelle fois. Il lança aussitôt :

— Ah, Catchpool ! Entrez, entrez.

— Faites-moi voir cette fameuse liste, l'invitai-je malgré mon mauvais pressentiment.

Je ne craignais pas l'ampleur de la tâche, mais je commençais à bien connaître Poirot, et je le savais tout à fait capable de me demander l'impossible. Depuis que je le fréquentais, j'avais l'impression de beaucoup moins maîtriser ma vie et d'être toujours prêt à me lancer dans quelque aventure. C'était exaltant et souvent stimulant, mais plutôt éprouvant pour les nerfs.

Poirot me tendit une feuille de papier. Je parcourus aussitôt la liste qu'il avait compulsée et que je restitue ici :

Missions pour Catchpool

1. Trouver qui a offert le livre *Midnight Gathering* à Daisy Devonport.

2. Demander également à Daisy : pourquoi son père a-t-il autorisé Richard à demander Helen Acton en mariage et à rester fiancé avec elle, alors qu'elle a assassiné son fils ?

3. De plus : si Frank était nuisible et dangereux au point que Daisy doive le tuer pour éviter à sa famille de nouvelles trahisons, pourquoi a-t-elle accepté d'épouser son acolyte Oliver Prowd ? Cette contradiction est insensée.

4. Pourquoi Sidney et Lilian Devonport voulaient-ils être seuls pendant plusieurs heures avec Frank et Helen le jour du meurtre de Frank ?

5. Est-ce que quelqu'un a entendu une dispute ou des éclats de voix dans l'heure qui a précédé la chute mortelle de Frank ?

6. A-t-on jamais envisagé le suicide comme la cause du décès de Frank ?

7. Faire la liste de toutes les personnes présentes à Little Key au moment de la mort de Frank. Pour chacune de ces dix personnes, rédiger un motif pouvant justifier le meurtre.

Je relus trois fois les sept points de la liste. Puis je me tournai vers Poirot :

— Dix personnes ? (Je procédai à un rapide calcul.) Vous comptez Percy Semley ?

— Mais oui. Il était sur place.

— Au rez-de-chaussée, cependant. Lui, Oliver, Godfrey Laviolette, Richard, Winnie Lord – tous se trouvaient au rez-de-chaussée et ne peuvent en aucun cas avoir poussé Frank dans le vide.

— C'est exact, acquiesça Poirot. À moins que l'on nous ait induits en erreur.

— Ce qui m'amène au problème suivant. Je ferai tout mon possible pour obtenir les réponses que vous me demandez, mais j'espère que vous vous rendez compte que je dois me cantonner à des questions. Je n'ai aucun moyen de pression pour obtenir la vérité de mes interlocuteurs.

— Mais bien sûr que si ! N'êtes-vous pas l'inspecteur de Scotland Yard chargé des deux enquêtes pour meurtre ?

— En théorie, si, concédai-je avec un soupir. Mais vous savez comme moi que je ne suis pas d'une autorité à toute épreuve, Poirot, et que l'exercice m'est particulièrement difficile sous ce toit. À chaque fois que je repense à notre première visite, à cette histoire farfelue que vous avez servie à Sidney Devonport sur notre passion pour le Peepers, j'en frémis de honte. Je suis dans une posture singulièrement inconfortable : je demande la sincérité la plus absolue à ceux-là même que vous avez trompés sans vergogne.

— Oh, vous autres Anglais et votre sens surdéveloppé

du déshonneur ! s'exclama Poirot. Ne vous inquiétez pas de ce que l'on risque de vous mentir. Ce sera tout aussi édifiant que d'entendre la vérité. À présent, il convient d'ajouter un alinéa à cette liste. Je veux que vous annonciez quelque chose à Daisy Devonport – mais pas quand vous lui poserez toutes ces questions. Ce point est d'une importance capitale, Catchpool. C'est la raison pour laquelle je ne l'ai pas incorporé à la liste. Ce n'est qu'une fois toutes les autres tâches accomplies que vous pourrez vous acquitter de cette ultime mission.

— De quoi s'agit-il ?

— Vous allez dire à Mlle Daisy que vous avez reçu un télégramme du sergent Gidley.

— Un télégramme qui dit quoi ?

— Un télégramme qui dit qu'Helen Acton a rétracté ses aveux. Elle reconnaît, enfin, qu'elle n'a pas assassiné Frank Devonport. De surcroît, elle confirme que Daisy l'a tué et qu'elle l'a vue pousser Frank avec une brutalité peu commune.

— Rien de tout cela n'est vrai, n'est-ce pas ?

— C'est totalement faux, claironna Poirot. C'est le fruit de mon invention. Vous noterez dans les moindres détails l'effet produit par cette révélation.

Peu après m'avoir fait part de ses instructions, Poirot s'en alla à Londres avec le concours de notre vieil ami M. Alfred Bixby et de la Kingfisher Coach Company. Personnellement, bien que tenté de me retrancher dans mes quartiers et d'éviter soigneusement le reste des convives, je m'armai de courage pour prendre à bras le corps la liste des tâches que m'avait confiées Poirot.

Sur plus d'un front, je jouai de malchance. En tout cas, je ne jouai pas de réussite. (Poirot n'aurait vraisemblablement pas manqué l'occasion de me rappeler que le mental, l'ordre et la méthode infléchissaient davantage la réussite que la chance.) Personne ne m'apporta ne serait-ce que l'ombre d'une réponse aux questions 2, 3 et 4 dans la liste de Poirot. Lorsque je demandai à Daisy de m'expliquer l'incohérence entre sa volonté d'épouser Oliver Prowd et celle de tuer Frank pour ses faits de trahison, elle me toisa d'un air renfrogné, comme si j'étais un rat surgi dans son assiette. Un seul coup d'œil sur l'expression de son visage m'ôta tout espoir d'obtenir gain de cause.

Quant à savoir pourquoi Sidney et Lilian voulaient Frank et Helen pour eux seuls, toutes les personnes interrogées me firent la même réponse (sauf Sidney, qui tourna les talons et s'éloigna à grands pas sans lâcher un mot) : aucune raison particulière. Ils voulaient que les choses soient ainsi, un point c'est tout.

À une autre occasion, interrogé sur l'aval qu'il avait donné aux fiançailles – celles de Daisy avec Oliver et celles de Richard avec Helen –, Sidney Devonport m'avait aboyé un «Occupez-vous de vos oignons!» en guise de réponse.

À ce même propos, Daisy avait observé : «Je vous suspecte d'être par trop stupide et dénué d'expérience pour comprendre quand bien même je me donnerais la peine de vous l'expliquer, ce que je n'ai nullement l'intention de faire.»

Richard avait marmonné quelque chose comme quoi ce n'était pas son rôle à lui de comprendre son père.

Avant de concéder : « À dire vrai, la plupart du temps, mon propre comportement me laisse pantois. »

L'idée que Frank Devonport ait mis fin à ses jours fut accueillie de toute part par un dédain sans bornes. Pas un ne manqua de me faire savoir que Frank aimait la vie plus que quiconque.

La chance me sourit davantage quand je m'attaquai aux points 1 et 5 de la liste de Poirot. À part Sidney, tout le monde se fit une joie de m'assurer qu'ils n'avaient entendu ni dispute, ni éclats de voix, ni rien de fâcheux dans la maison au cours des quelques heures qui avaient précédé la mort de Frank, ni d'ailleurs à aucun autre moment de la journée. En l'espèce, j'eus l'impression qu'ils me disaient la vérité.

Au sujet de *Midnight Gathering,* personne ne fut en mesure de me dire d'où venait l'exemplaire de Daisy, même si Oliver Prowd et Verna Laviolette me répondirent spontanément que Daisy leur avait offert l'ouvrage. L'exemplaire d'Oliver se trouvait actuellement dans sa maison de Londres, et Verna m'informa que le sien était chez Hester Semley, ce que bien évidemment je savais déjà.

Daisy profita de la question pour me tourmenter :

— Un homme du nom de Humphrey me l'a offert. (Elle rit, puis reprit :) Je raconte des bêtises, inspecteur Catchpool. Personne ne m'a offert ce livre. Je me le suis offert à moi-même. Ce Humphrey n'existe pas.

Quand je lui rappelai qu'elle avait dit à Poirot qu'il s'agissait d'un présent, elle se contenta de hausser les épaules :

— Ce devait être un mensonge. J'ai sans doute songé

que cela ne le regardait pas et inventé une réponse de toutes pièces.

Au cours de nos échanges, Daisy Devonport se donnait toujours beaucoup de mal pour me faire comprendre qu'elle n'avait peur de rien ni de personne. Son attitude semblait clamer haut et fort : « J'ai déjà avoué le meurtre de mon frère, alors il ne reste pas grand-chose qui puisse m'effrayer. »

Quand je m'attelai à la tâche numéro 7 de la liste – les mobiles du meurtre – je trouvai certains candidats plus convaincants que d'autres.

Meurtre de Frank Devonport – mobiles possibles
des personnes présentes ce jour-là

Sidney Devonport (sur la galerie au moment de la mort de Frank) – vengeance pour le vol d'argent. Frank était prospère et Sidney a fini par décréter que le bannissement de la famille n'était pas un châtiment suffisant. Il a attiré Frank en lui faisait miroiter une deuxième chance, mais son intention a toujours été de l'assassiner.

Lilian Devonport (sur la galerie au moment de la mort de Frank) – *idem*. Possiblement de mèche avec Sidney, s'ils ont agi ensemble. Ou alors (un peu plus improbable mais à ne pas exclure étant donné les sommets de folie qu'atteignent certains) Lilian ne supportait pas l'idée d'« abandonner » son enfant préféré, sachant qu'il ne lui restait pas longtemps à vivre. Elle voulait « emmener Frank avec elle », pour ainsi dire.

Helen Acton (sur la galerie au moment de la mort de Frank) – aucune idée de mobile. À moins que son «mensonge» sur le fait de tomber amoureuse de Richard Devonport ne soit un double coup de bluff. Peut-être qu'à l'insu du reste de la famille, Richard et elle se connaissaient et s'aimaient depuis longtemps. Pour autant, pourquoi cela implique qu'Helen tue Frank plutôt qu'elle se contente tout bonnement de le quitter, je ne vois pas.

Daisy Devonport (sur la galerie au moment de la mort de Frank) – le mobile qu'elle-même avance. Elle s'est persuadée que Frank représentait un grave danger pour la famille. Peut-être est-ce aussi une vengeance pour le vol, si elle considérait l'argent de ses parents comme étant également le sien.

Richard Devonport (dans la bibliothèque au moment de la mort de Frank) – frère le moins aimé de la fratrie Devonport, peut-être craignait-il que le retour de son frère ne finisse par l'éclipser irrémédiablement? Que Frank reprendrait le contrôle des affaires de Sidney et que lui finirait sur la touche? Peut-être aussi des représailles suite au vol de l'argent.

Oliver Prowd (dans le vestibule sous la galerie au moment de la mort de Frank) – jalousie devant l'affection que Daisy portait à Frank, tel que l'a évoqué Hester Semley à Poirot. Peur que Daisy ne s'intéresse plus à lui à présent que Frank était de retour.

Winnie Lord (dans la cuisine au moment de la mort de Frank) – exactement le même mobile qu'Oliver Prowd, selon Hester Semley.

Godfrey Laviolette (dans le vestibule sous la galerie au moment de la mort de Frank) – je ne lui vois aucun mobile, à part en lien avec la raison secrète qui les a poussés à quitter Kingfisher Hill.

Verna Laviolette (sur la galerie au moment de la mort de Frank) – *idem*.

Percy Semley (dans le vestibule sous la galerie au moment de la mort de Frank) – je ne lui vois absolument aucun mobile.

Je relus chaque paragraphe attentivement. « Qui que ce soit, pourquoi commettre le meurtre devant un tel parterre ? m'interrogeai-je à voix haute. Des gens sur la galerie, des gens dans le vestibule. Le meurtre pouvait difficilement s'afficher plus publiquement. Pourquoi ? »

Quant à Joan-Blythe-de-l'autocar, je ne voyais pas en quoi qui que ce soit – les Devonport, les Laviolette, Lord, Prowd ou Semley – aurait pu avoir envie de la matraquer à mort avec une telle violence.

J'attendis le lendemain matin pour m'atteler à l'ultime mission que m'avait confiée Poirot – celle qu'il jugeait d'une telle importance qu'il l'avait passée sous silence sur la liste. Après le petit déjeuner, je me mis en quête de Daisy. Je la trouvai dans la salle du Peepers. Elle avait pris place sur un fauteuil à côté de la fenêtre et contemplait le jardin.

— Encore vous, c'est pas vrai, dit-elle d'un ton monotone. C'est pour me poser des questions, j'imagine.

— Non. J'ai reçu des nouvelles dont j'ai pensé devoir vous faire part sans tarder. Elles viennent du sergent Gidley. Elles sont arrivées par télégramme, il y a quelques minutes.

— Quelles nouvelles ?

Elle se leva. Mon expression avait dû l'alarmer ; j'avais en effet songé, en même temps que je parlais, et par conséquent trop tard, qu'elle était susceptible de me demander à voir le télégramme. Que faire dans ce cas ?

La réponse s'imposa à moi : refuser, bien évidemment. Si Gidley m'avait envoyé un télégramme, je n'étais absolument pas dans l'obligation de le montrer à qui que ce soit.

— Helen Acton a reconnu avoir menti, annonçai-je.

— Comment ? fit Daisy en s'approchant de moi à pas lents. Menti à propos de quoi ?

— Elle a rétracté ses aveux. Elle reconnaît à présent qu'elle n'a pas assassiné Frank, et elle a fait une nouvelle déclaration dans laquelle elle affirme que…

Je m'éclaircis la voix. Poirot se serait acquitté de cette tâche avec bien plus d'aplomb que moi. Cela ne m'avançait à rien d'y penser : l'intéressé était présentement à Londres. C'était donc moi qui me retrouvais à plonger les yeux dans ceux, implacables, de Daisy Devonport.

— Helen Acton confirme que vous dites la vérité : c'est vous qui avez poussé Frank, elle vous a vue faire, ajoutai-je.

Voilà. C'était dit.

Daisy étouffa un cri. Ses mains se mirent à trembler.

— Ce doit être un choc, effectivement.

— Où est Poirot ? demanda-t-elle d'une voix saccadée que je ne lui connaissais pas. Il faut que je lui parle de toute urgence.

— Il est occupé à Londres. Vous pouvez me confier tout ce que vous souhaiteriez lui dire. Lui et moi sommes…

— Faites-le revenir, ordonna Daisy. Il faut que je lui parle. Tout de suite !

15

Un nouvel aveu

À 11 heures le lendemain matin, un chauffeur déposa Poirot devant la grille de Little Key. Trois heures plus tôt, il m'avait prévenu par téléphone de l'heure approximative de son arrivée, et je l'attendais de pied ferme.

— Tout se passe comme je m'y attendais, mon ami, annonça-t-il. Mes recherches se sont révélées fructueuses. Tous mes soupçons ont été confirmés. La situation financière de Godfrey Laviolette est plus que satisfaisante. Son banquier m'a fait savoir qu'il en a toujours été ainsi. Quant à notre Joan-Blythe-de-l'autocar, j'ai eu une conversation tout à fait éclairante avec sa mère. Le manteau et le bonnet verts étaient flambants neufs, comme on pouvait s'y attendre. Elle ne les avait pas portés avant le jour J où nous avons fait sa connaissance. Ah – je vois bien que vous vous demandez en quoi cette donnée est importante. Vous le comprendrez bientôt !

Poirot me tendit sa valise et se dirigea vers la maison. Je me précipitai derrière lui.

— J'ai passé une heure délicieuse en compagnie de l'éditeur de *Midnight Gathering*, poursuivit-il. Il a été à même de me fournir des informations essentielles concernant l'autre Joan Blythe, celle qui a écrit le livre. L'ancien médecin de feu Otto Prowd, le Dr Ephgrave, avec qui je me suis longuement entretenu, s'est montré fort obligeant. Son témoignage a été la cerise sur le gâteau. Ainsi donc, tout est sous contrôle. Le sergent Gidley arrivera demain en compagnie d'Helen Acton. Après quoi, nous éluciderons une bonne fois pour toutes la ténébreuse affaire des meurtres de Kingfisher Hill. À présent, Catchpool, dites-moi : comment vous en êtes-vous sorti en mon absence ? Attendez ! Pas maintenant. On risque de nous entendre.

Il avait raison. Nous venions tout juste de déboucher dans le vestibule de Little Key.

— Je vais défaire ma valise. Nous parlerons après, conclut-il.

Une heure plus tard, nous avions pris place dans la bibliothèque en attendant l'arrivée de Daisy Devonport. J'avais rapporté à Poirot avec une profusion de détails toutes les conversations que j'avais eues en son absence, en terminant par la plus théâtrale et l'insistance de Daisy pour lui parler séance tenante.

— Ah, c'est parfait ! s'écria-t-il. Vous allez voir, mon ami : la conversation que nous nous apprêtons à avoir avec Mlle Daisy – celle-là aussi va se dérouler exactement tel que je l'ai prédit. Si j'avais un papier et un stylo, je pourrais vous en rédiger les dialogues. C'est à croire que je peux lire l'avenir.

Poirot plastronnait volontiers, aujourd'hui !

Daisy pénétra dans la bibliothèque. À l'évidence, elle venait tout juste de sécher ses larmes. Elle avait encore les yeux rouges et bouffis.

— Dieu merci, vous êtes de retour, dit-elle à Poirot en s'asseyant sur le fauteuil le plus proche de lui.

— En quoi puis-je vous être utile? s'enquit l'intéressé.

— Je prie en effet pour que vous puissiez l'être. J'ai été terriblement imprudente, monsieur.

— Mademoiselle… Je me demande, me permettez-vous de vous raconter, ainsi qu'à Catchpool ici présent, l'histoire dont vous souhaitez me faire part?

Daisy eut l'air interloquée.

— Vous ne connaissez pas toute l'histoire. Je suis la seule à la connaître.

— N'en soyez pas si sûre, contra Poirot. Je vous invite à m'interrompre si je me fourvoie. C'est d'accord?

Malgré son expression déroutée, elle opina.

— Vous êtes ici, n'est-ce pas, pour procéder à de nouveaux aveux? En revanche, cette fois-ci, ce n'est pas pour une affaire de meurtre. Ce matin, vous souhaitez confesser un péché de moindre importance, le péché du mensonge. Vous avez gravement menti, c'est bien ça?

— Oui.

Ses larmes débordèrent pour aller rouler sur ses joues.

— Et de surcroît – comme si cela ne suffisait pas – vous vous êtes odieusement arrangée pour dissimuler quantité de choses importantes à Catchpool et à moi-même. N'est-ce pas?

Elle hocha la tête.

— Vous n'avez pas assassiné votre frère Frank, c'est exact?

— Non, je ne l'ai pas assassiné.

— La femme en manteau et bonnet verts ? L'avez-vous tuée ?

— Non, avoua Daisy. Je n'ai tué personne. Mais…

— Silence, je vous prie. Permettez-moi de vous rapporter vos faits et gestes. Vous avez pris le tisonnier de la cheminée et vous avez défiguré la morte. Vous avez frappé son visage et son crâne jusqu'à ce qu'ils soient méconnaissables. N'est-ce pas ?

— Oui, souffla Daisy.

— Et la note rédigée à l'encre noire ? « Vous avez pris place sur un siège funeste, voici donc le tisonnier qui tannera votre bonnet. »…

— C'est moi qui ai écrit cette note et qui l'ai disposée sur le corps, confessa Daisy.

— En effet. (Poirot jeta un regard circulaire sur la pièce tandis qu'il réfléchissait.) C'est fascinant. Tout bonnement fascinant ! Vous avez écrit cette note parce que dans le même temps vous vouliez et ne vouliez pas révéler l'identité de la morte.

Daisy leva les yeux sur lui.

— Vous êtes d'une intelligence exceptionnelle, monsieur Poirot. Je ne fais pas le poids.

Il ménagea une pause, comme pour savourer cet éloge, avant de poursuivre :

— Dites-moi, si vous n'avez pas tué la femme au manteau et bonnet verts, qui s'en est chargé ?

— Je l'ignore. Sincèrement. Ça pourrait être n'importe qui. N'importe qui à part Oliver et moi. Entre 10 et 11 heures, nous faisions une promenade ensemble. Mais les autres, y compris les personnes qui prétendent qu'elles n'étaient pas seules à ce moment-là… Je veux dire par là qu'il n'est pas impossible que deux personnes aient agi de concert, si?

— Non, ce n'est pas impossible, convint Poirot. Parlons à présent de la morte, la femme de l'autocar. Elle nous a dit s'appeler Joan Blythe. Ce nom vous dit quelque chose?

— Oui, répondit Daisy. C'est l'une des choses dont je voulais vous faire part, monsieur Poirot. J'ai passé sous silence tant d'éléments et raconté tant de mensonges, que j'aimerais pouvoir dire que je suis navrée. C'est la vérité – telle que vous me voyez, je suis tout à fait désolée –, mais ne serait-ce la crainte effroyable qui m'envahit, vous tiendrais-je le même discours? J'en doute. Vous feriez donc bien de mépriser ma contrition apparente. Car elle est le signe que je me repentis pour moi-même d'avoir fait preuve de malhonnêteté, pas pour une quelconque raison plus honorable.

Elle m'apparut soudain très jeune et vulnérable. Je dus réprimer un élan de compassion. Pour autant que je le sache, elle nous jouait encore un tour.

Poirot lui répondit:

— Je ne cherche qu'à découvrir la vérité, mademoiselle. Le reste est une affaire entre vous et votre conscience.

Elle hocha la tête, se ressaisit un peu et poursuivit:

— Joan Blythe est le nom de l'auteur d'un livre qui m'est très cher: *Midnight Gathering*. Je l'avais avec moi à bord de l'autocar. Vous l'avez vu, inspecteur Catchpool, vous vous souvenez? Je l'avais posé sur le siège voisin du mien, et quand je me suis retournée, je vous ai vu en train de le regarder d'une drôle de manière. Plus tard, vous m'avez accusée de l'avoir volé, monsieur Poirot, ce qui était totalement faux. Pour une raison inconnue, ce livre vous a incités tous les deux à agir de manière pour le moins étrange. Quoi qu'il en soit, Joan Blythe – la vraie Joan Blythe, quelle qu'elle soit – a écrit ce roman. Le livre m'a été offert par un ami, un homme du nom de Humphrey. Par la suite, j'ai souvent offert cet ouvrage à mon entourage.

— Pourquoi ne pas avoir dit la vérité dans l'autocar, lorsque je vous ai demandé d'où vous teniez le livre ? interrogea Poirot.

— Et pourquoi m'avez-vous dit que vous aviez inventé ce Humphrey de toutes pièces ? renchéris-je.

— Je vous ai bien dit la vérité, répondit Daisy à Poirot. Je vous ai dit que le livre était un cadeau. Je m'apprêtais à préciser qu'un ami du nom de Humphrey me l'avait offert quand je me suis rendu compte que vous m'accusiez de vol – j'ai décrété que vous ne méritiez pas d'en savoir plus. Pour vous, cela ne changeait pas grand-chose – il aurait pu s'agir d'un Humphrey, d'un Cedric ou d'un James, peu importe. (Elle se tourna vers moi.) À vous aussi, j'ai dit la vérité, au début. Puis, j'ai eu envie de m'amuser en retirant ce que j'avais dit pour faire croire à un mensonge. J'aime bien mentir, de temps à autre. C'est de bonne guerre.

— Je n'ai aucun mal à vous croire sur ce point, dit Poirot avec un léger soupir. Vous êtes-vous bien amusée à faire croire que vous aviez assassiné votre frère Frank ?

— Ce mensonge-là m'a apporté une satisfaction plus trouble. Je ne parlerais pas d'amusement.

— Et vous avez avoué ce crime avec un sentiment d'impunité, n'est-ce pas ? Tant qu'Helen Acton s'en tenait à sa version des faits, vous étiez à l'abri. Elle était déjà derrière les barreaux, condamnée à mourir. Vous ne couriez pas le risque d'être exécutée pour le crime dont une autre était déjà jugée coupable.

— C'est ce que je pensais, concéda Daisy dans un murmure.

— Quand Catchpool vous a annoncé qu'Helen Acton s'était rétractée, vous avez été prise de panique. Vous ne pouviez pas vous permettre d'être la seule à avouer ce crime. Car cette posture vous exposait soudain au risque de monter sur l'échafaud.

— Vous êtes très habile, monsieur Poirot. Vous comprenez pourquoi je suis à présent disposée à dire la vérité.

— Permettez-moi de vous rendre la politesse, mademoiselle.

— Que voulez-vous dire par là ?

— À mon tour de vous avouer la vérité : Helen Acton n'est pas revenue sur son aveu. Il s'agissait d'un petit mensonge élaboré à votre intention. (Daisy, bouche bée, planta son regard dans le mien.) Catchpool n'y est pour rien. L'idée était de moi. À présent, dites-moi, souhaitez-vous avouer une fois encore le meurtre de Frank ? Si la réponse est non, Helen Acton restera la seule à se proclamer coupable. La procédure en vue de son exécution sera assurément accélérée si votre confession cesse de rivaliser avec la sienne.

— Mais… je ne veux pas qu'Helen meure, souffla Daisy d'une voix tremblante. Frank et elle s'aimaient d'un amour réciproque. Je le sais. Je l'ai vu. Pas pendant longtemps, mais tout de même. Leur amour était sincère. Il était palpable. Mais je ne veux plus mentir, ni pour sauver Helen, ni pour une quelconque autre raison. Je suis fatiguée de raconter des mensonges, je suis à bout.

Je la comprenais. Il m'arrivait rarement de mentir, mais le cas échéant – le plus souvent à l'instigation de Poirot ou pour apaiser ma mère –, je trouvais l'exercice épuisant.

— Je vais vous reposer la question pour être bien sûr, insista Poirot. Avez-vous tué votre frère Frank ? L'avez-vous précipité par-dessus la balustrade ?

— Non, je le jure. Je n'ai jamais tué personne ! Je voulais seulement que vous me pensiez capable d'être passée à l'acte. Je vois à présent à quel point j'ai été vaniteuse et mesquine. Rien de ce que je pourrai dire ne saura effacer mon imposture, j'en ai bien conscience. Mon comportement est inexcusable. (Elle ferma les yeux et serra les poings.) Si vous saviez à quel point j'ai rêvé de commettre un meurtre en toute impunité. J'ai passé près d'un an à le fantasmer – depuis que mon père a renvoyé Frank –, mais j'en suis bien incapable. Je suis une enfant effrayée, rien de plus. À la place, je me suis vantée de l'avoir fait. Vous trouvez sans doute mon cheminement insensé, mais je voulais camper une femme pleine de ce courage qui me fait défaut !

— Souhaitiez-vous tuer Frank ? demandai-je.

— Non. Pas du tout. (Daisy se leva et s'approcha de

la fenêtre.) J'adorais Frank, mais après l'avoir perdu à jamais... vous allez trouver cela aberrant, c'est évident, mais après sa mort, je n'arrêtais pas de m'imaginer que c'était moi qui l'avais tué pour punir mon père. Et ma mère. Ils croyaient pouvoir le retrouver alors qu'ils m'avaient privée de lui... (Son visage se tordit de douleur.) Et puis parfois, je rêvais que je tuais mes parents – ces gens qui méprisaient tant mes sentiments en ayant renié mon frère alors que je les avais implorés de ne rien en faire. Oh, le sens de la hiérarchie n'échappait à personne : mon père au sommet, au-dessus de tout le monde, puis ma mère, puis Frank. Richard et moi étions quantité négligeable. Ma mère aurait pu ramener mon père à la raison si seulement elle avait eu le courage de lui tenir tête. Regardez le résultat quand elle tombe malade et qu'elle demande à ce que Frank soit pardonné : il exauce son vœu !

— Mademoiselle, si ce n'est pas vous qui avez poussé Frank dans le vide, alors qui est-ce ?

Daisy secoua la tête.

— J'aimerais le savoir. Quand je suis sortie de ma chambre, il était en pleine chute.

— Et vous avez vu des gens sur le palier, près de l'endroit d'où il est tombé, n'est-ce pas ? Qui avez-vous vu ?

— Helen. Verna. Ma mère et mon père. (Daisy se tourna vers moi.) Puis-je répondre à vos autres questions maintenant, inspecteur, celles auxquelles j'ai refusé de répondre hier ? Je voudrais expier ma malhonnêteté en étant désormais aussi sincère que possible. Même si je vous ai dit la vérité sur un point : vous m'avez demandé pourquoi mes parents nous avaient envoyés à Kingfisher's View le jour de la mort de Frank. Je vous ai répondu sincèrement : parce que tel était leur souhait. Ils estimaient que dans l'ordre naturel des choses, leurs désirs primaient sur tout le reste. Ce jour-là, la présence de Frank aussi revêtait de l'importance, mais personne d'autre n'en a jamais eue – alors pourquoi nous laisseraient-ils encombrer la maison ? Leur décision ne va pas chercher plus loin que ça.

Sa réponse était plus étoffée que la fois précédente. J'ajoutai foi à ses propos. Elle poursuivit :

— Et puis vous m'avez demandé pourquoi mon père tolérait les fiançailles de Richard avec Helen. La réponse est tout ce qu'il y a de plus simple : après le meurtre de Frank, mes parents ont décidé de faire comme si Frank et Helen n'avaient jamais existé. Pas immédiatement, notez bien. Ils ont pleuré à chaudes larmes sur la dépouille de Frank pendant une trentaine de minutes, après quoi ils se sont enfermés dans la chambre de ma mère. Quand enfin ils en sont ressortis, nous avons immédiatement vu que... une sorte de mur s'était dressé autour d'eux. De cet instant, jusqu'à ce que vous arriviez tous les deux et que vous commenciez à poser les questions qui fâchent, ils se sont comportés comme s'ils n'avaient jamais eu de fils du nom de Frank, et qu'Helen n'avait jamais existé.

— Et donc, quand Richard lui a demandé de l'épouser et qu'elle a accepté... ? l'incita Poirot.

— Richard s'est rendu compte que, sur ce point, mon père était désarmé. Il a eu vent de la nouvelle, bien évidemment, mais il a refusé de le reconnaître.

Nous savions tous qu'il allait réagir de la sorte. Pour pouvoir s'en offusquer, il n'aurait eu d'autre choix que de prononcer le nom d'Helen, ce qui aurait entraîné une conversation que son orgueil n'aurait pas supportée. Richard aurait pu dire : « Qui êtes-vous pour me dire ce que je dois faire ? Vous décidez qu'il convient de bannir Frank à jamais, puis vous changez d'avis sur un coup de tête pour faire plaisir à Mère. » Manifestement, Richard n'aurait jamais eu une telle audace, mais cette éventualité n'en était pas moins à prendre en compte, et condamnait mon père au silence sur ce sujet. Il avait parfaitement conscience que son revirement à propos de Frank avait irrémédiablement sapé son autorité morale. Ma mère et lui n'ont pas mis longtemps à évacuer totalement le sujet de Frank. Ils ne voulaient pas porter le deuil, ni avoir un fils qui leur avait dérobé de l'argent et qui avait fini assassiné. Ils se sont emmurés vivants dans une toute nouvelle réalité qui rendait leur existence supportable – une réalité dans laquelle il ne s'était rien passé, aucun épisode ignominieux. Dès lors, comment s'opposer aux fiançailles de Richard sans s'extraire de ce monde factice pour retourner de plain-pied dans la réalité ?

— Et vos fiançailles avec Oliver Prowd ? demandai-je. Avez-vous eu la même démarche que Richard : à savoir que votre père désapprouverait votre mariage avec Oliver, mais qu'il ne serait pas en mesure de le faire valoir ?

— Oui, c'est exact. Qu'aurait-il bien pu dire ? « Je t'interdis d'épouser l'homme qui a conspiré avec Frank pour voler mon argent ? » J'aurais feint l'innocence et argué : « Mais, Père, je ne comprends pas. Si Frank a une deuxième chance, pourquoi pas Oliver ? Vous disiez qu'il ne fallait jamais fléchir et laisser Frank se réintroduire insidieusement parmi nous. » Ne voyez-vous pas ? Mon père avait succombé à la force de persuasion de ma mère qui voulait que ses derniers jours soient plus apaisés, mais il se haïssait d'avoir flanché. Il n'y voyait que la preuve d'une faiblesse impardonnable et il s'est donné beaucoup de mal pour que ni Richard ni moi n'ayons l'occasion d'aborder le sujet.

— Aimez-vous Oliver Prowd ? l'interrogea Poirot.

— Évidemment. Pas autant qu'il m'aime, mais jamais je ne voudrais aimer mon époux à ce point. On doit se sentir trop démunie.

— J'ai une autre question pour vous, mademoiselle. Quand, en arrivant dans le salon, vous m'avez trouvé en compagnie de l'inspecteur Catchpool, du sergent Gidley et du médecin de la police – vous vous souvenez de la scène ?

— Oui. Le corps de la femme gisait là, sur le sol, et je devais cacher le fait que je venais tout juste de lui enfoncer le crâne à coups de tisonnier. Bien évidemment, je m'en souviens. Jamais je ne l'oublierai.

— Dans ce cas, peut-être vous souvenez-vous aussi que Catchpool et moi avons évoqué l'identité de cette femme. Le nom de Joan Blythe a été prononcé. Pourquoi n'avez-vous pas immédiatement dit : « Quelle coïncidence, Joan Blythe est également le nom de la romancière qui a écrit mon livre préféré » ?

Daisy sourit tristement.

— Parce qu'à ce moment-là, *Midnight Gathering* ne

m'a pas effleuré l'esprit. Je savais que la morte ne s'appelait pas Joan Blythe et je savais qu'elle avait prétendu s'appeler ainsi.

Poirot hocha la tête.

— Car vous saviez, n'est-ce pas, que son vrai nom était…

— … Winnie Lord, compléta Daisy.

La femme au visage inachevé était Winnie Lord ? Je n'en croyais pas mes oreilles.

— Jouons à un petit jeu, proposa Poirot. Je vais vous raconter des bribes d'histoire – celles que je connais. Ce sera comme un puzzle. Et vous allez y apporter les pièces manquantes. D'accord ? (Daisy opina.) Ce n'est que depuis hier que je sais avec certitude que la fameuse Joan-Blythe-de-l'autocar était Winnie Lord, même si je le supputais depuis longtemps. En revanche, j'étais convaincu d'une chose depuis le début, et qui m'a beaucoup aidé. Je savais que Joan-Blythe-de-l'autocar et vous faisiez le trajet ensemble. Vous n'étiez pas deux étrangères que le hasard avait assises l'une à côté de l'autre : vous étiez compagnes de voyage.

J'aurais aimé avoir le pouvoir de scruter les rouages de son esprit à l'œuvre derrière la barrière de son front. Comment diable avait-il deviné ?

Poirot poursuivit :

— Savoir que vous aviez entrepris ensemble ce périple en autocar et que, face à moi, vous faisiez semblant de ne pas vous connaître m'a permis de résoudre toutes les énigmes depuis le début, tâche qui semblait insurmontable à Catchpool. Lui ne voyait qu'un amas de fils échevelés, alors que chacun d'eux était lié aux autres. Il a souligné le trop-plein de coïncidences : tout d'abord, un inconnu met en garde une femme sur le risque d'être assassinée si elle s'assied à un endroit précis. Ensuite, l'emplacement voisin du siège funeste est occupé par une femme qui raconte à Poirot qu'elle-même a commis un meurtre.

« Comment est-il possible, m'a demandé Catchpool, qu'au cours d'un même voyage, deux femmes nous parlent sans ambages de meurtre alors qu'elles ne se connaissent pas – croyait-il ! Eh bien, c'était sans compter sur une coïncidence plus incroyable encore : que ces deux révélations dussent se produire alors que nous étions en chemin pour enquêter sur un autre meurtre, à Kingfisher Hill, pour lequel une femme s'apprêtait à être exécutée par pendaison. Bien évidemment, mademoiselle, rien de tout cela n'était une coïncidence, comme vous le savez – puisque c'est vous la démiurge inspirée qui avez orchestré toute cette mise en scène !

« Vous vous rendiez à Kingfisher Hill en compagnie de Winnie Lord. Car c'est là-bas que vous logiez toutes les deux. Après un séjour à Londres, vous étiez sur le retour. Vous ignoriez que votre frère Richard avait fait appel à mes services pour prouver l'innocence d'Helen Acton. Il n'en avait soufflé mot à personne. Quand vous avez réalisé que le célèbre Hercule Poirot se tenait là, à portée de main, vous n'y avez pas vu un hasard : vous y avez vu une opportunité. Vous étiez à des lieues de vous douter que je me rendais à Little Key pour résoudre le meurtre de Frank. Au regard de la loi, ce meurtre était d'ores et déjà résolu et la justice allait être rendue. De votre côté, vous vous étiez des mois durant adonnée au fantasme morbide d'avoir assassiné Frank dans le but de punir vos parents – pour les priver de celui-là même dont ils vous avaient privée. Ainsi avez-vous décidé de vous livrer à un petit jeu avec Poirot. Cette partie de vous qui aime raconter des mensonges pour ménager ses effets… cette partie-là n'a pas su résister.

— Elle n'a pas même essayé de résister, rectifia Daisy. J'étais persuadée de réussir à vous avouer le meurtre sans lâcher le moindre détail qui permettrait de m'identifier. Je me faisais une joie d'entendre votre son de cloche sur cette affaire. Je voulais vous voir résoudre cette intrigue et deviner les raisons de mon geste – ce que vous avez échoué à faire. Je n'ai pas tué Frank, mais si je l'avais fait… ma foi, j'aurais eu un mobile des plus astucieux, non ? Je me suis dit, voyons voir comment le célèbre Hercule Poirot va se débrouiller de ça.

— Ah, mais il y avait un hic, intervint l'intéressé. Comment passer aux aveux devant moi alors que j'étais assis à côté de Catchpool plusieurs rangs derrière vous, et que vous étiez au septième à côté de Winnie Lord ? Vous n'alliez tout de même pas vous mettre à claironner par-dessus la tête des autres passagers !

— Comment avez-vous su que Winnie et moi voyagions ensemble ?

— C'était évident, remarqua Poirot. Catchpool avait aperçu un livre sur le siège voisin du vôtre : *Midnight Gathering*. Quand vous avez vu l'inspecteur regarder cet ouvrage, vous vous en êtes aussitôt emparé pour le serrer contre vous. Quand Catchpool est reparti dans l'allée, vous avez reposé le livre sur le siège, qui devait être occupé plus tard par Winnie Lord. Mais l'autocar était complet – plus une place de libre –, et vous le saviez pertinemment, mademoiselle, pour la bonne raison qu'Alfred Bixby, le patron de la Kingfisher Coach Company, s'en était vanté avec exubérance, soucieux d'informer tous les passagers que toutes les places avaient été vendues et que l'autocar était plein à craquer.

— Rien ne vous échappe, n'est-ce pas ? commenta Daisy.

— Mais Catchpool ne comprend toujours pas. Quand enfin je me suis assis à côté de vous, mademoiselle, vous m'avez confié que vous ne seriez pas surprise d'apprendre que M. Bixby avait employé des figurants pour donner le change. J'ai aussitôt su que vous étiez aussi sensible que moi au fait que l'autocar était bondé. Vous saviez que tous les sièges finiraient par être occupés. Il n'y avait aucune chance pour que le siège voisin du vôtre reste vide. Auquel cas, me suis-je demandé, pourquoi poser votre livre dessus au moment même où les passagers étaient en train d'affluer à bord ? À terme, vous seriez bien obligée de libérer le siège, alors pourquoi repousser l'échéance ? Une réponse s'imposait : parce que vous gardiez la place pour une personne en particulier. Winnie Lord.

— Mais elles n'étaient pas ensemble, balbutiai-je d'un air perdu. Joan… Winnie… se tenait seule dans son coin. Et vous, mademoiselle Devonport, vous vous teniez à l'écart et lanciez à voix haute et au su de tous des remarques désobligeantes à son endroit. Comme s'il s'agissait d'une inconnue pour qui vous n'aviez que du dédain.

— J'étais en colère, répondit Daisy. Winnie et moi avons fait le trajet ensemble jusqu'à ce qu'elle se mette à se comporter d'une manière franchement navrante. C'est là qu'elle a commencé à me fuir et à jacasser comme une idiote. J'espérais qu'en étant aussi intraitable, je parviendrais à la ramener à la raison – à lui rappeler que nous étions amies et qu'elle me devait une certaine loyauté. Je m'étais toujours montrée généreuse envers elle. Je lui avais offert le manteau et le bonnet verts qu'elle portait ce jour-là, et ils n'étaient vraiment pas donnés.

— Pourquoi vous fuyait-elle ? interrogea Poirot. Attendcz – je crois connaître la réponse. Souvenez-vous, Catchpool : la première fois que vous avez adressé la parole à Winnie Lord, vous vous êtes présenté en tant qu'inspecteur de Scotland Yard. Ce à quoi elle a répliqué que vous ne pouviez pas être inspecteur de police, que c'était impossible. Elle a exigé de connaître votre véritable identité. Ce qui me donne une indication sur ce qui a dû se passer quelques minutes plus tôt entre elle et Mlle Daisy, et qui l'a laissée dans un tel état de choc – et vous, mademoiselle, très en colère. Il vous arrive fréquemment de sombrer dans des colères noires, n'est-ce pas ? Vous êtes en proie à des accès de rage, déclenchés par la plus infime des provocations, et que vous parvenez péniblement à endiguer.

Daisy ferma les paupières. Poirot poursuivit :

— Dans l'autocar, alors que Catchpool jetait vaguement un coup d'œil à votre livre, vous avez réagi avec une agressivité disproportionnée, tout comme vous l'avez fait en rabrouant violemment Winnie Lord devant les autres passagers. Quand je me suis assis à côté de vous, vous avez affiché une grande hostilité à mon égard. En règle générale, mademoiselle, vous êtes animée par une rage inexpliquée. C'est ainsi que se comporte un individu qui a réprimé pendant trop longtemps sa colère intrinsèque – engendrée par un parent tyrannique, dans le cas présent, et le reniement forcé d'un frère adoré.

— Monsieur Poirot, puis-je vous dire quelque chose ? intervint Daisy en se penchant en avant.

— Je vous en prie.

— Quand j'ai compris que je n'avais d'autre choix que de défigurer Winnie pour que personne ne puisse l'identifier, je… je me suis délectée à la perspective de passer à l'acte. Elle était déjà morte, le tisonnier posé à côté d'elle, une flaque de sang sous le crâne et… eh bien j'ai sué à grosses gouttes en me mettant à l'ouvrage. Après coup, je me suis sentie d'un calme olympien, comme si la colère qui bouillonnait en moi depuis une éternité s'était entièrement évacuée.

— Vous deviez être en colère contre Frank, aussi, argumenta Poirot. Vos parents vous avaient infligé une tristesse infinie en vous arrachant l'un à l'autre… pourtant Frank était prêt à leur pardonner et à revenir sans acrimonie. Ne vous sentiez-vous pas trahie par son attitude ?

Daisy sourit.

— Doux seigneur, votre sagacité n'est pas une légende.

— Et vous n'êtes pas dénuée d'imagination.

— Dans l'autocar, je vous ai accusé de faire tout un

foin avec vos histoires de meurtres. Cette affirmation ne reflète pas mon opinion. Le meurtre est une chose épouvantable. La pire de toutes. Si seulement... (Elle étouffa un hoquet.) Si seulement Frank était encore de ce monde. Je le pense du fond du cœur.

— Oui, je le vois bien, acquiesça Poirot avec douceur. Sa mort vous a laissée terrassée par la douleur – en proie à un courroux décuplé. Vous vouliez que les autres souffrent autant que vous aviez souffert. Alors vous vous êtes posé la question : quel pourrait être le plus cruel de tous les châtiments à infliger à Sidney et Lilian Devonport ? C'est à cette faveur qu'un plan fort diabolique s'est échafaudé dans votre esprit. Quand en avez-vous eu l'idée ? Bien avant de croiser Hercule Poirot lors d'un voyage en autocar, à mon avis.

— C'est arrivé très peu de temps après la mort de Frank, acquiesça Daisy. J'ai entendu Helen raconter à la police qu'elle l'avait poussé par-dessus la balustrade bien avant que tout le monde ne surgisse sur le palier. Et je... j'ai constaté moi-même que mon père et ma mère n'avaient d'yeux que pour Frank. Moi, ils ne m'ont pas vue, alors que j'étais là. Je me tenais entre eux et Helen. Rien ne pouvait leur certifier que ce n'était pas moi qui avais poussé Frank.

— Dès lors, vous avez eu cette idée à la fois monstrueuse et d'une simplicité enfantine, renchérit Poirot. Et si vous faisiez croire que vous étiez l'assassin et que le mobile du meurtre n'était autre que votre conviction profonde, produit de l'endoctrinement obstiné de vos parents, que Frank constituait un danger pour la famille ? Mais alors, Sidney et Lilian Devonport seraient bien forcés de se rendre à l'évidence : à savoir qu'ils avaient perdu le fils qu'ils venaient tout juste de retrouver et que ce drame était entièrement leur faute, et le résultat direct du mépris avec lequel ils avaient traité votre attachement à Frank. Ils s'étaient donné tant de mal à vous faire accroire qu'il était nuisible – et voilà qu'au moment où ils mettaient un peu d'eau dans leur vin dans l'espoir de retrouver leur fils perdu après un long exil… ils devaient à présent payer le prix fort du lavage de cerveau qu'ils vous avaient fait subir !

— Oui. C'était le revirement rêvé, acquiesça Daisy. Quand j'ai voulu que Frank reste, ils ont mis leur veto. Alors quand ils ont voulu renouer avec lui, ça a été à mon tour de jouer – et de leur opposer la même objection : j'étais désormais persuadée que Frank était dangereux, pour la bonne raison qu'ils me l'avaient fait entrer dans le crâne. Quel scénario merveilleux, vous ne trouvez pas, monsieur Poirot ?

— Quelle partie de ce « scénario de revirement » avez-vous racontée à Winnie Lord ? demanda-t-il. Car c'est bien pour cela qu'elle était dans tous ses états, n'est-ce pas ? Soudain, Poirot était là et vous avez décidé de vous livrer à un petit jeu avec lui – d'avouer ce crime que vous n'aviez nullement commis. Mais avant, pourquoi ne pas l'éprouver sur Winnie ?

— Il fallait bien tromper l'ennui, contra Daisy. Alfred Bixby nous faisait poireauter depuis des heures et j'étais frigorifiée.

— Ce qui doit expliquer l'étrange réaction de Winnie lorsque je me suis présenté à elle en qualité d'inspecteur de police, observai-je.

— En effet, confirma Poirot. À ce même moment, Winnie Lord était en train de se demander si elle ne ferait pas mieux d'aller trouver la police après tout ce qu'elle venait d'apprendre. Quand soudain, un représentant de Scotland Yard se matérialise à côté d'elle ! L'effet a dû être si extraordinaire qu'elle s'est interrogée : était-ce une mystification de son amie ? D'abord, les aveux, et ensuite, le policier ?

— J'ai cru, à tort, en l'amitié de Winnie, rétorqua Daisy âprement. J'ai cru qu'elle me soutiendrait quelles que soient les circonstances, or elle a démontré qu'elle était une fourbe de la pire espèce. Elle m'a menacée de se rendre à la police – alors que je venais de l'amener à Londres et de lui acheter un manteau et un bonnet des plus ravissants. J'ai été obligée de lui proposer une belle somme pour qu'elle garde le silence. Je savais que sa mère et elle étaient terriblement dans le besoin.

— Mademoiselle, dites-moi… qu'avez-vous raconté à Winnie quant aux raisons qui vous ont poussée à tuer Frank ?

— Avant de monter dans l'autocar ? Rien du tout. J'ai seulement dit que c'était moi qui l'avais tué et qu'Helen était innocente. Après, quand je l'ai surprise en train de pleurer à deux pas du Tartar Inn de Cobham, je lui en ai dit davantage. J'ai raconté que… Eh bien pour commencer, je lui ai débité tout ce que je vous avais dit.

— Et ensuite ?

— Elle s'est montrée tour à tour maussade et hystérique, s'impatienta Daisy. Elle n'arrêtait pas de demander comment je pouvais accepter qu'on exécute Helen

335

Acton pour un crime qu'elle n'avait pas commis. Ne venais-je pas de lui dire précisément que j'avais avoué, et qui plus est à Hercule Poirot ? Quelle cruche. Elle devenait franchement pénible, à force. À ce moment-là, je n'ai pas pu résister à l'envie de lui raconter toute l'histoire – comment j'avais assassiné Frank –, alors que bien évidemment je n'avais rien fait, mais j'aurais tout tenté pour m'épargner sa morosité.

— Ce n'est donc qu'à ce moment-là – à Cobham – que vous avez raconté à Winnie que le vrai mobile de votre soi-disant meurtre n'était pas votre conviction que Frank était dangereux, mais votre volonté de faire croire à vos parents que vous étiez passée à l'acte pour les faire culpabiliser ?

— C'est exactement ça, souffla Daisy avec un fin sourire. Pour qu'ils aient à supporter leurs torts pendant le restant de leurs jours. Voyez-vous, j'ai dit à Winnie que je n'allais avouer que mon faux mobile : à savoir que je voulais préserver ma famille de la toxicité de Frank. Ma vengeance fonctionnait à la perfection à la condition expresse qu'ils soient convaincus que je l'avais tué à cause de ce qu'ils m'avaient fait croire à son propos.

— Je vois, fit Poirot. Ainsi donc, si tel était votre faux mobile, votre autre mobile – celui de la « vengeance parfaite », tel que vous le décrivez – était-il votre vrai mobile, quand bien même vous n'avez pas commis le crime ?

Daisy opina du chef.

— Le mobile était bien réel, en effet. Et un mobile peut être authentique quand bien même on ne passe pas à l'acte.

— Fascinant, murmura Poirot.

— J'avais espéré que Winnie allait s'intéresser aux rouages les plus remarquables de mon plan – le raffinement de son élaboration –, à la place de quoi elle s'est mise à geindre que mon attitude était impardonnable et qu'en fourvoyant la police pendant si longtemps, je mettais les jours d'Helen Acton en danger. Oh, mais qu'elle était bête ! Me trouvez-vous odieuse, monsieur Poirot ? Je le suis peut-être, en effet. Mais Winnie savait aussi bien que moi qu'Helen tenait absolument à endosser la faute, sans quoi elle n'aurait jamais fait ça ! Elle aurait très facilement pu dire que Frank était tombé. Qui serait allé s'imaginer un meurtre si elle avait dit qu'il s'agissait d'un accident ? Helen désirait et désire encore mourir. Mais Winnie était trop stupide pour s'en rendre compte.

Poirot hocha la tête.

— Racontez-nous à présent l'autre histoire que vous avez montée de toutes pièces. Non pas celle que vous avez mûrie dans votre esprit pendant des mois, mais plutôt celle que vous avez improvisée le jour du trajet en autocar.

— Que voulez-vous dire ? demanda Daisy d'un air perplexe.

— L'inconnu qui met en garde contre un meurtre. Le siège au septième rang, côté couloir, à droite.

— Oh, ça.

— Oui, mademoiselle, ça.

— C'était exactement ce que vous dites : une improvisation à chaud.

J'intervins aussitôt :

— Hé, une petite minute. Êtes-vous en train de dire que…

— Oui, Catchpool, coupa Poirot. L'histoire que nous a servie Winnie Lord était absurde, absolument grotesque de bout en bout. Sans une once de vérité. Mlle Daisy l'avait inventée dans le seul but de me faire asseoir à côté d'elle afin d'avoir tout le loisir de m'avouer le meurtre.

À ce stade des révélations, je devais faire bien pâle figure. Dire que j'avais écouté scrupuleusement les boniments de Winnie et que, depuis ce jour-là, j'avais passé des heures à essayer de démêler le nœud de sornettes qu'elle nous avait brodé !

— Et Winnie a accepté de répéter cette fable ridicule à votre demande, alors qu'elle vous croyait coupable d'un meurtre ? demandai-je à Daisy. Pas étonnant qu'après ça, elle ait rechigné à monter dans l'autocar et à s'asseoir à côté de vous.

— Je vous l'ai déjà dit : je lui ai offert une coquette somme en échange. J'ai acheté son obéissance aveugle, exactement comme mon père a toujours su acheter celle de ma mère, de Richard et la mienne. (Daisy fronça les sourcils.) Mais je ne suis pas un tyran comme mon père. J'ai toujours été gentille avec Winnie. J'avais de l'affection pour elle. Quand je lui ai dit que j'avais tué Frank, je m'attendais naturellement à ce qu'elle soit choquée, mais elle n'était vraiment pas obligée de m'éviter comme la peste. Si elle m'avait fait une annonce du même acabit, j'aurais commencé par lui demander de m'expliquer les raisons de son geste. J'aurais fait de mon mieux pour comprendre la situation délicate dans laquelle elle se trouvait. Et… en plus, je n'avais pas commis de meurtre, alors je me sentais encore plus ostracisée du fait que j'étais parfaitement innocente. (Voyant mon expression, elle riposta sèchement :) Inutile de souligner les failles de mon raisonnement, inspecteur Catchpool. Je les connais très bien. Vous voulez toute la vérité ou pas ? Nos pensées les plus intimes sont souvent profondément irrationnelles.

— Avez-vous ordonné à Winnie Lord de prétendre s'appeler Joan Blythe ? interrogea Poirot.

— Non. C'est le seul détail auquel je n'avais pas pensé : lui attribuer un nom. Elle a dû penser au livre et se dire que le nom de l'auteur ferait l'affaire. Elle avait forcément *Midnight Gathering* à l'esprit puisque…

— Si vous permettez, l'interrompit Poirot. Puis-je raconter ce pan de l'histoire ?

— Très bien, concéda Daisy d'un air dubitatif.

— Catchpool, dit-il en se tournant vers moi. Rappelez-nous ce que Mlle Daisy m'a répondu lorsque je lui ai demandé d'où venait le livre ?

— Elle a dit que son « exemplaire était à l'origine un cadeau de… » avant de s'interrompre pour ne pas en dire plus.

— L'expression « à l'origine » est très éloquente, souligna Poirot. Quand on conserve un cadeau – et nous savons que ce livre était encore en votre possession, mademoiselle –, on ne ressent pas le besoin de préciser qu'il était « à l'origine » un présent. En revanche, cette précision prend tout son sens si le cadeau en question n'est plus ce qu'il était à l'origine. Vous comprenez, Catchpool ?

— Pas du tout.

— Réfléchissez, mon ami. Si Daisy Devonport avait reçu le livre en cadeau de son ami Humphrey, et qu'elle l'avait conservé, tel que nous le savons, alors le livre restait un cadeau de Humphrey. Inutile de préciser « à l'origine ». En revanche, si à un moment donné, Mlle Daisy avait offert le livre en cadeau à Winnie Lord, et que cette dernière le lui avait rendu dans un sursaut de répulsion et de bravade après que Mlle Daisy avait avoué le meurtre de Frank Devonport…

— Êtes-vous en train de dire que Daisy avait offert le livre à Winnie Lord et que Winnie le lui avait rendu ? demandai-je.

— Je le crois bien, en effet.

— Il a tout à fait raison, assura Daisy. Winnie adorait ce livre. Elle ne s'en séparait jamais. J'avais écrit à l'intérieur tout un message à son intention, elle y tenait comme à la prunelle de ses yeux. Quelques minutes après lui avoir dit que j'avais tué Frank, le chauffeur de l'autocar est venu prendre nos bagages pour les mettre en soute. Winnie l'a fait attendre, le temps qu'elle retire *Midnight Gathering* de sa valise. Elle me l'a rendu en disant : « Je n'en veux plus. Tu peux le reprendre. » Donc, oui : c'était « à l'origine » un cadeau que j'avais fait à Winnie – et qu'elle a refusé ultérieurement. Ce qui explique que j'avais le livre avec moi dans l'autocar. Sans quoi je n'aurais…

Daisy se tut brusquement. Une rougeur lui monta au visage.

— Vous n'auriez pas eu de raison de lire *Midnight Gathering*, conclut Poirot. Puisque vous en connaissiez

chaque page et le moindre rebondissement par cœur
– étant donné que c'est vous, Daisy Devonport, sous le
nom de plume de Joan Blythe, qui en êtes l'autrice.

Daisy était devenue pâle comme un linge.

— Je vous en prie, ne le dites à personne. Je sais que
je n'ai aucun droit d'exiger quoi que ce soit de vous,
mais je vous en supplie…

— Comment l'avez-vous découvert, Poirot ?
m'enquis-je d'un air incrédule.

— Par conjectures et calculs de probabilités. Je me
suis demandé pourquoi ce roman revêtait une telle
importance à vos yeux – vous qui êtes dotée d'une imagination si fertile et d'un don inouï pour inventer des histoires sensationnelles –, vous qui, et vous voudrez bien
me le pardonner, vous qui vous souciez davantage de vos
inventions et des rouages de votre esprit que de la vérité
ou des répercussions sur autrui ? Pourquoi auriez-vous
offert ce livre à toutes les personnes qui vous tenaient
à cœur ? Mes soupçons ont été confirmés lorsque je me
suis rendu chez un éditeur à Londres hier : un certain
M. Humphrey Pluckrose de chez Pluckrose & Prince. Ce
n'était pas à proprement parler un mensonge, mademoiselle, quand vous prétendiez que Humphrey Pluckrose
vous avait offert ce livre. Sauf qu'il ne s'agissait pas
d'un cadeau : vous aviez signé un contrat auprès de sa
maison, en vertu duquel il était dans l'obligation de vous
fournir des exemplaires de courtoisie.

— Je vous en prie, gardez cette information pour
vous, supplia Daisy. Mes écrits sont la seule partie de
ma vie sur laquelle ma famille n'a pas d'emprise. C'est
ma seule liberté.

Je repensai à l'effroi de Winnie Lord quand j'avais prononcé les mots *Midnight Gathering*. Elle avait dû se dire que la fête était finie : que je l'avais vue sortir le livre de sa valise pour le rendre à Daisy. Auquel cas, je savais qu'elles se connaissaient. Quand j'avais expliqué que la femme qui était assise à côté d'elle au septième rang possédait un livre qui avait ce même titre, ses craintes s'étaient évaporées : elle avait eu la certitude que j'ignorais tout de son lien avec *Midnight Gathering* ou avec Daisy Devonport.

— Vous voudrez bien garder mon secret ? s'enquit Daisy. Je vous en prie, monsieur Poirot, inspecteur Catchpool. Il est de la plus haute importance que cela reste confidentiel. En dehors des employés de chez Pluckrose & Prince, personne ne sait que je suis Joan Blythe.

— Savez-vous ce qui est de la plus haute importance à mes yeux ? rétorqua Poirot à mi-voix. La vérité sur les deux meurtres de Little Key. Vous avez beaucoup parlé, mademoiselle, et pourtant vous n'avez pas tout dit. Peu importe. Je me chargerai de vous raconter la suite – dès que le sergent Gidley sera allé chercher Helen Acton à la prison d'Holloway pour l'amener ici.

16

Petite clé, lourde porte

Le lendemain, sur le coup de midi, le salon de Little Key était bondé. Chaque chaise disponible, y compris celles empruntées au QG, avait trouvé preneur. Poirot, le sergent Gidley, l'inspecteur Marcus Capeling et moi prîmes place sur des chaises à dossier droit disposées en rang à proximité immédiate de la porte. Helen Acton, une expression indéchiffrable peinte sur le visage, était assise sur le tabouret du piano, dos à l'instrument. Je l'imaginai pivoter sur elle-même, soulever le couvercle et se mettre à jouer, même si j'avais du mal à me représenter le genre musical qui se prêterait le mieux à l'occasion.

Confortablement assis sur les canapés et les fauteuils se trouvaient également Sidney, Lilian, Daisy et Richard Devonport, Oliver Prowd, Godfrey et Verna Laviolette.

— Mesdames et messieurs, commença Poirot.

Oliver Prowd l'interrompit immédiatement :

— Et Percy Semley, alors ? Ne devrait-il pas être là, lui aussi ?

343

— Non, rétorqua Poirot. Je parlerai de lui plus tard, car il a son importance, mais sa présence n'est pas nécessaire. Or donc, commençons par les faits. Deux meurtres nous occupent aujourd'hui : le meurtre de Frank Devonport et celui de Winnie Lord.

— Winnie ? répéta Lilian. Est-ce à supposer que…

— Il ne s'agit nullement d'une supposition, madame, la coupa sèchement Poirot, mais d'un fait : le cadavre découvert dans ce salon était celui de Winnie Lord.

— Bonté divine ! s'exclama Richard Devonport. Qui a bien pu souhaiter la mort de Winnie ?

— Vous connaîtrez bientôt l'identité de l'assassin, précisa Poirot. Pour l'heure, sachez ceci : il était de la plus haute importance pour son agresseur qu'on ne puisse pas reconnaître Winnie. C'est ce qui explique que la victime ait été dépouillée de sa robe, de son sac à main et de ses chaussures, qui ont été brûlés dans la cheminée. (Il montra du doigt la grille du foyer avant de poursuivre.) Vous auriez été plusieurs à pouvoir reconnaître ces articles, car ils étaient loin d'être neufs. En retirant ces attributs pour ne laisser que le manteau et le bonnet verts flambant neufs qu'elle n'avait encore jamais portés sous ce toit, quelqu'un – pas forcément l'assassin – a fait le nécessaire pour que Winnie soit méconnaissable.

— Qui l'a tuée ? demanda Lilian. J'aimerais qu'on arrête de tergiverser.

Son intervention fut accueillie par un murmure d'assentiment.

— Madame, j'ai établi un ordre de procédure auquel j'aimerais me tenir. (Poirot jeta un regard circulaire dans la pièce.) La personne qui a brûlé les effets de Winnie Lord afin qu'elle ne soit pas identifiable l'a en outre défigurée dans le même but. À présent, interrogeons-nous sur l'identité de l'assassin de Winnie. Ce ne pouvait pas être Helen Acton, qui se trouvait à la prison d'Holloway à ce moment-là. Et si l'on en croit tous les témoignages recueillis, la plupart d'entre vous étiez en compagnie d'une autre personne au moins lors du meurtre de Winnie. Exception faite d'une personne. Vous, madame Laviolette.

— Je ne l'ai pas tuée, rétorqua Verna. Godfrey, ce n'est pas moi. Jamais je ne ferais une chose pareille. Que pouvais-je bien avoir à reprocher à cette pauvre Winnie ?

Son mari la gratifia d'une petite tape sur la main.

— Je sais bien que tu n'y es pour rien, Verna. Tais-toi donc. Laisse M. Poyrow dire ce qu'il a à dire.

— Verna Laviolette aurait tout aussi bien pu pousser Frank Devonport dans le vide, reprit Poirot. Elle se trouvait à l'étage lorsqu'il est tombé. Tout comme Daisy, Sidney et Lilian Devonport, et tout comme Helen Acton, qui avoua quasi instantanément le meurtre de Frank. Tout le monde s'accorde à dire que Richard Devonport, Oliver Prowd, Godfrey Laviolette et Percy Semley étaient au rez-de-chaussée quand Frank a chuté, si bien qu'ils ne peuvent pas être les auteurs du crime. Winnie Lord se trouvait également en bas ; elle était occupée aux fourneaux. Elle aussi est donc à éliminer de la liste des suspects.

— La réponse n'est-elle pas évidente ? interrogea Lilian. Il ne peut pas y avoir deux assassins qui rôdent à Little Key. C'est tout à fait impossible. Ce qui veut dire que les deux meurtres ont forcément été commis par Verna.

— Comme votre loyauté est bouleversante, très chère, ironisa Verna en dévisageant froidement sa vieille amie.

— Helen Acton a tué Frank, éructa Sidney en plantant son regard à ses pieds.

— C'est vrai, acquiesça Helen. M. Devonport dit la vérité. Vous devriez l'écouter, monsieur Poirot.

— Ce n'est pas le même individu qui a signé les deux meurtres, annonça Poirot. Mme Laviolette, en réalité, n'en a commis aucun. Et… je suis au regret de vous informer, madame Devonport, que ce que vous tenez pour une impossibilité est tout à fait vrai : il y a bel et bien deux assassins à Little Key. Les deux se trouvent présentement dans cette pièce.

— Quelle horreur ! lâcha Richard.

— Madame Laviolette, certes vous n'êtes pas une tueuse, mais à l'instar d'Helen Acton et Daisy Devonport, vous êtes une menteuse. Votre époux et vous-même n'avez pas décidé de vendre cette demeure en raison de supposées difficultés financières. Il y a deux jours, je me suis entretenu avec votre banquier à Londres. Il m'a assuré qu'il vous avait toujours connus richissimes. Pourquoi, dans ce cas, prendre la décision de vendre votre maison de Kingfisher Hill, et pourquoi mentir sur vos raisons ?

— Aussi intrigués que nous soyons à la perspective d'entendre la réponse à ces questions, quel est le rapport avec le meurtre de mon frère ? s'impatienta Daisy.

Poirot sourit.

— Vous trouvez que je perds mon temps avec des broutilles, mademoiselle ? Non. Ces menus détails, sans lien apparent avec les deux meurtres, revêtent une importance capitale. Ils constituent la petite clé qui ouvrira la lourde porte.

— Des difficultés financières, bougonna Godfrey Laviolette. Quel mensonge stupide.

— Monsieur Laviolette – vous n'avez nullement ressenti l'obligation d'expliquer à votre bon ami Sidney Devonport ce qui, à Kingfisher Hill, vous avait donné envie de partir sans tarder, qui plus est en bradant votre bien. Vous avez dit, n'est-ce pas, qu'il n'y avait pas de quoi alarmer la famille Devonport ? En effet, vous ne pensiez pas leur cacher quoi que ce soit susceptible de les rebuter.

« Quelle pouvait bien être cette mystérieuse particularité ? s'enquit Poirot d'un air théâtral en se levant pour arpenter le salon. J'ai interrogé Hester, la tante de Percy Semley. Cette femme est une fine observatrice de la vie à Kingfisher Hill. Elle m'a rapporté que juste avant que les Laviolette décident de vendre Kingfisher's Rest – tel que cette maison s'appelait alors – une seule et unique chose avait changé : le portier. Hester Semley s'opposait à l'affectation du nouveau portier et m'a informé en passant qu'une seule autre résidente la soutenait dans ses réserves : une certaine Lavinia Stent. Cette information m'a été d'un grand secours, car si Lavinia Stent et Hester Semley étaient les deux seules à déplorer la nouvelle recrue, cela voulait dire que Godfrey et Verna Laviolette n'y voyaient pour leur part aucun inconvénient.

— C'est un brave homme, rien à redire, intervint Godfrey.

Poirot lui lança un regard d'avertissement. Puis il reprit :

— Évidemment, un autre changement est survenu à Kingfisher Hill en même temps que les Laviolette décidaient de mettre leur bien en vente – ou devrais-je dire, juste avant qu'ils ne prennent cette décision : les Devonport ont annoncé leur intention d'acheter une maison sur le domaine. Ils désiraient acquérir la propriété d'Hester Semley. Voici, mesdames et messieurs, ce qui a incité Godfrey et Verna Laviolette à vider les lieux. À part le portier, si rien d'autre n'avait changé à Kingfisher Hill, la raison était forcément celle-là. Madame Laviolette, ai-je ou non raison ?

— N'avez-vous pas toujours raison ? rétorqua Verna sèchement, tête baissée.

Poirot poursuivit sur sa lancée :

— La plupart des gens qui investissent ici sont à la recherche d'un refuge idyllique à la campagne, loin de leur vie trépidante à Londres. Les Laviolette ne faisaient pas exception. Godfrey Laviolette et Sidney Devonport étaient des amis indéfectibles. Leurs familles respectives passaient un temps considérable ensemble. Les deux hommes avaient fait fortune main dans la main, ils travaillaient de pair sur le jeu du Peepers... (La seule mention de ce nom m'arracha une grimace.)... ce qui explique vraisemblablement que les Laviolette considéraient ce domaine de campagne comme le leur, sans le moindre désir de le partager avec les Devonport. Les recevoir sous leur toit était une chose, mais l'idée que leurs amis s'apprêtent à faire l'acquisition d'une portion de leur paradis privé… non, c'était insupportable. Néanmoins, que pouvaient-ils faire ? Après tout, ils ne possédaient qu'une seule maison, pas le domaine dans son intégralité. Ils ne pouvaient pas empêcher Sidney Devonport d'acheter un pied-à-terre. Ainsi les Laviolette ont-ils réglé le problème de la seule manière qui leur semblait envisageable. Plutôt que de partager leur refuge, ils préféraient encore le quitter – et au plus vite. J'imagine, madame Laviolette, que vous n'aviez aucune envie de mutualiser la propriété de Kingfisher Hill avec les Devonport, pas un seul instant. Et le seul moyen de vous l'épargner était de leur vendre votre propre maison avant qu'ils n'achètent celle d'Hester Semley.

— Je ne trouve pas ça d'une grande logique, fit valoir Richard Devonport. Tous les copropriétaires de Kingfisher Hill mettent en commun le terrain et ses équipements. C'est même tout l'intérêt des résidences de campagne de ce style, et tout le monde sait parfaitement à quoi s'attendre au moment de la signature.

— Partager avec des inconnus, c'est une chose, réagit Verna Laviolette. Voir votre havre de paix gâché par l'invasion de vos amis londoniens – autrement dit des gens qui appartiennent à une autre sphère de votre existence –, c'est une tout autre affaire.

— Vous voulez dire que M. Poirot voit juste quand il parle des raisons qui vous ont poussés à vendre ? s'étonna Richard.

Verna haussa les épaules.

— Comme je l'ai déjà dit : est-ce qu'il n'a pas toujours raison ?

— Mais, Verna, Godfrey et vous êtes tout le temps ici, objecta Oliver Prowd, qui semblait partager la perplexité de Richard.

— Ma parole, vous êtes donc aussi balourds que vous en avez l'air ? pesta Verna. Vous savez ce qui vous rend aveugles à ce point ? C'est décidément un trait typiquement masculin : vous vous focalisez exclusivement sur l'aspect intellectuel des choses. Vous ne vous posez jamais la question de ce que les gens peuvent ressentir. M. Poirot, pour sa part, est différent. Il comprend le cœur humain, n'est-ce pas, monsieur Poirot ? (Verna poussa un long soupir.) La vente de cette maison voulait dire que Kingfisher Hill ne nous appartenait plus. Ça appartenait aux Devonport. J'étais prête à leur rendre visite chez eux, dans leur maison, puisque désormais ce n'était plus la mienne. Pourquoi pas après tout ?

— Vous étiez prête à le faire, certes, souligna Poirot, mais étiez-vous heureuse de la situation ?

— Je n'avais pas le choix, répondit-elle d'une voix atone. Godfrey et Sidney étaient obnubilés par le Peepers, ils ne se quittaient jamais. J'aurais pu rester toute seule chez moi, mais ça n'aurait pas été très marrant, si ?

— Dites-moi, madame, en quoi était-ce marrant de venir ici chez les Devonport ?

— En rien. Je vous l'ai dit : Godfrey était tout le temps fourré ici, alors je n'avais pas le choix.

— Vous ne trouviez donc pas très agréable de venir ici vous adonner à votre haine pour Sidney et Lilian Devonport ?

Un sourire sournois éclaira le visage de Verna Laviolette.

— Dit comme ça…

— Au départ, Catchpool et moi étions désemparés, reconnut Poirot. Le portrait que l'on nous dressait de vous était celui d'une femme gentille et prévenante : tout d'abord Helen Acton, puis Hester Semley. Pourtant, en notre présence, vous sembliez toujours… différente. Une cruauté certaine affleurait à la surface de vos propos et de votre attitude. Ce n'est que plus tard que j'ai compris : Catchpool et moi ne vous avions vue qu'en compagnie des Devonport – ces mêmes personnes qui, dans votre conception des choses, vous avaient chassée de Kingfisher Hill. Et en présence de Sidney et Lilian Devonport, c'est au-dessus de vos forces, n'est-ce pas, de ressentir de la bonté et de l'empathie à leur endroit ?

Verna lança un regard à Daisy, puis à Richard.

— Je n'ai de rancœur envers aucun de vous deux. J'espère que vous le savez.

— Je le sais, répondit Daisy du tac au tac.

Je me souvins que Verna Laviolette faisait partie des personnes à qui elle avait offert un exemplaire de *Midnight Gathering*. Daisy appréciait-elle Verna justement parce qu'elle sentait chez son aînée sa rancune envers Sidney et Lilian ?

— Lilian n'a même pas pris la peine de me demander ce que cela me ferait, s'ils achetaient une maison ici, dit Verna. Vous imaginez ? Ça ne lui a pas traversé l'esprit.

— Madame Laviolette, vous ne vous êtes pas contentée de mentir sur les raisons qui vous ont poussée à vendre cette maison, reprit Poirot. Vous avez aussi menti sur le fait de voir Lilian Devonport descendre les escaliers le matin de la mort de Winnie Lord. Vous n'avez rien vu de tel. Vous souhaitiez tout bonnement incriminer Lilian, dans l'espoir purement malveillant de la voir accusée de ce meurtre. À la fois Lilian et Sidney ont contredit votre témoignage. Tous deux ont juré se trouver dans la chambre de Lilian entre 10 et 11 heures et n'en être jamais sortis. Ainsi vous fallait-il deux éléments pour mettre à exécution votre plan haineux : jeter le doute sur l'alibi de Lilian et en inventer un pour les deux personnes qui n'en avaient pas, à savoir Daisy Devonport et Oliver Prowd. Ils ne se sont pas promenés dans le jardin, ce matin-là – vous avez menti à ce propos, madame Laviolette. Car vous avez immédiatement su, n'est-ce pas, que le meurtrier de Winnie Lord était forcément Daisy ou Oliver ?

Verna rétorqua d'un ton maussade :

— J'ignorais qu'il s'agissait de Winnie, mais… oui. Il se tramait quelque chose dans le salon. J'étais en train d'observer à travers ma porte entrouverte. Oliver est sorti, Daisy est entrée en courant… Puis j'ai vu Daisy un peu plus tard, elle avait changé de vêtements.

— Les miens étaient maculés de sang après que j'avais fracassé la tête de Winnie, avoua Daisy à Poirot. (Son père émit un grognement.) J'ai enfilé des vêtements propres et j'ai brûlé les autres avec ceux de Winnie.

— Vous êtes un être méprisable, Verna, murmura Lilian.

— Je vous retourne le compliment, ma chère. (Verna jeta un regard hagard autour d'elle.) Vous voulez bien arrêter de me regarder comme ça ? Lilian a déjà un pied dans la tombe, de toute façon. Qu'est-ce que ça peut faire ? J'apprécie Daisy et Oliver et je ne voulais pas qu'ils aient d'ennuis.

— Ils ont dû être agréablement surpris de vous entendre monter de toutes pièces cette histoire de promenade dans le jardin, observa Poirot. Ils se sont empressés de confirmer vos dires afin de se laver de tout soupçon. Mademoiselle Daisy, peut-être pourriez-vous expliciter la note que vous avez rédigée et déposée sur le corps de Winnie Lord à l'attention de la police. Pourrions-nous en avoir la teneur, je vous prie ?

Le sergent Gidley récita son contenu : « Vous avez pris place sur un siège funeste, voici donc le tisonnier qui tannera votre bonnet. »

Daisy se lança dans le récit de son voyage en autocar, provoquant un concert d'exclamations et quelques cris étouffés. Quelle conteuse de talent. Elle rendait les faits vingt fois plus passionnants que si je les avais racontés moi-même. Sans omettre le moindre détail, et non sans fierté, elle nous rapporta l'histoire qu'elle avait inventée pour Winnie à notre intention : le mystérieux inconnu, la menace qui planait sur le siège.

Son récit fini, Poirot reprit le flambeau.

— Daisy Devonport savait que la mise en garde de cet inconnu était une énigme attrayante à laquelle ni Catchpool ni moi-même ne saurions résister. Elle avait tout le loisir de la rendre aussi excentrique que possible, sachant qu'elle ne serait jamais résolue. Sauf qu'il se passa l'inverse, en réalité : pour que cette énigme conserve son emprise sur notre imagination, il était nécessaire qu'elle ne soit jamais résolue. C'est de cette même logique que Daisy a usée lorsqu'elle a placé la note sur le corps de Winnie Lord. Il s'agissait d'une tentative délibérée pour accaparer mon esprit à des déductions qui ne menaient nulle part. Cette note était un subterfuge – il n'y avait pas de bonne réponse ! Et tant que Catchpool et moi-même étions occupés à nous demander pourquoi quelqu'un pourrait bien avoir envie de tuer cette pauvre femme sous le simple prétexte qu'elle allait s'asseoir au mauvais endroit, et pourquoi cet événement avait lieu à Little Key alors que Joan-Blythe-de-l'autocar n'avait aucun lien avec cette demeure, nous n'avancerions pas sur la résolution des vrais mystères.

« Ainsi pensait Mlle Daisy, qui à la fois voulait et ne voulait pas qu'on identifie le corps. Elle voulait que j'identifie la victime du meurtre comme étant la passagère de l'autocar, une parfaite inconnue pour la famille – d'où l'intérêt de parer le corps d'un manteau et d'un bonnet verts. Dans le même temps, elle ne voulait pas qu'on sache que la morte était Winnie Lord, ni que Winnie et Joan-de-l'autocar étaient une seule et même personne.

— Mais Winnie était votre amie, dit Verna Laviolette en se tournant vers Daisy. Pourquoi diable vouloir la tuer ?

— Je ne l'ai pas tuée, répondit Daisy tristement.

— Non, mademoiselle, en effet, confirma Poirot. (Il observa l'assemblée.) Ce que vous ignorez presque tous, c'est que Daisy Devonport a avoué à Winnie Lord le meurtre de son frère Frank. Ce n'est pas elle qui a tué

Frank, pourtant Daisy nourrissait le fantasme d'avouer publiquement ce meurtre. Winnie Lord fut la première personne à entendre ces faux aveux. Daisy raconta à Winnie que c'était elle et non pas Helen Acton qui avait tué Frank et qu'elle avait l'intention de l'avouer au grand Hercule Poirot, qui attendait à quelques pas de là de monter à bord du même autocar. En outre, elle offrit à Winnie une coquette somme en échange de son silence. Toutefois, Winnie Lord avait une conscience que la promesse d'argent ne suffisait pas à faire taire. Elle décida qu'il était de son devoir d'informer la police de ce qu'elle venait d'apprendre. C'est ainsi qu'elle se rendit à Scotland Yard où elle demanda à parler à l'inspecteur Catchpool. À présent, arrêtons-nous un instant sur un point digne d'intérêt…

Poirot me sourit.

— Suivez bien, Catchpool. Sergent Gidley, je vous prie, dites-moi : quand Winnie Lord a demandé à voir Catchpool la première fois, lui aviez-vous déjà dit qu'il était chargé d'une nouvelle enquête sur le meurtre de Frank Devonport ?

— Non, monsieur Poirot, répondit le sergent. Elle s'est présentée et a demandé à voir l'inspecteur Catchpool avant que j'aie l'occasion de placer un mot.

— En effet ! s'exclama Poirot d'un air de triomphe. Voilà, Catchpool, ce qui constitue l'élément indispensable que vous avez omis dans votre liste. Vous aviez parlé avec le sergent Gidley après que votre logeuse vous avait dit qu'il avait du nouveau à propos de la visite d'une certaine Winnie Lord – mais vous avez fait l'erreur de ne pas lui poser cette question essentielle :

Winnie a-t-elle demandé à vous voir avant ou après qu'on lui a dit que vous étiez chargé de l'enquête sur le dossier Frank Devonport ? Si la réponse était avant, comment diantre Winnie Lord pouvait-elle connaître votre nom ? Joan-Blythe-de-l'autocar, d'un autre côté… peut-être avait-elle envie de dire à l'inspecteur Catchpool tout particulièrement qu'elle lui avait menti et qu'elle devait à présent lui faire part de la vérité concernant un meurtre pour lequel une innocente avait été reconnue coupable.

— Vous avez raison, acquiesçai-je. Rien de tout cela ne m'a traversé l'esprit, pas une seule seconde. Belle déduction, Poirot. C'est donc ça que Winnie voulait dire quand elle a affirmé : « Je sais qui s'est débarrassé de Frank Devonport, en plus je sais pourquoi et ce n'est pas du tout ce que vous croyez. »

— Précisément, dit Poirot. Elle faisait référence au faux mobile ainsi qu'au prétendu vrai mobile de Daisy Devonport, qu'elle avait entendus l'un comme l'autre dans la bouche de Daisy. Elle pensait qu'à ce stade, le faux mobile serait connu de la police. Le sergent Gidley lui a expliqué que l'inspecteur Catchpool ne se trouvait pas à Scotland Yard, mais à Little Key. C'est à ce moment-là seulement que Winnie Lord a eu vent de la réouverture de l'enquête sur le meurtre de Frank Devonport.

« Bien déterminée à s'entretenir avec Catchpool dans les plus brefs délais, Winnie s'est mise en route pour Kingfisher Hill sans dire à sa mère ni où elle allait ni pourquoi. Sa mère se faisait un sang d'encre. Quand Winnie est arrivée à Little Key – le fameux coup à la porte que Richard Devonport a entendu depuis la bibliothèque –, c'est Oliver Prowd qui lui a ouvert. Naïve qu'elle était, Winnie lui a confié les raisons de sa visite. Elle lui a dit qu'elle savait que Daisy avait tué Frank et qu'elle ne s'en cachait pas, mais qu'il était essentiel que la police connaisse la vraie raison de la mort de Frank : Daisy lui avait avoué son vrai mobile et Winnie avait l'intention d'en faire part à l'inspecteur Catchpool dès l'arrivée de ce dernier. Catchpool et moi n'étions pas encore ici. Nous nous trouvions à ce moment-là à la prison d'Holloway, en train d'interroger Helen Acton. Monsieur Prowd, vous avez introduit Winnie Lord dans le salon, alors vide, et vous avez fermé la porte. Puis vous vous êtes saisi d'un tisonnier et vous lui avez porté un coup sur la tête. Vous l'avez tuée, n'est-ce pas ?

Oliver Prowd ne démentit pas l'allégation. Muré dans le silence, il opposait une expression indéchiffrable à Poirot.

— Pourquoi, Oliver ? balbutia Richard Devonport, que la nouvelle avait fait pâlir. Pourquoi faire une chose pareille ? Daisy, comment as-tu… ? Tu savais ce qu'il avait fait et tu… tu…

Daisy le toisa d'un air irrité.

— Que voulais-tu que je fasse ? Que je défaille en gémissant ? J'étais sous le choc, évidemment, mais on ne peut pas se permettre de s'apitoyer sur son sort quand il y a un problème d'ordre pratique à régler. Face à Winnie, Oliver s'est contenté de faire le nécessaire pour me protéger. En échange, moi aussi… j'ai fait mon possible pour lui rendre la pareille.

— Comme vous avez dû être touchée qu'il tue par

amour pour vous, remarqua Poirot. Vous qui jugez la moralité exclusivement à l'aune des bénéfices que vous pouvez en tirer à titre personnel, mademoiselle. Ça me semble tout à fait évident. (Poirot ajouta à l'intention du reste de l'auditoire :) M. Prowd savait que Daisy avait d'ores et déjà avoué le meurtre de Frank et il avait bien vu que personne n'avait prêté foi à sa confession, exception faite éventuellement de Sidney et de Lilian Devonport. Et puis Helen Acton avait avoué ce même crime pour lequel elle avait été reconnue coupable. Ainsi, M. Prowd avait la conviction que sa Daisy adorée ne courait pas grand risque d'être condamnée à la pendaison. Lui-même ne voyait pas en elle une meurtrière et il devait se dire qu'elle se livrait à quelque jeu de réflexion alambiqué. J'imagine qu'il nourrissait l'espoir de réussir à la persuader de rétracter ses aveux. Toutefois, quand Winnie est arrivée avec son histoire de faux et de vrai mobiles – un récit aux accents psychologiques bien plus crédibles –, les craintes d'Oliver Prowd ont pris corps. Il a décrété qu'il convenait à tout prix d'empêcher Winnie de témoigner auprès de l'inspecteur Catchpool.

— Oliver cherchait seulement à me protéger, plaida Daisy d'une voix tremblante. Tout cela est de ma faute, il n'a rien à voir là-dedans.

— Et à présent, enchaîna Poirot, la mine grave, tournons-nous enfin vers la résolution du meurtre de Frank Devonport...

— Lorsque j'ai rendu visite à Hester Semley, elle m'a fait part d'une conversation qu'elle avait entendue entre Oliver Prowd et Godfrey Laviolette, et qui avait eu lieu chez elle le jour de la mort de Frank Devonport, commença Poirot. M. Prowd évoquait une femme envers laquelle il avait eu une conduite peu scrupuleuse et immorale. Il avouait avoir maltraité cette femme. Il mentionnait en outre qu'elle et lui avaient sollicité l'aide d'un médecin – le même que celui qui suivait Otto Prowd, le père mourant de M. Prowd. Ce médecin, certainement choqué par la teneur de leur requête, avait refusé d'y accéder. Mesdames et messieurs, Hester Semley en avait immédiatement tiré une conclusion hâtive.

— Un enfant ? souffla Daisy. Non, c'est impossible. Oliver m'en aurait parlé…

— Attendez, mademoiselle, asséna Poirot. Il n'y avait pas d'enfant. Hester Semley supposait à tort que cette femme était tombée enceinte. Je me suis entretenu avec le médecin en question, le Dr Ephgrave de Harley Street. De sa bouche, j'ai entendu la véritable version des faits. La jeune femme enseignait dans un des établissements de Frank Devonport et Oliver Prowd. Lorsque le père de M. Prowd s'est trouvé si mal qu'il ne pouvait plus quitter son lit, il a fait part d'une dernière volonté à son fils. Il savait qu'il ne lui restait que peu de temps à vivre et il voulait faire un dernier apprentissage – stimuler son esprit, tant qu'il était encore en état de fonctionner. Alors M. Prowd a demandé à cette jeune préceptrice de venir chez lui pour apprendre le français – la matière qu'elle enseignait – à son père mourant.

« L'arrangement a porté ses fruits. Pendant un temps, Otto Prowd a retrouvé de l'entrain. Jusqu'à ce que sa santé se détériore au point qu'il ne puisse plus prendre de leçons. Il était à l'article de la mort… et pourtant, en même temps, pas tant que cela.

— Que voulez-vous dire ? interrogea Richard Devonport.

— À ce stade, la jeune femme s'était considérablement attachée au vieil homme, lequel s'était avéré être un élève appliqué. Quand Oliver Prowd lui fit part de l'opinion professionnelle du Dr Ephgrave, à savoir qu'Otto Prowd était susceptible de survivre un mois encore, la jeune femme décréta que c'était intolérable. Oliver Prowd partageait cet avis : il ne voulait pas que son père passe des semaines à agoniser sans aucun espoir de rémission. La jeune femme et lui décidèrent de consulter le Dr Ephgrave : ils le supplièrent d'abréger les souffrances du vieil homme, et de lui administrer une dose médicamenteuse qui lui permettrait de quitter cette vie dans la plus grande sérénité. Hélas, ils se heurtèrent au refus catégorique du médecin.

— C'était un chameau de vertu, marmonna Oliver.

— Deux heures après que le Dr Ephgrave vous avait opposé son veto, Otto Prowd était mort, conclut Poirot à l'assemblée réunie. Qui a maintenu l'oreiller sur son visage, monsieur Prowd ? Vous n'allez sans doute pas tarder à nous le dire. Le Dr Ephgrave n'a pas pipé mot à la police, parce qu'il n'avait aucun moyen de le prouver, mais il soupçonnait – soit vous-même soit la préceptrice de français – d'avoir étouffé votre père jusqu'à ce que mort s'ensuive. Il voyait juste, n'est-ce pas ? Telle est la fameuse conduite immorale que vous avez eue avec une jeune femme ?

Oliver opina de la tête.

— Nous ne supportons plus de le voir souffrir. Et lui voulait qu'on en finisse. Nous sommes passés à l'acte avec sa bénédiction – tous les deux, ensemble. Nous en avions convenu : il fallait procéder ainsi, de sorte à en partager la culpabilité. Nous avons tous les deux maintenu l'oreiller sur son visage. C'était horrible, mais nécessaire. C'était la seule chose à faire. Il s'agissait d'épargner la souffrance à mon père.

— Vous, en revanche, ne vous êtes pas senti épargné, riposta Poirot. Pas du tout. Votre conscience est venue vous torturer – comme il se doit. Nous autres humains n'avons aucun droit de nous prendre pour Dieu, monsieur Prowd. Certes, la maladie et la souffrance sont des réalités – mais ce n'est pas à nous de décider quand doit se terminer une vie. Si vous n'en étiez pas persuadé, votre conscience était là pour vous le rappeler. Elle vous tourmenta si violemment que vous avez décidé, peu de temps après être passé à l'acte, que vous ne souhaitiez plus partager la culpabilité. Vous avez décrété que la mort par suffocation d'Otto Prowd était exclusivement le fait de cette jeune collaboratrice.

— Oui. J'ai été d'une grande cruauté envers elle. De nous deux, c'était elle la plus forte. Oh, pas physiquement, mais mentalement. J'ai réussi à me persuader que sans sa mauvaise influence…

Sa phrase resta en suspens.

— Tout comme vous blâmiez Frank Devonport pour le vol de l'argent de ses parents, quand bien même vous étiez de mèche depuis le début, rebondit Poirot. Non seulement vous y étiez favorable, mais de surcroît vous en avez bénéficié ! Vous êtes moralement lâche, monsieur Prowd ! Vous pensez pouvoir tuer sans être entaché ? Eh bien détrompez-vous ! C'est même ce qui explique que vous n'avez eu aucun mal à supprimer une autre vie, quand Winnie Lord a formulé les paroles mêmes que vous redoutiez d'entendre.

— Vous croyez donc que j'ignore qui je suis ? coupa Oliver avec amertume. Je le sais mieux que quiconque. Je me sens horriblement coupable du traitement que j'ai infligé à ces deux personnes, à Frank et à… à l'enseignante. Je suis très malheureux pour Winnie, aussi, et plus encore à propos de l'argent que je vous ai volé, Sidney – mais jamais je ne regretterai d'avoir épargné à mon père l'agonie qui l'attendait. Jamais !

— Je vous en prie, cessez de le tourmenter, monsieur Poirot, supplia Daisy les larmes aux yeux. N'avez-vous jamais connu la peur ? Êtes-vous d'une droiture et d'une probité telles que vous n'avez rien à vous reprocher ? Je vous le répète, le meurtre de Winnie était de ma faute. C'est moi qui dois monter sur l'échafaud, pas Oliver !

Poirot ignora son intervention.

— Après le récit du Dr Ephgrave, soudain, tout s'est parfaitement mis en place. J'ai enfin été en mesure d'expliquer le détail le plus agaçant de cette affaire, un détail qui m'apparaissait tout à fait insensé.

— Quel détail ? demanda Richard.

— Avant de répondre à cette question, je souhaite vous en adresser une, mademoiselle Helen.

— Allez-y, répondit l'intéressée.

— Comment avez-vous fait la connaissance de Frank Devonport ?

— Vous connaissez déjà la réponse.

— Oh, certes. En effet, je la connais.

Contrairement à moi. Et à en juger par l'expression des visages qui m'entouraient, je n'étais pas le seul.

— Frank Devonport avait dû vous parler de son vieil ami Oliver Prowd, n'est-ce pas ?

— Oui, acquiesça Helen. Il parlait souvent d'Oliver. Ils étaient toujours en contact pour leurs affaires, même s'ils ne se côtoyaient plus en dehors.

— C'est ça, opina Poirot. Mesdames et messieurs, Frank Devonport ignorait tout des fiançailles d'Oliver Prowd avec sa sœur Daisy. Il n'était plus en contact avec eux, dès lors comment aurait-il pu être au courant ? Et pour la même raison, ni Richard Devonport ni Oliver Prowd ne savaient que Frank était fiancé à Helen Acton.

— Pourquoi nous racontez-vous tout cela ? l'interrogea Lilian Devonport. Quel peut bien être le rapport ?

— Mademoiselle Helen, continua Poirot. Frank Devonport vous a-t-il jamais dit qu'Oliver Prowd avait les cheveux foncés et qu'il était bel homme ?

Helen eut l'air surprise.

— Non. En règle générale, les hommes ne dressent pas ce genre de portrait des autres hommes. Il évoquait seulement la personnalité d'Oliver et leur relation.

— Rien du tout sur son apparence physique, donc ?

— Non.

— Mademoiselle, j'ai recueilli plusieurs témoignages selon lesquels vous vous êtes précipitée dans l'escalier, vous avez saisi Oliver Prowd par le bras et vous lui avez avoué avoir tué Frank. Êtes-vous d'accord avec cette description ? (Helen hocha la tête.) D'après plusieurs témoins de la scène, vous lui avez dit : « Je l'ai tué, Oliver. » En cet instant, trois hommes se trouvaient dans le vestibule : Godfrey Laviolette, Oliver Prowd et Percy Semley. Ils venaient tout juste d'arriver de Kingfisher's View. En tant que fiancée de Frank qui vous rendiez pour la première fois à Little Key, vous n'aviez encore rencontré aucun de ces trois hommes. C'était donc vraisemblablement la toute première fois que vous posiez les yeux sur eux, est-ce exact ? Je vous soumets donc la chose suivante, mademoiselle : vous ne pouviez donc pas savoir que le bel homme aux cheveux foncés était Oliver Prowd, ou que son prénom était en effet Oliver. Vous n'aviez pas été présentée à ce monsieur, alors comment pouviez-vous savoir qu'il s'agissait de lui ?

— Et pourtant je le savais, acquiesça Helen avec un infime sourire triste. Je le savais aussi bien que je connaissais mon propre nom, conclut-elle dans un français parfait.

Pourquoi diantre se mettait-elle soudain à répondre en français ? Puis tout à coup, la lumière se fit.

— C'est vous, la professeure de français ? l'interrogeai-je. Vous… vous connaissiez Oliver ?

Helen fit oui de la tête.

— C'était la dernière personne au monde que je m'attendais à trouver chez les parents de Frank. Comme vous l'avez dit, monsieur Poirot, Frank ignorait qu'Oliver serait de la partie ou qu'il était fiancé à Daisy. Puis, quand j'ai rencontré Daisy et qu'elle a commencé à parler de son fiancé Oliver… ma foi, la vérité a rapidement pris forme : c'était le même Oliver ! Frank était surpris, mais pas horrifié comme je l'étais. Il n'avait rien à craindre. J'étais dans un tel état de panique que j'ai dû quitter le salon pour me réfugier à l'étage. Je n'arrêtais pas de me représenter Oliver en train de revenir de l'autre maison et de raconter à Frank ce que je lui avais toujours caché, car j'aurais préféré mourir plutôt qu'il ne l'apprenne – à savoir que j'avais tué et que, pire encore, je ne lui en avais jamais rien dit. L'honnêteté, l'intégrité… Frank estimait ces qualités par-dessus tout. Comment faire pour m'assurer qu'il ne découvre jamais la vérité ? J'étais pétrifiée ! Je nageais en pleine panique. Quand Frank est venu dans ma chambre… j'ai dû faire semblant que tout allait bien. À ce moment-là, nous avons entendu la porte d'entrée, les voix dans le vestibule…

Helen se tut, le regard rivé au loin. Comme si elle revoyait la scène se dérouler devant ses yeux.

— Et alors Frank est ressorti sur le palier, poursuivit Poirot à mi-voix. Vous l'avez suivi et vous avez aperçu Oliver Prowd dans le vestibule en contrebas. D'un instant à l'autre, Frank allait découvrir la vérité. Or ce n'était absolument pas envisageable. L'homme que vous aimiez plus que tout au monde ne pouvait pas vous voir condamnée à la pendaison pour le meurtre d'Otto Prowd. Et ainsi… vous l'avez poussé dans le vide.

— Je ne voulais pas, plaida Helen. Certes, je l'ai fait, mais telle n'était pas mon intention. J'avais perdu l'esprit – en cet instant, j'étais incapable d'avoir une pensée rationnelle. Mes mains semblaient se mouvoir malgré moi. Et soudain Frank basculait par-dessus la balustrade et c'était trop tard.

— Mademoiselle, si telle n'était pas votre intention, ce ne serait pas arrivé, riposta Poirot. Les mains ne se déplacent pas si le cerveau ne leur en donne pas l'ordre. À l'instar de M. Prowd, vous aviez déjà tué – à cette occasion, vous pensiez avoir une excuse tout à fait probante. Dans le cas de Frank, vous essayez de me faire croire que ni la notion de raison ni celle de choix ne sont entrées en ligne de compte. Dans un cas comme dans l'autre, vos présupposés sont faux ! Rien ne peut justifier de tels actes. D'autant plus qu'une fois le premier meurtre accompli, le deuxième devient plus facile. La loi qui interdit de tuer son prochain n'est pas seulement là pour protéger les autres, mais pour nous protéger nous-mêmes de nos pires impulsions.

— Vous pouvez bien croire ce que vous voulez, contra Helen. N'oubliez pas, monsieur Poirot, que je n'essaie nullement de me soustraire à la justice. Tout ce que je veux, tout ce que je demande depuis un moment, c'est de mourir et retrouver Frank. J'ai avoué immédiatement – j'ai uniquement menti sur ce qui m'a incitée à le faire pour protéger Oliver. Je ne voulais pas qu'il soit condamné à mort à cause de ce que nous avions fait à Otto. Je continue à partager son point de vue : abréger les souffrances d'autrui, à sa demande expresse, alors que la fin est proche. Je ne crois pas qu'il s'agisse d'un péché.

— La loi n'est pas de cet avis, fit valoir Poirot.

— Dès que j'ai poussé Frank et qu'il s'est mis à tomber, j'ai… j'ai su que j'avais commis une erreur épouvantable, répondit Helen.

— En effet. Vous avez fait une grave erreur de jugement, acquiesça Poirot. M. Prowd n'aurait jamais dit à

Frank que vous aviez tué son père ensemble. Il tenait tout autant que vous à se protéger.

— Je ne m'en suis rendu compte que trop tard, confessa Helen. Jusqu'alors, j'étais obnubilée par l'idée qu'Oliver me tenait pour responsable de ce qui était arrivé à son père – moi seule. Oliver, ne répétiez-vous pas constamment que je vous avais forcé la main ? J'ai pensé qu'à tout instant vous alliez lever les yeux, me voir à l'étage et dire : « Voici la femme qui a assassiné mon père. » Et puis… Frank est tombé, il a percuté le sol – Frank était mort et je voulais mourir, moi aussi. Quelques instants plus tôt, je priais encore pour échapper à la potence pour le meurtre d'Otto. À présent que Frank n'était plus, que j'étais fautive, je ne désirais plus rien, sinon monter sur l'échafaud.

— Ainsi vous êtes-vous précipitée dans l'escalier pour avouer à Oliver Prowd ce que vous aviez fait, conclut Poirot. Il s'est montré bienveillant envers vous, après avoir été si cruel lors de votre dernière entrevue. Vous pouviez vous permettre un brin d'amabilité, cette fois-ci, monsieur Prowd – voilà un décès dont vous n'étiez pas responsable.

Richard Devonport, qui s'était levé, traversa lentement la pièce jusqu'à l'emplacement d'Helen devant le piano.

— J'étais persuadé de votre innocence, lui dit-il. J'en aurais mis ma main à couper. Votre amour pour Frank… eh bien, je n'en ai jamais douté. Pour moi, il signifiait que vous ne pouviez pas l'avoir tué. Je pensais que M. Poirot allait découvrir la vérité et que…

Il laissa sa phrase en suspens.

— Et que quoi, Richard ? fit Helen. Vous pensiez que je vous aimerais comme j'ai pu aimer Frank, parce que vous étiez mon sauveur ?

Il se détourna brutalement d'elle.

Poirot hocha la tête à l'intention du sergent Gidley, qui se leva et sortit deux paires de menottes de la poche arrière de son pantalon.

— Mademoiselle Acton, vous avez déjà été reconnue coupable du meurtre de Frank Devonport et vous devrez bientôt payer pour votre crime.

Les paupières closes, le sourire aux lèvres, Helen murmura :

— Dieu merci.

— Oliver Prowd, continua Gidley. Je vous arrête pour les meurtres d'Otto Prowd et de Winnifred Lord.

— Non, s'écria Daisy. Non ! Oliver ! Où l'emmenez-vous ?

Elle se leva en titubant tandis que le sergent Gidley et Marcus Capeling escortaient Oliver Prowd et Helen Acton vers la sortie.

— Arrêtez. Arrêtez-vous ! Monsieur Poirot, il s'agit d'une erreur. Je suis responsable de la mort de Winnie – vous le savez. Si je n'avais pas demandé à Oliver de m'épouser, il ne se serait pas trouvé à la maison quand Frank a ramené Helen et… (Elle serra les paupières très fort avant de poursuivre :) Ne peut-on revenir en arrière ? Si seulement c'était possible. Pauvre, pauvre Helen. Ne voyez-vous pas qu'elle n'a jamais eu l'intention de faire de mal à quiconque ? Je croyais que vous étiez censé être intelligent !

— Mademoiselle, je crains que…

— Non ! Ne dites plus un mot, je ne veux plus rien entendre. Je ne veux pas qu'Oliver meure ! Ni Winnie, ni Frank. Ni vous, Mère. Je veux que personne ne meure. Restons à jamais dans cette pièce sans jamais en ouvrir la porte. Nous pourrons nous raconter le mensonge que tout va bien et que tout le mal qui a été fait peut être défait.

Pour la première fois, je décelai sur son visage une expression que je ne lui avais encore jamais vue : la sérénité.

— Pour ma part, j'arrive tout à fait à le croire, poursuivit Daisy avec un soupir. Je vous en prie, ne dites plus rien. Je vous en conjure, laissez-moi y croire le plus longtemps possible.

ÉPILOGUE

Trois semaines plus tard

— Catchpool?

Je levai les yeux des feuilles posées devant moi.

— Poirot! Que faites-vous ici? Blanche Unsworth vous a laissé entrer?

Une certaine rougeur me cuisait déjà le visage et je fis de mon mieux pour prendre un air innocent.

— Oui, mon ami, répondit-il en souriant. Comment voulez-vous sinon que je me matérialise dans votre salon? Je n'ai pas les pouvoirs magiques d'un passe-muraille.

À la hâte, j'écartai les papiers sur le côté, comme s'ils étaient sans importance, pour me saisir du journal à la place.

— Vous ne m'avez pas entendu arriver ni parler avec Mme Unsworth dans le couloir?

— Hum? fis-je en prétendant m'intéresser aux gros titres. Bonté divine, écoutez un peu ça: apparemment un nouveau parti politique vient de voir le jour. Vous étiez au courant? Il s'appelle…

— Je trouve absolument passionnant que vous n'ayez pas entendu, insista Poirot en déjouant ma tentative de diversion. Vous étiez absorbé par vos documents, n'est-ce pas ? Pas le journal, mais ces feuilles, là. (Il les montra du doigt.) Qu'est-ce donc ?

— Ce n'est rien.

Il s'en était approché à pas lents et à moins que je ne me lève d'un bond pour les camoufler, il n'allait pas tarder à découvrir leur contenu. Après un soupir, je concédai :

— Ne vous moquez pas de moi. Je planche sur un nouveau jeu de société. J'en invente un, je veux dire.

Les yeux de mon ami pétillèrent de joie.

— Catchpool ! Le Peepers vous a inspiré, c'est ça ?

— Au contraire ! Aucun jeu de société ne devrait avoir de règles aussi compliquées que celles du Peepers. Elles donnent envie de prendre ses jambes à son cou. Je suis bien résolu à inventer un jeu de plateau d'une simplicité absolue et à la fois tout à fait satisfaisant. Et en parlant de satisfaction…

— Oui, mon ami ?

— Toute cette affaire de Kingfisher Hill…

— Quoi donc ?

— Étiez-vous… êtes-vous satisfait de l'issue de cette enquête ?

— Ah ! Permettez-moi de vous retourner la question : n'étiez-vous pas satisfait ? Nous avons découvert la vérité, non ?

— Oui, mais… et si la vérité, c'était qu'Helen Acton avait momentanément perdu la tête quand elle a poussé Frank par-dessus la balustrade ? Et toute l'affaire Otto

Prowd… Il souffrait atrocement, il avait un pied dans la tombe… Le Dr Ephgrave lui-même l'a dit, non ?

Poirot opina.

— Je vois ce qui vous tourmente. Oui, mon ami, les choses sont toujours plus simples quand le criminel nous offre la satisfaction d'être la parfaite incarnation du mal, sans l'ombre d'une nuance – la méchanceté à l'état pur, de bout en bout. Malheureusement, les êtres humains sont rarement ainsi faits. Il est tout à fait possible de ressentir de l'empathie pour une personne qui a commis un geste terrible, tout en la tenant responsable de ses actes. Dans de telles circonstances, la satisfaction à résoudre un meurtre est double : la conviction selon laquelle on doit obéir à la loi, y compris dans les situations les plus difficiles ; et le respect de ladite loi, sans se laisser influencer par le sentiment de pitié à l'égard des coupables qui seront traduits en justice.

Poirot se pencha vers moi et me prit le journal des mains. Il le replia et le posa sur un fauteuil.

— À présent, parlez-moi plutôt de votre jeu de société. Lui avez-vous déjà trouvé un nom ?

— Non. Ce ne sont pas les idées qui manquent, mais je n'ai encore rien décidé.

— Alors vous savez ce qui vous reste à faire, mon ami. C'est ce que je vous dis toujours : c'est le meilleur moyen de faire travailler vos petites cellules grises.

— Quoi donc ?

— Il faut faire une liste !

REMERCIEMENTS

Comme toujours, je tiens à remercier le « gang » – James et Mathew Pritchard et tout le monde chez Agatha Christie Ltd, David Brawn, Kate Elton, Fliss Denham et l'équipe d'HarperCollins, Julia Elliott et ses collègues chez William Morrow aux États-Unis, ainsi que les équipes talentueuses et dévouées qui publient mes romans d'Hercule Poirot à travers le monde – merci !

Je suis très reconnaissante envers mon formidable agent Peter Straus et tout le monde chez Rogers, Coleridge & White, ma famille et mes amis, mes adorables lectrices et lecteurs, et tous les fans de Poirot et d'Agatha. Merci à Emily Winslow pour ses commentaires avisés, à Kate Jones pour son aide inestimable au cours des dix-huit derniers mois, aux merveilleux membres de Dream Authors qui m'apprennent tant et à Faith Tillera, ma gourou pour tout ce qui touche à mon site web et à la technologie. Merci à Claire George, qui m'a soufflé le nom d'un autre personnage : Marcus Capeling – un nom génial qui m'a plu d'emblée.

Enfin, et surtout, merci à la reine du crime, Agatha Christie, dont les livres – peu importe le nombre de fois que je peux bien les lire – ne cessent de m'enchanter et de me surprendre.

Table

Le Livre de Poche s'engage pour l'environnement en réduisant l'empreinte carbone de ses livres. Celle de cet exemplaire est de : **300 g éq. CO_2** Rendez-vous sur www.livredepoche-durable.fr

PAPIER À BASE DE
FIBRES CERTIFIÉES

Composition réalisée par Soft office

———————————

Achevé d'imprimer en septembre 2021, en France sur Presse Offset par
Maury Imprimeur – 45330 Malesherbes
N° d'imprimeur : 257092
Dépôt légal 1re publication : octobre 2021
LIBRAIRIE GÉNÉRALE FRANÇAISE – 21, rue du Montparnasse – 75298 Paris Cedex 06